Nachdem Unc begraben war, habe ich mehr als dreihundert der härtesten Nigger auf der Westside zusammengetrommelt, um die Buchmacher und Dopedealer um ihren Schotter zu erleichtern, damit wir uns Artillerie zulegen konnten, um sämtliche Mafiosi in Chicago fertigzumachen, weil sie Uncle Willie getötet hatten.

Redaktion:
Angela Rummel
Frank Nowatzski

Nachwort:
Ain't a damn thing changed -
von Gunter Blank

Titel der amerikanischen Originalausgabe: DEATH WISH

Amerikanische Originalausgabe by
Holloway House Publishing Company, Los Angeles 1977

1. Auflage 1995

Gesamtherstellung: TRIGGER, Berlin
Printed in Germany 1995
ISBN 3-929010-23-2

Iceberg Slim

TODES FLUCH

aus dem Amerikanischen
von
Almuth Carstens

MAAS

KAPITEL EINS

Großmäulige Rowdywinde stürmten die Himmel über Chikago und sprengten einen Mob rußiger Wolken. Eisige Sterne glitzerten auf dem schwarzen Caddie, der durch das verschneite Ghetto kreuzte.

Lollo „der Chirurg" Stilotti, einhundertsechzig Kilo schwer, stopfte sich Schokoladen-Cashews in die vulgäre Fresse und setzte einen fauligen Schokoladenfurz in den Rücksitz des Caddies.

Er maulte: „Was für ein beschissener Weihnachtsmorgen!"

Angelo Serelli, der Mann am Steuer, sagte: „Mr. Collucci verschiebt sein Strafgericht bestimmt nicht bei einem Typ, der sich acht Kilo Familienbesitz untern Nagel reißt."

Phil, der Cousin des Chirurgen saß neben Angelo und blies unwirsch einen Schwall Zigarettenrauch an die Windschutzscheibe. „Ich hoffe, wir sind vor Tagesanbruch mit dem Kerl fertig, damit ich zurück bin, wenn meine Zwillinge ihr erstes Weihnachtsgeschenk aufmachen."

Lollo stöhnte: „Auf mich wartet im Bett eine Braut mit Riesentitten." Er seufzte: „Die saugt wie ne Melkmaschine."

Aus dem Kofferraum hinter Stilotti kamen stoßende und würgende Geräusche.

Phil lachte: „Lollo, Angelo kann ja anhalten, und du rollst ne 69 mit der Mexikanerschlampe von Bone."

Stilotti sagte: „Fick dich selber, Phil. Ich halt meinen Schwanz in Ehren. Du kriegst sogar bei ner Farbigen nen Steifen."

Angelo dachte an seine Tochter Stella, die gestorben war, als sie ungefähr so alt war wie der Teenager im Kofferraum.

Er fuhr den Caddie an den Rinnstein.

„Ich muß ihren Knebel checken. Das Geräusch hat mir nicht gefallen."

Stilotti höhnte: „Machst du dir Sorgen um die Chilifotze?"

Während er ausstieg, meinte Angelo: „Arschloch, willst du, daß uns Mr. Colluccis Zeugin unter den Händen abkratzt?"

Angelo schloß den Kofferraumdeckel auf und sah, daß die braune Haut des Mädchens fast schwarz war. Er nahm ihr Stilottis zusammengeknülltes Taschentuch aus dem Mund.

Sie rang nach Luft und keuchte: „Bitte laßt mich raus hier. Ich mach auch keinen Ärger. Bitte!"

Angelo lockerte den Strick, der ihre Handgelenke und Knöchel wundgescheuert hatte.

Er sagte sanft: „Tut mir leid, daß du dich von Bone in seine Geschichten hast reinziehen lassen. Ich geb dir den väterlichen Rat, die Wahrheit zu sagen, wenn du Gelegenheit hast."

Ihre braunen Augen füllten sich mit Tränen: „Wann?"

Angelo rückte einen Wagenheber zur Seite, der unter ihr lag. „Bald."

„Legst n gutes Wort für mich ein?" fragte sie mit einer Stimme, die am Rande der Hysterie schwankte.

Angelo nickte und knebelte sie wieder. Diesmal mit einem kleineren Knäuel Kleenex aus seiner Tasche. Er schloß den Kofferraumdeckel und stieg hinter das Steuer des Caddies. Angelo fuhr an Mack Rivers Voodoo Palace vorbei, bevor er von der 47th Street in die Calumet Avenue bog.

Stilotti sagte: „Ich bin so verdammt müde und abgeschlafft, daß ich glatt in die Hose pissen könnte, nur damit überhaupt was passiert."

Angelo kicherte. „Hol dir einen runter, Stilotti."

Angelo nahm den Fuß vom Gas und meinte ernst: „Bone ist ziemlich kräftig, und außerdem hat er n schlechtes Gewissen. Vielleicht sollte ich ihn nach vorn, zwischen mich und Phil setzen. Stilotti, du könntest ihn mit nem Halstuch würgen, wenn er aufmuckt. Was meint ihr?"

Stilotti sagte: „Nee, das geht nicht. Du hast doch gehört, wie Mr. Collucci das gestern alles haarklein verklickert hat. Ein Typ ist immer relaxter, wenn er keinen hinter sich hat. Außerdem vertraut er dir, als ob du sein Alter wärst."

„Angelo, du bist schon die ganze Nacht so gereizt. Haste etwa ne Schwäche für Bone, oder was?" fragte Phil.

„Ich hab mir das Leben damit verkürzt, den Fotzenlecker rund um die Uhr zu bemuttern. Ich hab ihm vor den großen Kämpfen die Birne geradegerückt. Ha! Ne Schwäche für Bone? Dem hätt ich schon tausendmal was an die Nuß gegeben, wenn er nicht Mr. Colucci gehören würde", sagte Angelo.

Er lotste den Caddie in den nächsten Straßenabschnitt und flüsterte: „Da auf dem Parkplatz steht der Eldorado von Bone."

Angelo fuhr an den klapprigen Unterstellplätzen neben Larry „Love Bone" Flamberts uraltem Appartementgebäude vorbei und brachte den Caddie vor dem Haus zum Stehen.

Er war schon ausgestiegen und wollte gerade die Autotür zuschlagen, als Stilotti sich nach vorn lehnte und ernst meinte: „Vergiß nicht, daß Mr. Colucci gesagt hat, du sollst die Bude abchecken, damit wir da oben keinen zurücklassen."

Angelo warf die Tür zu und nickte durch das dunkelgetönte Glas. Ein eisiger Windstoß riß am Saum seines blauen Wintermantels. Er zog seine massigen Schultern hoch und schleppte die großen, gummibeschuhten Füße durch den Schnee auf den Bürgersteig. Unter der Straßenlaterne leuchtete über seinem unbedeckten grauen Büffelkopf für einen Augenblick ein silbrig-matter Heiligenschein.

Als er über den Bürgersteig auf die Haustür zuging, sah er aus dem Augenwinkel, wie Bones Vorhang sich bewegte.

Er trat in das schattendurchflackerte Vestibül. Der beißende Smog von Desinfektionsmitteln und der Verwesungsgestank einer pygmäenhaften Junkie-Nutte, die auf den Stufen vor ihm gestrandet war, nahmen ihm den Atem.

Die Nutte schmiegte ihr Gerippe in eine Jacke aus unechtem Pelz und streckte Vogelstelzen von sich, die mit pockenartigen Wunden übersät waren und Eiter ausschwitzten. Als sie mit jammervollen Augen zu ihm aufblickte, bemerkte Angelo einen dicken, getrockneten Spermafaden an ihrem Kinn.

In Zeitlupe krallte sie nach ihm, als er im Vorübergehen auswich. Sie drehte ihren Hühnerhals und nuschelte: „Na los, Süßer, gönn dir was. Meine Muschi is enger als die vonnem Moskito und heiß is die, uuuuuiiii! Kein Scheiß, Baby, ich bin erst zwölf. Komm her und mach deinem hübschen weißn Schwanz n Weihnachtsgeschenk."

Angelo ging die Steinstufen hoch und hörte, wie sich die Glastür mit einem scharfen Summen öffnete.

Oben war Love Bone dabei, Engelhaar über seinen Weihnachtsbaum zu drapieren. Bei Angelos Anblick war er weniger irritiert als überrascht und neugierig, warum dieser ihn am frühen Weihnachtsmorgen besuchte. All die Jahre hatte sich Angelo als zuverlässiger Freund bewährt.

Dennoch hatte Bone, nachdem er den Summer gedrückt hatte, ein Fläschchen mit starken Tuinal-Schlaftabletten und eine nahezu leere Plastiktüte unter ein Sesselkissen geschoben. Am frühen Abend war die Tüte mit einer halben Unze reinem Kokain prall gefüllt gewesen.

Als Bone die Wohnungtür öffnete, spürte er, wie ihm schummrig wurde. Vor zehn Minuten hatte er eine Handvoll Tuinals geschluckt. Er wollte unbedingt von dem hohen, frostigen Gipfel herunterkommen, den er bei einer zwölfstündigen Orgie mit drei kokaingeilen Schlampen in einer Hotelsuite auf der Southside erklettert hatte.

Angelo stieg langsam durch die schimmelige Düsternis des grau ausgelegten Treppenhauses in den ersten Stock. Er pausierte eine Weile auf dem dämmrigen Treppenabsatz und starrte auf den grinsenden Love Bone, der, in einem schwarzen Satinkimono schimmernd, im Eingang lehnte.

Warum muß ich der verdammte Judas sein? dachte Angelo, als er sich Bone näherte. Mit einem falschen warmen Lächeln auf dem zerfurchten Mondgesicht. Wie sie ihn ankotzte, diese zehnte Todesmission für die Familie.

Gerade diesmal... Bei den anderen hatte er absolut nichts gefühlt. Bei zweien vielleicht sogar Vergnügen. Er fühlte seinen kranken Magen zucken von der giftigen Galle seiner Wut auf Bone, der so dumm gewesen war, Familien-Dope zu klauen. Wie er in diesem Moment die ganze Familie haßte, von Oberboß Tonelli bis herunter zu sich selbst. Sich selbst am meisten, weil er Bone sein Leben verdankte. Eine Schuld, die er jetzt nur noch in Colluccis Gerichtshof des Todes abtragen konnte.

Aus einem Meter Entfernung brüllten Bone und Angelo aufeinander ein.

„Mensch, ich will Raquel Welchs Tittenlutscher sein, wenn das nicht mein Lieblingsitaker ist. Frohe Weihnachten, Pappi, und was du dir sonst noch wünschst."

„Mensch, Bone, Schätzchen! Frohe Weihnachten und noch hundert Jahre Glück, du süßer schwarzer Arsch!"

Sie fielen sich wild in die Arme. Hopsten dann tänzelnd wie zwei frischversöhnte Schwuchteln ins Wohnzimmer. Bone nahm Angelos Mantel und warf ihn auf ein blendendweißes Seidensofa. Ein schwacher Mösenduft stieg in Angelos Nase, als er Bone folgte.

Angelo ließ sich schlaff in die Couch fallen. Er linste in das lila-goldene Schlafzimmer. Sein Auftrag würde sich ändern, wenn er eine durchgevögelte Braut vorfände. Sie müßte dann zusammen mit Bone „weggepackt werden", wie sein Boß Collucci das nannte. Bone setzte sich Angelo gegenüber auf ein riesiges rotes Kissen neben einem runden Alabastertischchen.

Bone entkorkte eine Flasche Harveys Bristol Cream. Während er sie über einem Paar Kristallgläser schweben ließ, fragte er mit leicht sarkastischem Unterton: „Pappy, Baby, wie immer das Übliche für uns beide?"

Angelo atmete tief, um Spannung loszuwerden, die eventuell verräterisch in seiner Stimme mitklingen könnte. Bone kaute auf seiner Unterlippe und studierte die grelle Qual, die Angelos Miene zeichnete.

Angelos massige Hände wedelten Vorwürfe über den Kaffeetisch. „Is das nicht das Letzte? Mann, das mußt du fragen? Nach der Masse Harveys, die wir die letzten Jahre zusammen weggeschüttet haben?"

Angelo schmunzelte, wie glatt ihm das entwaffnende Verbrüderungsgesülze über die Lippen ging. Bone goß den Sherry ein. Sein vernarbtes Gesicht wirkte ungerührt. Seine Augen brannten wie die eines Voodoo-Priesters seiner Heimat Haiti, der gespannt den Stimmen der allmächtigen Loas oder Voodoo-Götter lauscht, die in flammen- und blutbefleckter Nacht durch einen frisch abgetrennten menschlichen Kopf sprechen. Das musikalische Plätschern des Sherrys gurgelte unheilvoll in der wirbelnden Stille.

Bone strich mit dem Finger über die fünfundzwanziger Automatik in der Tasche seines Morgenmantels. Er zog eine Zigarette aus einer Schachtel und dachte: *Der Spaghettifresser ist irgendwie komisch drauf heute morgen. Ich hab das Gefühl, die Tuinals ziehen mich unheimlich runter. So eine Scheiße! Schade, ich wünschte, ich könnte an der Weißen Lady schnuppern, die unter dem Kissen liegt, damit mein Kopf wieder klar wird.*

Bone grinste. „Du weißt, du bist mein Partner, mein bester Partner. Aber verdammt, du hast nich mal angerufen. Du bist nich hier gewesen, seit dich meine Hawaii-Schlampe an Thanksgiving mit ihren drei Löchern um den Verstand gebracht hat. Mann Pappy, ich hätt n Hunderter gegen ne Tasse Rotz gewettet, daß du mich nich so behandeln würdest."

Angelo wandte die Augen ab und ließ den Sherry in seinem Glas kreisen. Er war erschöpft und wollte das erste sich bietende Stichwort benutzen, um Colluccis Vorladung an den Mann zu bringen.

„Bone, Süßer, ich hab dich vermißt", sagte er. „Aber Mr. Collucci hat mich mächtig in Trab gehalten wegen dem ganzen Ärger mit Tat Taylors Warriors und anderem Scheiß, über den ich nicht reden kann. *Capisce*?"

Bone blies einen Schwall träger Rauchringe in das Gesicht auf der anderen Seite des Kaffeetisches. „Ich versteh schon, Pappy Baby. Du weißt, ich lieb dich. Wenn ich ne Braut wär, könnteste meine Muschi als Footballhelm tragen ... das ganze Jahr über."

Sie brachen in lautes Gewieher aus.

Angelo ließ seinen Blick durch das verführerisch blau erleuchtete, rot-weiße Wohnzimmer schweifen.

„Bone, du hast dir hier ja wirklich ne Mösenfalle eingerichtet", sagte Angelo, während er über seinen Hosenschlitz strich.

Bone starrte auf das Bild seiner schönen Schwester Mayme über dem Kamin. „Ja, ich hab das ganz gut auf die Reihe gekriegt, seit meine Schwester nicht mehr hier wohnt. Bis zum Frühling wollen wir jede Bude in meinem Gebäude renoviert haben."

Dann zog er seine von zahllosen Schlägen aufgeschwollenen blauen Lippen hoch und grinste das blendend weißzähnige Grinsen eines schwarzen Leoparden. Er hielt Angelos Blick mit dem kalten, grauen Starren seiner eigenen Augen fest.

Bone flüsterte fast: „Mann, was is los?"

Angelo fragte mit Todesqualen im Gesicht: „Was meinst du, Bone?"

„Mann, ich meine, daß du zu Weihnachten bestimmt nicht die süßen großen Nuckeltitten von deiner Alten wegen so n bißchen Gequatsche vernachlässigst und wenns mit deinem besten Kumpel ist."

„Mr. Collucci will dich heute morgen sehen", erklärte Angelo ruhig.

Bone fragte leise: „Ist er unten?"

Angelo schüttelte den Kopf.

Bone fummelte am Revers über der Automatik und sagte barsch: „Mann, was soll der ganze Scheiß am Weihnachtsmorgen?"

„Was meinst du damit, Bone? Bone, heute morgen ist es so, als ob wir uns nicht kennen würden. Mr. Collucci hat mich mit ner Botschaft hierher geschickt." Angelo zuckte hilflos die Achseln und schüttelte seinen großen Kopf in offensichtlicher Verwirrung.

Bone explodierte aus dem roten Kissen auf seine Füße und baute sich schlitzäugig vor Angelo auf. Er stieß seine zerschlagene Nase tief hinab in Angelos Gesicht.

Sein Zeigefinger zerschnitt die Luft vor Angelos Gesicht wie ein Ebenholzstilett, während er ihn wild flüsternd nachäffte: „*Was meinst du damit, Bone? Bone, heute morgen ist es so, als ob wir uns nicht kennen würden.* Du dämlicher Itaker, ich mein, ist alles in Ordnung? Ich mein, verarsch mich nicht, Mann! Ich mein, du bist mir was schuldig. Als ob du mich nicht kennen würdest, alter Arsch.

Ich meine, hast du das Blei vergessen, das ich da draußen vorm Stadion gefressen hab, weil du deinen Schwanz nicht von der Braut von dem Schweden lassen konntest? Ich hätts mir auch gemütlich machen können, damit er deinem Schädel nochn paar zusätzliche Löcher verpaßt. Wassn los, Mann? Hat Mr. Collucci sich aufgeregt, oder was? Wir haben Weihnachten, Mann!"

Angelo lächelte schwach. „Ach Quatsch, der ist überhaupt nicht sauer. Vor n paar Stunden hat er noch gestrahlt wie n Honigkuchenpferd. Lächelte und war guter Stimmung."

Wie ein Lügendetektor erforschte Bone Angelos Gesicht, das sich im kathedralenblauen Glühen der Tischlampe zu einer trügerischen Maske aufrechter Unschuld gewandelt hatte.

Angelo bereitete den Köder vor. „Bone, ich schwöre bei der

Heiligen Mutter, daß es nichts gibt, weshalb du dir Sorgen machen mußt. Na gut, ich riskier meine Eier, weil du mein Freund bist.

Ich erzähl dir jetzt was, was ich eigentlich gar nicht wissen darf." Angelo machte eine lange Pause und warf dann den Köder aus. „Mr. Collucci hat zwei schwarze Typen bei sich, die du dir ansehen sollst ... in seiner Kneipe in Skokie. Er ist ziemlich sicher, daß sie dir und Mack Rivers die acht Kilo geklaut haben."

Bone wurde schwindlig vor Erleichterung. Collucci konnte nicht die wahren Schuldigen haben, die ihn sofort ins Grab befördern würden! Konnte nicht wissen, daß er, Bone, den Überfall selbst eingefädelt hatte! Erst fünf Minuten, bevor Angelo aufkreuzte, hatte er mit Charming Mills, einem von ihnen, telefoniert.

Er warf sich neben Angelo auf die Couch und schlug ihm auf den Rücken. „Baby, warum läßt du mich so zappeln? Pappy, du siehst drüber weg, daß ich mich aufgeregt hab, oder?"

Angelo grinste, umarmte Bone schwerfällig und sagte: „Ich wär doch n beschissener Freund, wenn ich dir so n kleines Mißverständnis nachtragen würde, oder?"

Bone stand auf und fühlte, wie ihn die Tuinals einen Moment lang ins Schwanken brachten. Seine Finger fuhren ungelenk durch Angelos groben, grauen Haarschopf. Er lavierte sich in Richtung Schlafzimmer und nuschelte: „Pappy, die Sauferei gestern abend hat mich echt fertig gemacht, deshalb zieh ich mir nur schnell n Mantel über."

Ein Blitzstrahl durchzuckte den dunkler werdenden Tuinalnebel. Er würde Colluccis Gefangene identifizieren und so den Fall zum Abschluß bringen! Er drehte sich um und stand wie ein Stilleben in der Schlafzimmertür.

Schließlich fand er seine Stimme wieder und krächzte: „Ist das nich n Ding, Pappy, ich hab grade das unheimliche Gefühl, daß Mr. Collucci mit sein beidn Witzbolden wahrscheinlich genau richtig liegt. Pappy, ich würd n Hunderter drauf wetten, daß sies sind."

Angelo nickte, leerte sein Glas und stand auf. Er legte sich seinen Mantel um die Schultern. Er ging zur Schlafzimmertür, um sich zu vergewissern, daß sich in Bones Bett nicht wie üblich eine Braut befand.

Alarmiert von Angelos plötzlicher Anwesenheit, erstarrte Bones Hand auf der Automatik, die er soeben in einer Kommodenschublade verstaute. Bone riß sich zusammen und schlüpfte in einen pelzbesetzten schwarzen Wildledermantel. Sie bewegten sich auf die Tür zu.

Bone blieb stehen, drehte sich um und blickte ins Wohnzimmer. „Ich bin ja vor Tagesanbruch zurück, also mach ich das Licht gar nich erst aus."

Angelo zuckte die Achseln und sagte: „Ja, vielleicht hält das Licht n Einbrecher ab, der sich bei dir umsehen will."

Bone drehte sich um und blickte auf die Wand neben der Tür, wo ein Photo von ihm in Boxermontur und darum herum Polaroid-Schnappschüsse von Bräuten fast jeder Rasse und Hautfarbe hingen. Angelo erinnerte sich an die elenden und drangvollen Jahre als Bones Trainer. Bone schaute stolz auf die groteske Galerie seiner Groupie-Schlampen. Sie hatten das stählerne Ballett seiner Beine aufgezehrt. Die Klapperschlange, die in seinen Fäusten lauerte und sofortiges Vergessen brachte, war in diese leicht zugänglichen Schleimhöhlen gekrochen und dort eingegangen.

Bone stolperte zweimal auf dem Weg ins Vestibül. Das Junkie-Mädchen kauerte zitternd in einer Ecke des steinernen Treppenabsatzes über einer großen Kaffeekanne. Es starrte hypnotisiert auf Drachenzungen aus Feuer, die von einer enggewickelten Rolle Zeitungspapier in die kalte Luft des Vorraums leckten.

Bone wankte an ihr vorbei durch die Tür zur Straße. Er ging zu einem Schneehaufen neben dem Gebäude und scharrte einen Schneeball zusammen. Er kam zurück und warf ihn in die Kanne. Ein Dampfgeist zischte ärgerlich und entwich an die Luft.

Angelo stand auf dem Absatz hinter Bone und lächelte falsch. Bone hockte sich hin, ganz glucksende Anteilnahme für das Häufchen Vogelscheuche, das vor Schuldbewußtsein und Angst vor Rausschmiß schluchzte und rotzte.

Bone tätschelte ihren buckligen Rücken. Sie duckte sich und jammerte: „Is nich mein Feuer. Es wird einer von den Typen von der Forty-seventh-Street gewesen sein. Bone, ich schwör dir, es is nich meins."

Bone sagte: „Nun mal langsam, Mädchen, du weißt doch, daß

Onkel Bone dir nie wehtun würde. Lil Dee, warum biste am Weihnachtsmorgen auf der Straße? Weiß Pearl Bescheid?"

Sie trocknete eine Rotzblase mit ihrem Ärmel und sagte kläglich: „Bin seit zwei Monaten drauf. Mama hat mich rausgeschmissen. Kein Platz und kein Essen für n Junkie, wo noch zehn Schreihälse zuhause sind."

Bone schüttelte den Kopf und sagte: „Geh nach Hause, Lil Dee. Das gibts doch nicht, daß Cecil dich nich reinläßt bei dem Scheißwind, der dir die Schwindsucht an n Hals bläst da draußen. Sei vernünftig, Lil Dee."

Sie sagte traurig: „Haste nich gehört? Die Bullen ham Papa gestern abend kurz vor Mitternacht in Sams Baby Store aufgestöbert und umgelegt."

Bone seufzte und fummelte an einem Schlüsselring. Er schloß die Glastür auf und öffnete sie weit.

Er befahl in gespieltem Zorn: „Lil Dee, beweg deinen klapprigen Arsch unter die Dusche im Keller und schmeiß die Klamotten in n Heizkessel. Sag dem alten Franklin, das is der Hauswart, ich hätt gesagt, er soll dir n altes Hemd und n Sandwich geben und dich auf der Matte neben dem Ofen schlafen lassen. In n paar Tagen besorgt dir Onkel Bone ne astreine Kluft. Los jetzt, Mädel, bevor ich dich rausjage in das Sauwetter."

Sie kam schwerfällig wie eine zittrige alte Vettel auf die Beine, ihre Kinderaugen voll Tränen der Dankbarkeit. Sie drückte Bones Hand und küßte sie.

Bone gab ihr einen zärtlichen Klaps auf das knochige Hinterteil und sagte: „Lil Dee, bei Love Bone Larry Flambert kannste dir den Scheiß sparen. Mädchen, ich bin hart und eiskalt wie n Bulle auf Razzia."

Sie grinste gezwungen und ging zur Tür.

Bone hielt sie einen Moment lang am Arm fest und sah mit glasigen Augen ernst auf sie herunter. „Lil Dee, Onkel Bone hilft dir, von dem Zeug runterzukommen. Du mußt wieder hinter deine Schulbücher."

Sie nickte. Die Tuinals ließen Bone torkeln, als er sich umdrehte und Angelo auf den Bürgersteig folgte. Angelo fand es unnötig, die Besänftigungstour „Und du fährst mir in deinem El D hinterher" abzuziehen. Er steuerte Bone direkt in den gähnenden Schlund der geöffneten Hintertür der schwarzen Limousine.

Bone bückte sich, warf einen Blick in den Wagen und prallte zurück gegen Angelo. „Mann, wer ...?"

Angelo warf ruhig ein: „Mr. Collucci will gegen Mittag in der Kneipe n Weihnachtsessen mit Spielen und so für n paar Freunde und ihre Kinder organisieren. Der Typ da hinten ist Koch, und der Typ vorne sein Gehilfe und Kellner."

Bone murmelte vor sich hin und warf sich neben den strahlenden Stilotti auf den Rücksitz. Angelo schlug die Tür zu und ging zum Fahrersitz. Er ließ den Caddie an und drückte einen Knopf auf der Armlehne an der Tür. Bone überhörte das schwache Klicken in den Türen, als die Limousine losfuhr. Er war in einem fünf Zentimeter dicken, mit kugelsicherem Glas und Stahl verkleideten Gefängnis eingeschlossen.

Bone reckte sich zur Seite und glotzte Stilotti mit trüben Augen an. Er kicherte einen Sprühregen aus Spucke in das runde, verdutzte Gesicht und lallte: „Kumpel, du bis kein Koch. Du has zwar kein Schnauzbart un n rotn Mantel, aber dein Fettwanst würd ich überall erkennen. Maaann! Du bis der Weihnachtsmann. Ich hab noch n Wunschzettel für dich. Ich wünsch mir ..."

Mit offenem Mund schnarchend, sackte Bones Kopf in die Polster. Phil lachte. Angelo grunzte. Seine Hände umkrallten das Steuer. Dem kichernden Chirurgen kullerten die Tränen über die feisten, rosigen Bäckchen.

KAPITEL ZWEI

Angelo fuhr die schwarze Limousine und ihren Gefangenen zu Colluccis Roadhouse ins außerhalb gelegene Skokie.

In seiner Villa im eleganten Vorort River Forest mühte sich der nackte Collucci eifrig auf seidenen Laken ab. Er fühlte, wie er vor den rosa Lippen der Vulva, die ihn durch das seidige Gestrüpp hindurch anschmollte, schlappmachte. Wieder einmal hatte er zwischen den Alabasterschenkeln von Olivia Tonelli Collucci kläglich versagt.

Er rollte zur Seite und sah, wie sie im verblassenden Licht des fetten gelben Mondes ihren runden Grübchenhintern hin- und herwarf. Sie spießte sich auf seinen langen Zeigefinger, zischte lüstern, während sie den nassen Stumpf ritt. Sie zog ihre Schenkel an, als er an ihren Brüsten saugte. Wild galoppierte sie auf die Ziellinie zu. Er packte beide Brustwarzen mit seiner großen Hand, kaute, biß, lutschte, nagte und stach sie in den Orgasmus.

In einem rasenden Sturm gutturalen Entzückens warf sie sich in wollüstigen Spasmen ausgehungerter Erlösung nach hinten. Dann war sie sofort wieder verletzt, wütend, daß er bei ihr nicht steif bleiben konnte. In diesem Moment haßte sie sein mechanisches Fingerficken, mit dem er schließlich nichts für sie tat, was sie nicht selbst hätte tun können. Sie rollte von dem stoßenden Dildo und grub ihre Nägel in seinen Schoß. Sie zog sich zu einer embryohaften Kugel zusammen, keuchte und warf ihm wilde Blicke zu.

Collucci langte nach ihr. „Engelchen, ich bin ..."

Sie streckte sich und biß mit messerscharfen Zähnen in das empfindliche Gewebe zwischen seinem Daumen und Zeigefinger. Vor Schmerz rang er nach Luft und saugte an der Wunde. Sie verhöhnte ihn mit einem gehässigen Grinsen.

Er sagte schroff: „Du falsche Hexe. Ich prügel dir die Pisse aus dem Leib."

Sie lachte und stichelte mit kehliger Stimme: „Tu das, Gummischwanz, und ich schrei die ganze Nachbarschaft zusammen, eingeschlossen Papa.“

Sie wandte ihm den Rücken zu, ätzte in Sizilianisch über die Schulter: „Du geiler Westside-Abschaum, warum prügelst du nicht die Pisse aus der neuen schwarzen Nutte, die du bockst? Das ist doch der Grund, warum du bei einer anständigen weißen Frau keinen mehr hochkriegst.“

Es ärgerte ihn, an seine Slumherkunft erinnert zu werden. Und er war wütend wie immer, wenn sie seine krankhafte Sucht nach pechschwarzen Ficklöchern erwähnte.

Er schluckte seinen Zorn hinunter, die Wahrheit, die ihre saubere, friedliche kleine Welt der Teekränzchen und der samthandschuhnen Schnorrerei für wohltätige Zwecke erschüttert hätte. Die Wahrheit, daß Joe Tonelli, ihr geliebter Vater, für seinen gegenwärtigen Reichtum und das Image eines respektablen Geschäftsmanns im Ruhestand einen Blutstrom durchschwommen hatte.

Nach langem Schweigen sagte Olivia mit brüchiger Stimme: „Bitte verzeih mir ... Du weißt, ich will in Wirklichkeit gar nicht solche Dinge sagen. Du tust mir einfach leid. Wirklich. Du wirst mich verlieren, Petey verlieren ... alles.“

Collucci sammelte seinen gelbseidenen Pyjama von dem persischen Bettvorleger auf. Mit schiefem Lächeln schlüpfte er hinein. Er setzte sich ans Kopfende des Bettes und blickte auf das diamantene Zifferblatt der Patek Phillipe, die ihm vom Nachttisch aus „vier Uhr morgens“ zuzwinkerte.

Er zündete sich eine Zigarette an und nahm einen tiefen Zug, atmete aus und sah einen Poltergeist aus Rauch, der durch das Schlafzimmer schwebte und sich an den reifüberzogenen deckenhohen Fenstern umbrachte, die auf den frostkalten Grottengarten hinausgingen. In den Lichtkegeln der rings um die Villa errichteten Sicherheitsscheinwerfer glitzerte der Garten wie eine kristallene Traumlandschaft.

Er blickte hinüber auf Olivias seidige Mähne, die goldene Strahlen über das Kopfkissen feuerte. Träge überlegte er, das Goldene Vlies mit dem Drachen als Bewacher, von dem er irgendwo gelesen hatte, müsse den pulsbeschleunigenden Zauber des Haares seiner Olivia gehabt haben. Er versuchte, sich an die Namen der zwei Ganoven zu erinnern, die den Schneid gehabt hatten, es zu klauen. Er biß sich auf die Unterlippe und durchstöberte sein Gedächtnis.

Ja, er würde wieder regelmäßig die Klassiker lesen. Er mußte die Rolle des angesehenen Vertreters der oberen Mittelschicht von jedem verräterischen Makel freihalten. Dies und anderes zur eigenen Vervollkommnung würde er tun, sobald es ihm gelungen war, Tit For Tat Taylor und seine Warriors auf dem Rosedale Cemetery oder sonstwo wegzupacken.

Er raffte die Satinbettdecke über Olivias Pracht, dachte, was für ein wunderschöner, ehrbarer, eintöniger, verklemmt-katholisch mieser Fick sie doch war. Und zum tausendsten Mal fragte er sich, wie es wäre, die unerhört scharfe Mayme Flambert zu ficken.

Er erinnerte sich, wann der Sex mit Olivia öde geworden war. Es war passiert, als er anfing, das große Geld in die Finger zu kriegen. Er hatte seine tadellos gepflegten Einsfünfundneunzig in den schicken Etablissements der nahegelegenen Northside präsentiert. Dann war eine Reihe knackiger Modenymphchen und Society-Huren gefolgt, die ihm Mund und Nase für den beißenden Geschmack unbekannter Abgründe weit geöffnet hatten.

Im Laufe der Jahre war er hoffnungslos abgestumpft, während Olivia die unbezwingliche Lady blieb, die nicht mal im Schlafzimmer zur Nutte wurde.

Er sah hinüber zu ihr und fühlte, daß die sexuelle und seelische Liebe, die er zu Anfang, vor fünfunddreißig Jahren, für Olivia empfunden hatte, nicht verschwunden, sondern eher verwandelt war. Jetzt verspürte er für Olivia nur noch die Lust des Besitzers, die Vernarrtheit, die fixierte, optisch-orgiastische, kalte Leidenschaft, die ein Kunstfanatiker an das hervorragendste Stück seiner Sammlung verschwendet.

Er paffte seine Zigarette und sog von seinem Finger einen Hauch von Olivias vaginalem Duft ein. Aber er dachte dabei nicht an sie, sondern wieder an die hochmütige und rätselhafte haitianische Verführerin, und fragte sich, wie wohl ihr Geruch sein mochte. Er würde es herausfinden, todsicher. Wie all die anderen würde sie ihren Schoß auf seinem steifen Glied kreisen und tanzen lassen wie ein in Ekstase geratener JoJo. Freiwillig oder mit Gewalt. In seiner Gewalt. Bald!

Er hatte immer die erlesensten Farbigen gehabt. Im Geiste sah er sein letztes Spielzeug vor sich. Eine einzigartige Schönheit, wie alle seine schwarzen Gespielinnen. Zuerst zeigte sie sich wie Mayme hochmütig und reserviert. Sie gehörte einem schießwütigen schwarzen Buchmacher und hatte einen ungeheuer kurvenreichen Körper. Die unheimliche Besonderheit aber, der Collucci nicht widerstehen konnte, war, daß ihre Haut, Augen und Haare denselben Farbton hatten; den satten, leuchtenden Ton einer reifen Aprikose.

In seinem Liebeswahn hatte der Buchmacher Collucci mit Schaum vorm Mund bedroht und mußte weggepackt werden. Die aprikosenfarbene Schönheit folgte ihm sechs Monate später. Sie brachte sich um, als Colluccis infernalisches Verlangen aufgezehrt war. Er lächelte. Jedenfalls hatte der Leichenbeschauer ihren Tod als Selbstmord beurkundet.

Collucci bekam stets, was er wollte. Machte, was er wollte. Von jeder. Mit jeder. Auch Mayme würde keine Ausnahme sein. Bis auf die Tatsache, daß er ihren Bruder wegpacken würde.

Jetzt blickte er in Olivias Gesicht, das immer noch viel von der sanften Schönheit ihrer Mädchenjahre hatte. Er dachte daran, wie er sie zum ersten Mal gesehen hatte: vor fünfunddreißig Jahren in einer sternenverseuchten Nacht gegen Ende der Dreißiger. Er war zwanzig gewesen. Sie fünfzehn.

Er stand neben dem Karussell. Ihr Anblick ließ seine Beine vor Sehnsucht und ehrfürchtiger Scheu erzittern. Sie bewegte sich wie eine Primaballerina über den sägemehlbestreuten Kirmesplatz durch die Menge der Schaulustigen. Durch das enganliegende Organdygewebe des schneeweißen Kleides zeichneten sich ihre Schenkel ab. Die fröhliche Musik des Karussells, im Einklang mit ihrem sinnlichen Gang, ließ ihn zusammenfahren wie ein Trommelwirbel.

Von weitem hatte ihr Gesicht auffallende Ähnlichkeit mit dem Loretta Youngs. Aber als er ihr folgte, sah er, daß sie größer und hübscher war, lange, wohlgeformte Beine hatte und taillenlanges, im Licht schimmerndes Haar.

Sie blieb stehen und warf erfolglos Pennies in Richtung einer Untertasse, die in einer Wanne mit Wasser schwamm, in dem sich ein Regal mit blasiert grinsenden Jahrmarktspuppen spiegelte. Hinter ihr stehend, sah er, wie sie ablehnend den Kopf schüttelte, als ihr der kratzfüßig buckelnde Inhaber eine Puppe schenken wollte.

Als sie sich abrupt umdrehte, war er ergriffen von den großen blauen Augen, die elektrisiert aus dem Rehgesicht blickten.

Sie sagte: „Warum folgen Sie mir und sehen mich so komisch an?“

Ihre Stimme und ihre Gegenwart blendeten den rauhen Kirmeslärm und das Menschengewühl aus. Er war allein mit ihr in der in Mondlicht getauchten Nacht. Mit riesigen Pranken umschloß er zärtlich ihre weißen Hände. Er fühlte sie flattern, zucken, sich zusammenkuscheln wie verliebte, brünstige Tauben. Sprachlos standen sie eine lange Weile trunken schwankend da.

In wohlklingendem Sizilianisch flüsterte er: „Ich folge dir und sehe dich so wild an, weil ich fürchte, dich aus den Augen zu verlieren. Ich brauche dich. Ich will nicht ohne dich leben. Ich bin allein gewesen, habe nach dir gesucht, von dir geträumt, seit meine Mutter und meine Schwester in den Himmel kamen, als ich sechs Jahre alt war. Ich liebe dich, mein Engel ... Heilige meiner Träume. Ich will, daß du meine Frau wirst.“

Sie riß ihren Blick los, schaute auf das Sägemehl und befreite ihre Hände. Der Zauber brach, und sie stürzten wieder in die Schlangengrube der von Menschen bevölkerten realen Welt.

Unkontrolliert zitterte ihre Unterlippe, als sie lachte und schnippisch sagte: „Sie heiraten? Ich weiß nicht mal Ihren Namen.“ Sie machte eine Pause. Ihre Augen tanzten schelmisch.

„Jack the Ripper?“

Er runzelte ärgerlich die Stirn. „Ich bin Jimmy Collucci. Und du?“

Sie trat ein wenig beiseite und blickte über ihre Schulter zur Straße. „Olivia Tonelli. War nett, dich kennenzulernen, Jimmy.“

Als sie ihren Familiennamen nannte, regte sich etwas in seinem Gedächtnis. Er trat dicht an sie heran und sah wie sich die dicke Ader in ihrer weißen Halsgrube blähte.

„Was ich gesagt habe, meine Schöne ... habe ich höllisch ernst gemeint.“

Sie blickte wieder über ihre Schulter. „Ich heiße Olivia. Schon vergessen? Mein es lieber nicht ernst, Jimmy.“

„Wieso?“ fragte er.

Nervös stolperte die Spitze ihrer lieblichen Zunge über die Bonbonlippen. „Aus mehreren guten Gründen“, sagte sie, wenig überzeugend, mit Zittern in der Stimme.

Nachdem er still ihr aufwärts gewandtes Gesicht erforscht hatte, hob er seine Augen, blickte an ihr vorbei und sah einen stämmigen Kerl aus einem neuen schwarzen Lincoln steigen und die Straße überqueren. Der Stämmige schlurfte einen kopfsteingepflasterten Weg hoch zur Eingangstür eines Backsteinhauses.

„Zum Beispiel?“ Colluccis wölfische Augen verengten sich, als er den Stämmigen mit großen Schritten über die Straße auf den Kirmesplatz zukommen sah.

Sie sagte: „Zum Beispiel bin ich zu jung, um die Frau von irgendjemand zu sein. Oder sollte ich Sklavin sagen?“

Er runzelte die Stirn und sagte in Sizilianisch: „Guck dir meinen Schmuck an, meine Kleidung. Sehe ich aus wie ein mittelloser Milchbubi, der gerade vom Schiff gekommen ist? Sieh doch! Deine Mundwinkel zittern schon nach meinen Küssen.“

Sie biß sich auf die Unterlippe und schüttelte den Kopf. „Du bist verrückt. Du ... das geht nicht. Ich kann dich nicht heiraten.“

Er machte ein Geräusch tief in der Kehle und fuhr in schmeichlerischem Sizilianisch fort: „Dann triffst du dich eben ein paarmal mit mir, du geiles Luder. Ich garantiere dir, daß das heimliche Feuer in deinem Herzen und zwischen deinen Schenkeln danach nur noch für Jimmy Collucci brennt. Probier mich aus. Du wirst mich heiraten.“

Sie errötete kleinmädchenhaft in hilfloser Verwirrung.

„Bitte! Sag nicht solche Sachen. Respektiere mich ... laß mich...“

Sie sah sich nach dem stämmigen Typ um, der durch die Menge kam, sein zerfurchtes Gesicht auf sie gerichtet.

Collucci sagte auf Englisch: „Dein alter Herr?“

Sie schüttelte den Kopf.

„Nein, sein Chauffeur.“

Mit den Fingerspitzen berührte sie vorsichtig Colluccis Hände und sagte leise: „Mein Vater denkt, ich bin ... na ja, mindestens zwei Jahre zu jung für Verabredungen mit Jungs. Außerdem bin ich bald nicht mehr hier. Er will mich auf eine vornehme Mädchenschule im Osten schicken, die eine sieben Meter hohe Mauer hat, damit Draufgänger wie du draußen bleiben."

Sie senkte ihre Augen.

„Tut mir leid, netter Jimmy Collucci."

Sie drehte sich um und ging schnell weg.

Er brüllte ihr seine Verzweiflung hinterher. „Olivia! Ich bin noch eine Woche mit dem Jahrmarkt hier. Komm bald wieder, Angel Doll. Ich muß dich wiedersehen. Okay?"

Einen hämmernden Moment lang blieb sie stehen und lächelte über die Schulter. Ihre blauen Augen schauten ihn träumerisch an. Mit den Lippen formte sie das Wort: „Vielleicht."

Er wandte den Blick nicht von ihr, bis der Stämmige sie im Lincoln abtransportierte. Und in den nächsten drei Nächten trieb er sich auf dem Jahrmarkt, wo er nie gearbeitet hatte, herum und hoffte auf ihr Kommen. Hohläugig schleppte er sich zu Bett, wälzte sich bis Tagesanbruch schlaflos herum, wütete und fluchte, weil sie ihn hatte wissen lassen, daß es sie gab.

Der Lincoln kam am vierten Abend. Sie stieg aus und ging in das Backsteinhaus, wo, wie sich herausstellte, ein kranker Verwandter wohnte, den sie besuchte. Collucci kam es wie eine Ewigkeit vor. Aber nach zehn Minuten flog sie über den Kirmesplatz auf ihn zu, das Haar ein golden wehendes Banner der Freude, der Liebe!

Sie hielten ihre Affäre vor Joe Tonelli geheim. Und Collucci hielt vor Olivia das auf den Straßen kursierende Gerücht geheim, ihr Vater sei der zweite Mann unter Oberboß Louis Bellini. Und natürlich verheimlichte er Olivia, was er mit eigenen Augen gesehen hatte und was bewies, daß Joe Tonelli ein Mafioso war.

Collucci erhielt seine grausige Bestätigung, als er zum erstenmal seinen Fuß auf das Tonelli-Anwesen im vornehmen Oak Park gesetzt hatte und Olivia ihn mit ihrem kostbaren Jungfernhäutchen beschenkte.

Seit ihrer ersten Begegnung vor zwei Monaten im Juni hatten sie unzählige Stunden am Telefon Liebesgeflüster und Scherze ausgetauscht. In dieser Zeit traf Olivia Collucci viele Male auf kühlen Kinorängen, wo sie sich mit tiefen Zungenküssen vergnügten und bis an den Rand des Nervenzusammenbruchs fummelten.

Am Ende pflegte Olivia auf das Radiumzifferblatt ihrer Armbanduhr zu sehen und in den schwarzen Lincoln zu flüchten, der vor dem Kino schimmerte. Und Collucci beobachtete, wie der Chauffeur Olivia wieder einmal entführte.

Widerwillig nahm Collucci dann jedesmal seinen eisenharten Ständer und schoß die schmerzende Ladung seiner Eier in eins der vielen jungen Mädchen, die begierig warteten, sie zu empfangen.

Schließlich kamen Olivia und Collucci im Gästebungalow hinter Joe Tonellis Villa zusammen, in einer Nacht, als Tonelli nicht in der Stadt war.

Die Bediensteten hatten frei, und im Haus befanden sich anscheinend nur die zwei üblichen Wachposten. Die drei mörderischen Dobermänner zur Bewachung der Rückseite des Anwesens hatte Olivia in den Keller gesperrt.

Durch ein drei Meter hohes Stahltor, das Olivia ihm aufgeschlossen hatte, war Collucci zum Bungalow geschlüpft. Bald lagen sie nackt, die Gesichter einander zugewandt, sich küssend und streichelnd. Zum erstenmal steckte er seinen Schaft zwischen ihre Schenkel. Sie presste sich an ihn und rieb seine hitzige Eichel an ihrem steifer werdenden kleinen Ding.

Mitten in ihrem unbändigen Knutschen und Rammeln, das sie in glitschig schäumende Raserei versetzte, stöhnte sie: „Jimmy, ich hab am Telefon gelogen, und ich fühle mich wie eine Hure und schäme mich so. Ich will ... daß du ... mich entjungferst. Tu mir nicht weh. Sei nicht grob. Aber bitte, süßer Jimmy Collucci, nimm sie jetzt, sie gehört dir. Ich könnte ja sterben, bevor ich achtzehn bin."

Er wollte protestieren, doch sie brachte seinen Mund mit der Hand zum Schweigen.

„Sag nichts! Nimm sie!"

Er gehorchte ihrem Wunsch mit ausgesuchter Zärtlichkeit.

Als er Stunden später den Bungalow verließ, sah er aus einer Kellertür in einer entfernten Ecke des menschenleeren Grundstücks einen Lichtstrahl aufblitzen. Neugier drängte seine Augen an den herausgefaulten Spalt in der Tür. Zuerst dachte er, die beiden lachenden, in Sizilianisch scherzenden jungen Männer würden eine lebensecht aussehende Kleiderpuppe ausziehen. Sie hatte jedoch ein seltsam vertrautes Gesicht und schien mit roter Farbe bespritzt oder beschmiert zu sein. Abscheulich realistisch lag sie auf einem Tisch, der mit scharlachrot tropfender Teerpappe bedeckt war.

Fast hätte ihn der Schock aufschreien und seine Anwesenheit verraten lassen. Er erkannte, daß das Ding auf dem Tisch einst der liebenswürdige Lebensmittelgroßhändler Tarantino gewesen war!

Dann sah er, wie einer der jungen Männer Arme und Beine zersägte und der andere sie in Teerpappe ordentlich zu Paketen einrollte.

Collucci verstand genug von dem in Schnellfeuergewehrsizilianisch geführten Gespräch, um mitzukriegen, daß die Typen vorhatten, die Pakete als grausame Warnung Tonellis per Post an Freunde und Verwandte des abgeschlachteten Feindes zu schicken.

Auf dem Weg zu seinem Auto kotzte er, bis seine Eingeweide nichts mehr hergaben.

Collucci ließ Olivia in dem Glauben, daß er legal als Mitinhaber des Jahrmarkts arbeitete, wo sie sich zum erstenmal begegnet waren. Er verschwieg, daß er Anführer eines Ringes war, der mit heißen Autos handelte.

Hinter den Kulissen kontrollierte der Mafioso Frank Cocio die Autoschiebereien Colluccis, der kein Mitglied der Familie war. Collucci hielt seine Affäre mit Olivia Tonelli vor Cocio geheim, der sogar den Boden anbetete, den Olivias Füße berührten.

Olivia erzählte Collucci, sie hätte Angst vor der nackten Lust und Begierde in Cocios Augen.

Die Lichter des Grottengartens, die sich in den frostüberzogenen Fenstern des Collucci-Schlafzimmers spiegelten, fielen plötzlich aus und rissen Jimmy Collucci aus seinen Träumereien.

Er war nicht beunruhigt, weil er sah, daß es fünf Uhr morgens war. Die Scheinwerfer gingen in dem Moment wieder an, als er sich sagte, daß es nur Henrietta, die Hausangestellte, sei. Sie wohnte auf der anderen Seite des Gartens, über den Garagen, die fünf Autos Platz boten, und betätigte oft aus Versehen den falschen Schalter in der Anrichte unten neben der Küche.

Jetzt hörte er sie gedämpft mit den Pfannen klappern und inbrünstig ein Weihnachtslied summen, während sie das Frühstück für die Colluccis vorbereitete.

Collucci warf einen flüchtigen Blick auf die schlafende Olivia, sprang aus dem Bett, ging zum Fenster, und bemerkte, daß das einstöckige weiße Gebäude am Rande des Gartens, das sich der Junggeselle Lollo Stilotti und der verheiratete Angelo Serelli teilten, in völliger Dunkelheit lag. Er fragte sich, ob sie Bone wohl zum Verhör brächten, bevor er mit Olivia und ihrem zehnjährigen Sohn Petey zur Weihnachtsfrühmesse ging.

In dreißig Jahren hatten Collucci und Olivia diese Messe nie versäumt. Olivia und Petey immer aus aufrichtiger Gläubigkeit, Collucci als rituelle Tarnung seines heimlichen Atheismus. Außerdem paßte es zu seiner Rolle des entschieden respektablen Mafioso mit Familie.

Nackt ließ er seinen stählern federnden Schatten fünfzehn Minuten lang auf den frostüberzogenen Fenstern hüpfen. Dann streckte er sich auf dem Teppich aus und machte fünfzig Liegestütze. Seine breite Brust war schweißbedeckt, hob sich aber gleichmäßig, als er sein tägliches Morgentraining beendete.

Er trug seinen Pyjama zum Wäschekorb im verspiegelten Bad neben dem Schlafzimmer, setzte sich aufs Klo, rauchte und las aufmerksam einen langen Artikel in der *Tribune.*

Der Artikel warf die Frage auf: „Versuchen die Mafia-Familien in den großen Städten Amerikas heute, in den Siebzigern, die schwarze, kubanische und puertorikanische Konkurrenz auszuschalten und ihr totales Drogenmonopol zurückzugewinnen?"

Collucci lächelte grimmig, während er die Geschichte des Drogenhandels weiterlas, die auch er miterlebt hatte. Und er war entschlossen, selbst Geschichte zu machen, trotz Tonelli und Cocio.

Er erhob sich und spülte. Im Stehen sah er Schlangen aus Blut, die sich zusammen mit seinem Stuhl das Loch hinunterwanden. *Dieser Druck!* dachte er. *Zu dem ganzen Ärger mit Cocio und Tonelli hab ich noch Taylor und seine beschissenen Warriors am Hals. Ich muß die Schwanzlutscher wirklich bald schlafenlegen.*

Er duschte und stand im Bademantel vor dem Spiegel. Er rasierte die ergrauenden blauschwarzen Stoppeln aus dem tiefen Grübchen in seinem starken Kinn. *Dieses Grübchen,* überlegte er, *ist meine Kirk-Douglas-Mösenfalle.*

Er dachte an das bevorstehende dringende Treffen mit Tonelli und Unterboß Cocio in Tonellis Penthouse-Festung im fünfzigsten Stock. Er war sich fast sicher, daß man ihn hinzugerufen hatte, um ihm mitzuteilen, die Bosse hätten den Entschluß gefaßt, die Beteiligung der Familie am Drogengeschäft zu beenden.

Bei dem Gedanken, daß er diesen Rückzieher schon vor einem Jahr vorausgesehen hatte, kräuselte ein selbstgefälliges kleines Lächeln seinen Mund.

Scheiß auf die Bosse. Er würde mit Hilfe anderer, relativ junger Familienangehöriger die Bosse und die Nigger begraben und ein milliardenschweres Drogengeschäft aufziehen.

Wie? Ganz einfach, dachte er, mit einem sorgfältig geknüpften Netzwerk von „Mulis", die das Zeug in die Staaten brachten. Und seine „italienische Connection" würde die reichlichen Lieferungen von Rohopium aus seiner „Iran-Connection" weiterverarbeiten. Als Raffinerie sollte ein konzessioniertes Pharmazieunternehmen dienen, das er in naher Zukunft heimlich zu kontrollieren plante. Hohe Regierungsbeamte, beteiligt am Profit, würden ihn decken.

Er klatschte Rasierwasser auf seine mageren Kinnbacken und grübelte über den Stand der Dinge nach.

Olivia wäre die Alleinerbin von Tonellis irdischen Gütern. Er selbst könnte Macht und Prestige von Tonelli und Cocio erben, falls er sie so ausschaltete, daß er für die Nationale Kommission der Oberbosse, deren höchst angesehenes Mitglied Tonelli war, über jeden Verdacht erhaben blieb.

Colluccis Mund verzog sich zu einem bitteren Lächeln. Sogar dann noch hätte er ein Problem. Consuella Bugatta, eine italienische Adlige, wunderschön aber pleite, und ihre kleinen Zwillingsmädchen lebten bei Tonelli im Penthouse. Der liebeskranke Tonelli wollte sie unbedingt heiraten, wenn seine Scheidung Anfang des kommenden Frühjahrs rechtsgültig wäre.

Seine gelb gesprenkelten grünen Augen verhärteten sich.

Olivias alter Herr würde schon vor dem Frühling weggepackt werden müssen. Collucci würde tausend Menschen wegpacken, um seinen Traum zu verwirklichen.

Er trat aus dem Badezimmer, als er unten am Weihnachtsbaum Peteys aufgeregte Stimme hörte, der ein Paket aus seinem Berg von Geschenken gezogen hatte und dabei war, es zu öffnen. Die anderen Geschenke sollte er nach der Rückkehr von der Frühmesse auspacken.

Collucci ging ins Schlafzimmer und stieg ins Bett. Zärtlich küßte er Olivia wach. Sie sah ihm lange in die Augen, bevor sie ihn küßte und innig umarmte.

„Fröhliche Weihnachten. Ich liebe dich", sagten sie im Chor und lachten glücklich. Er öffnete die Schublade seines Nachttischs und gab Olivia ihr Hauptgeschenk, ein extravagantes Diamantenarmband von Peacocks. Olivia kreischte vor Freude und überhäufte ihn erneut mit Küssen.

Collucci stieg aus dem Bett, um nach unten zu gehen und sich seinerseits eine Freude zu gönnen. Jedes Jahr beobachtete er Peteys Glückseligkeit angesichts des Regenbogens aus Schatzkästchen unter dem Baum. Und er erinnerte sich, wie öde Weihnachten gewöhnlich in den unzähligen Pflegefamilien seiner eigenen Kindheit gewesen war.

Das Telefon klingelte und Collucci stoppte in der Schlafzimmertür. Er sah Olivia direkt in die Augen, als er zum Nachttisch ging und den Hörer abhob. Im vereinbarten Code hörte er Angelo sagen, daß Bone in dem riesigen Vorratsschuppen hinter dem Roadhouse sicher untergebracht war. Er selbst würde innerhalb der nächsten Stunde kommen, um die Colluccis zur Kirche zu bringen.

Collucci sagte: „Ja", und mied Olivias Blick, als er den Hörer auflegte.

Olivia sagte mit leiser Stimme: „Was zum Teufel war das?"

Mit ärgerlich gerunzelter Stirn sagte er: „Geschäfte."

Sie sprang nackt aus dem Bett. Der schlanke, gepflegte Körper bebte vor Erregung.

„Welche Art Geschäfte am Weihnachtsmorgen, Jimmy?"

„Geschäfte deines Vaters", sagte er scharf.

„Blödsinn! Schlappschwanz!" spuckte sie.

Sein Gesicht erstarrte zu einer harten, boshaften Maske. Mit einem schnellen Griff in die Öffnung seines Bademantels holte er seinen langen, schlaffen Schwanz heraus und schwenkte ihn wild vor ihren aufgerissenen Augen. Dabei blökte er in Sizilianisch: „Lutsch ihn! Lutsch ihn! Du altmodische, verklemmte Schlampe. Jeder auf diesem Planeten lutscht. Ich würde eine hohe Wette abschließen, daß sogar dein gottverdammter hochverehrter Papst lutscht. Hier! Ich werde dir mit dem Steifen das Maul stopfen, bis du blau anläufst."

Er drehte sich um und zischte über die Schulter: „Olivia, scher dich verdammt nochmal um deinen eigenen Dreck. Ich bin der Boss. Löchere mich nie wieder!"

Sie griff von hinten nach dem Gürtel seines Bademantels und riß ihn von der Taille. Er wirbelte herum, seine Augen voller Haß. Seine Fäuste hingen wie knotige Prügel herunter, zitterten drohend.

„Schlag mich doch! Schlag mich doch!" explodierte sie. „Du gotteslästerlicher, schmieriger, perverser Bastard. Seit zwanzig Jahren bringst du mir den Gestank deiner schwarzen Nutten ins Haus. Meine Beine sind immer noch sexy, und mein Arsch fest genug, um einen gutaussehenden Liebhaber anzumachen. Zum Teufel mit meinem Eheschwur! Ich werde wie ne läufige Sau in seinen Armen quieken."

Collucci stürzte sich auf sie. Sie wich vor seiner furchterregenden Grimasse zurück. Ihre Knie gaben nach und sie sank zu Boden. Er warf sich über sie, seine langen kräftigen Finger krallten in ihre Schultern. Sein Bizeps spannte den Frotteestoff, als er sie wie eine Puppe schüttelte. Dann knallte er ihren Kopf auf den Teppich, bis ihre Augen glasig wurden.

Er kam ganz nah an ihr entsetztes Gesicht und fauchte: „Das nimmst du zurück! Nimm es zurück! Jedes Wort!"

Sie keuchte: „Jimmy, bitte! Ich habs doch nicht so gemeint. Du weißt, ich würde keinen anderen Mann an mich ranlassen. Bitte laß mich los!"

Collucci lockerte seinen Griff und sagte mit tödlich leiser Stimme: „Dir ist doch klar, daß Petey dann seine Mutter verliert? Daß ich dich wegpacke, wenn ich dich je dabei erwische, daß du mir untreu bist?"

Sie nickte irr, mit weit aufgerissenen blauen Augen.

Collucci fuhr grimmig fort: „Kapierst du endlich, daß du bis zum faltenärschigen hängetittigen Ende mir gehörst?"

Wieder nickte sie wild.

Collucci wollte gerade aufstehen, als er Petey hinter sich schluchzen hörte. Schnell streckte er Olivia die Hand hin, um ihr hochzuhelfen, während er einen Blick über die Schulter warf.

Petey stand in der Schlafzimmertür, ein riesiges Stück Kuchen mit Schlagsahne umklammernd. Tränen rollten aus seinen großen Augen, die blau und elend glitzerten. Ein feuchter Fleck breitete sich auf der Vorderseite seines roten Schlafanzugs aus.

Collucci eilte auf den Jungen zu und hob ihn so zärtlich hoch wie eine Mutter, die ihr Neugeborenes tröstet.

„Petey, Petey, hör auf zu weinen. Livvy und Daddy haben nur ein Spiel gespielt. Guck doch, Livvy lächelt. Siehst du, ihr tut nichts weh, und sie ist nicht böse", sagte Collucci mit sanfter Stimme.

„Wir haben nur aus Spaß gekämpft, wie bei dem Spiel, das wir zusammen gespielt haben. Weißt du noch? Wie du mich ganz doll gehauen hast und Daddy so getan hat, als ob er k.o. wäre?"

Collucci setzte sich mit seiner gewichtigen Last neben Olivia aufs Bett. Während er Petey in seinen Armen wiegte, ließ der Junge seinen Blick zwischen den Eintracht heuchelnden Gesichtern seiner Eltern hin- und herschweifen.

Schließlich waren seine Augen wieder trocken, und er plapperte fröhlich von Weihnachten. Kurz darauf begannen alle drei, sich für den Kirchgang anzukleiden.

Angelo hielt am Bordstein, als die Scharen der Gläubigen in die alte Kirche mit den drei Spitztürmen strömten. Collucci, der vorne saß, tippte Angelo leicht aufs Handgelenk und stieg selbst aus, um die Wagentür für Olivia und Petey zu öffnen.

Nachdem er Olivia aus dem Wagen geholfen hatte, hob sie ihm ihren Mund entgegen. Als er seine Lippen auf ihre drückte, flüsterte sie mit zusammengebissenen Zähnen: „Werd glücklich mit ihr, Schlappschwanz", grub ihre Vorderzähne messerscharf in seine Unterlippe und wandte sich zur Kirche.

Er half Petey aus dem Auto, drückte ihn fest an sich und flüsterte heiser: „Ich hab dich lieb, Petey, mein Junge. Zünd ne Kerze an und bete einen Rosenkranz für deinen alten Herrn."

Petey küßte Collucci auf den Mund und sagte: „Klar. Soll ich dir zwei ganz große Geheimnisse verraten?"

Collucci nickte.

„Ich hab dich lieb, lieber Daddy. Und ich bin ganz ganz froh, daß du und Livvy nur aus Spaß gekämpft habt. Komm schnell nach Hause, damit wir mit meinen Spielsachen spielen können wie immer an Weihnachten, ja?"

Collucci drückte Petey fest an sich und sagte sanft: „Ich bin vor Mittag zuhause. Das ist ein Versprechen, Petey."

Petey flitzte hinter seiner Livvy her.

Der Caddie war nur noch eine halbe Meile vom Roadhouse entfernt, als Angelo das lastende Schweigen brach. „Mr. Collucci, ich sollte..."

Collucci fiel ihm ins Wort. „Fang nochmal an, aber nicht mit Mr. ...sonstwie. Angelo, du bist seit vierzig Jahren mein bester Freund. Also kannst du mich sogar ‚Lupo' nennen, wenn die anderen nicht dabei sind."

Sie lachten über Colluccis Spitznamen aus früheren Zeiten.

Angelo sagte: „Jimmy, was ich sagen wollte ... Vielleicht macht Mack Rivers Bone wegen der acht Kilo aus irgendnem Grund zum Sündenbock ... irgendwie ... Rivers is raffiniert und gerissen ... Vielleicht, wenn sich rausstellt, daß Rivers ihn reingelegt hat ... könnteste Bone ne Chance geben. Er ..."

Der grimmige Ausdruck in Colluccis Gesicht ließ Angelo vergessen, weitere Gnadengesuche für Bone anzubringen.

Colucci sagte: „Vergiß es, Angelo! Bone ist seit gestern tot. Mack Rivers hat mir erzählt, eine Mexikanerin hätte auf der Sixty-third Street reines Koks verkauft. Das war drei Tage, nachdem diese Niggerschweine Mack und Bone überfallen haben, als sie die acht Kilo bei den Dealern auf der Southside abliefern sollten.

Rivers ist alt und sowieso schon stinkreich, wie man so sagt. Dieser dämliche Idiot wurde dafür bezahlt, Rivers und die Ware zu schützen. Bone hat mein Vertrauen mißbraucht, um mich reinzulegen ... das war ne Schweinerei ... Also werd ich ihn schweinemäßig wegpacken."

Collucci starrte Angelo streng an und insistierte: „*Capisce?* „

„Klar, Jimmy, ich verstehe ... Er verdient das Schlimmste."

Collucci fuhr fort: „Glaub mir, alter Freund, jedesmal, wenn man einen Typ oder eine Braut wegpackt, sind sie in Wirklichkeit selbst dran schuld. Ich bin fest davon überzeugt und werde es auch immer sein, daß ein gottverdammter saublöder Bastard, der umgelegt wird, alle Schuld und Verantwortlichkeit trägt und nicht der, der ihn umlegt."

DRITTES KAPITEL

Mayme, die Schwester von Bone, eine Exotik-Tänzerin und geheime Voodoopriesterin, wurde in ihrem Appartment über Mack Rivers Voodoo Palace mit einem Schlag hellwach. Ihre grauen Katzenaugen im schwarzen Elfengesicht weit geöffnet. Hatte sie zwischen dem funky Stampfen der Musikbox, von unten, wo Mack Rivers eine private Party schmiß, erschreckte Schreie gehört? Oder waren es die klagenden Stimmen der Loas, ihrer Voodoo-Götter gewesen?

Mayme hörte jemanden die Hintertreppe, die zum Varieté führte, hochstolpern. Jemand hämmerte an ihre Hintertür. Sie glitt aus dem Bett und öffnete mit vorgelegter Sicherheitskette.

Mayme lugte hinaus auf den ebenholzschwarzen Mack Rivers. Seine Arme waren überladen mit Geschenken. Ein zitronenfarbener Anzug, Hemd und Schuhe drapierten eine schrille Symphonie auf sein mageres Gerippe. Sein länglicher Kopf war in Bandagen gewickelt. Er und sein Bodyguard und Chauffeur Love Bone waren vier Tage zuvor von Killerbanditen, die in ganz Chicago als Dope-Jacker bekannt waren, mit Pistolen niedergeschlagen und ausgeraubt worden. Rivers schob sein zerfurchtes Gesicht an den Türspalt und blitzte ein Grinsen aus massivem Gold. „Frohe Weihnachten, zarte Lady."

Mayme wich vor Schwaden scharfen Whiskeyatems zurück. Sie rümpfte die Nase, sagte beinahe freundlich: „Frohe Weihnachten, Mack." Dann scharf: „Warum zum Teufel hast du mich geweckt?"

Rivers zuckte zusammen. Er raspelte Süßholz: „Damit ich der schönsten Lady auf der Southside all das hübsche Zeug hier überreichen kann ... laß mich rein!"

Mayme sagte: „Mack, ich dachte, wir hätten eine Abmachung ... Ich nehm von dir nur mein wöchentliches Honorar als Star und Produzentin deiner Show."

Rivers blutunterlaufene Augen verengten sich: „Warum? ... Weil ich nicht mehr jung bin? ... Oder vielleicht nicht weiß bin?"

Mayme sah ihn aus Augenschlitzen an und dachte: Es ist Zeit, das alte Pavian-Gesicht auf seinen Platz zu verweisen.

Sie sagte gelangweilt: „Mack, du bist nicht der Übelste ... aber ein verdammter Idiot, wenn du denkst, du könntest Madame Flambert in das Flittchen-Rudel locken, das du im Schlafzimmer unten mißbrauchst."

Seine dicke Unterlippe bebte: „Du kaltblütige schwarze Schlampe, laß mich rein, oder ich setz dich auf die Straße!"

Mayme lachte ihm ins Gesicht: „Mack, dir haben sie ins Hirn geschissen. Der Besitzer ... der richtige Besitzer hat mir, eine Woche nachdem ich hier eingestiegen bin, gesagt, daß nur er mich feuern kann, was heißt, daß du nur der Hampelmann vom Palace bist, richtig Mack?"

Das Gesicht von Rivers wurde kreidebleich.

„So ne beschissene Lüge hat dir Mr. Collucci nicht erzählt!"

Lange starrte Rivers in die amüsierten Augen von Mayme, bevor ihm die Wahrheit dämmerte.

Vor Schreck taumelte er zurück: „Mr. Collucci bumst dich?"

„Nein", sagte Mayme, „aber er versuchts noch immer. Also geh mir aus den Augen und bleib mir vom Leib, Mack. Möglicherweise kann ich dich feuern lassen, ohne daß Mr. Collucci mich ... Denkst du, ich weiß nicht, daß meine Show mehr weiße Geldsäcke zieht, als alle anderen schwarzen Varietés, die die Southside je gesehen hat?"

Sie begann, die Tür vor Rivers Gesicht zuzuziehen.

Er schrie: „Mr. Collucci wird dein Nein nicht akzeptieren! Ich hoffe, er vergewaltigt dich mit nem stacheldrahtumwickelten Baseball-Schläger!"

Mayme schlug die Tür zu und ging zu einem der Vorderfenster. Sie sah hinunter auf die öde Vierundvierzigste Straße und spürte Gefahr und Tod wie kalte Flügel an ihrer Wirbelsäule flattern.

Mayme erinnerte sich, wie ihre Freunde, die allwissenden Voodoo-Geister, sie in den Bergen von Haiti wegen ihres Bruders gewarnt hatten. Sie war nach Chicago geeilt, um Bone zu retten. Er war bei einem von Manager James Collucci und Trainer Angelo Serelli oranisierten Kampf fast draufgegangen. Zu schnell hatten sie Bone einem tigerhaften Titelverteidiger im Schwergewicht zum Fraß vorgeworfen. Eine ganze Woche verbrachte sie in einem Sessel an Bones Krankenbett. Bevor Bone aus dem Koma erwachte, war sie Collucci entgegengetreten und hatte Bones Ausscheiden aus dem Ring erzwungen.

Mayme ging zu dem begehbaren, doppelt verriegelten und eisenverstärkten Wandschrank, der ihr als Tempel diente. Sie entriegelte die Tür und öffnete. Auf der Schwelle blieb sie stehen und starrte in das Dämmerlicht des Tempels. Er war beleuchtet von einer roten Glühbirne im geschrumpften Kopf eines wahnsinnigen Hexers. Der Kopf war in die Spinnweben einer Schwarzen Witwe gehüllt, die darin nistete. Der Kopf saß auf einem kleinen Altar, der mit der Haut des ehemaligen Besitzers des Kopfes bezogen war. Das ganze war eingefaßt von Kobraskeletten.

Ihre Lippen formten ein kleines kaltes Lächeln, als sie sich erinnerte, wie die rotbraunen Augen in dem lebenden Kopf vor langer Zeit oszilliert hatten, an jenem schwülen Sommernachmittag in den Bergen von Haiti. Sie hatte ihren mit zwölf Jahren bereits üppig gerundeten Körper soeben aus einem kühlen Teich gezogen. Sie erinnerte sich, wie sie nackt und von stierem Blick gebannt in der Umarmung des gefürchtetsten aller Hexer dagestanden hatte: *Poteau!*

Sein zahnloser Mund brabbelte erregt, als er ihr einzigartiges Sexnest erforschte.

Noch in der selben Nacht hatte Poteau die Familienhütte besucht. Mayme erinnerte sich an die entsetzten Augen ihrer Eltern angesichts seiner unheimlichen Gegenwart. Poteau behauptete, die Hütte der Lamberts sei bisher nur durch Poteau vor Dämonen und Tod geschützt worden. Poteaus Seele leide, weil die Liebe zu Mayme sich ihrer bemächtigt habe. Bald würde sie von Dämonen heimgesucht und gemartert werden, wenn sie ihm nicht Mayme zur Frau gäben. Nur dies Geschenk würde ihr Vertrauen beweisen, das Poteau brauchte, um sie weiterhin zu beschützen.

Jetzt sah Mayme wieder die trotzigen Augen ihres Vaters vor sich, als er Poteaus Bitte auf höflich bäurische Art abschlug. Er warf Poteau aus der Hütte, der versuchte, Mayme zu packen und mit ihr in die Nacht zu entkommen.

Bis zum Tagesanbruch schleuderte der Hexer schreiende Flüche zur Hütte der Flamberts.

Nur eine Woche darauf, an einem Spätnachmittag, kehrten Mayme und der vierjährige Larry zur Hütte zurück, aus Port-au-Prince, wo sie von ihren Eltern gefertigten Schmuck an Touristen verkauft hatten. Sie fanden ihre Eltern tot neben einem herausgekrallten Loch in der Hüttenwand. Die Fingerspitzen zerfetzt und blutig, die Gesichter vor Entsetzen zu Grimassen erstarrt. Poteau hatte anscheinend ein solches Horrorszenario heraufbeschworen, daß die alten Flamberts zu Tode erschrocken waren.

Mayme und ihr kleiner Bruder Larry flohen in die abgelegensten Winkel der Berge. In Bäumen und Höhlen lebten sie mit wilden Vögeln und Tieren, die ihre Freunde wurden und sie warnten, wenn Poteau in der Nähe war.

An einem Nachmittag, im dritten Sommer, flüchteten sie wieder einmal tief in ein geheimes Labyrinth aus Höhlen, um Poteau zu entrinnen. Es war der Wohnsitz der Voodoo-Königin Bhaleur, der geachtetsten und mächtigsten aller Priesterinnen. Die alte Bhaleur weinte beim Anblick ihres erbärmlichen Zustands und schwor, sie vor Poteau zu beschützen.

Bhaleur gab ihnen zu essen und lehrte sie bei Kerzenlicht die drei Rs. An Maymes fünfzehntem Geburtstag begann sie, ihr die Geheimnisse des Voodoo zu enthüllen.

Bhaleur starb kurz darauf. Angeblich war sie bei ihrem Tode einhundertvierzig Jahre alt.

Mit fünfundzwanzig war Mayme eine verehrte und mächtige Voodoo-Priesterin.

Larry erblühte zu einem schwarzen Apoll, der in den Gassen von Port-au-Prince für seine Meisterschaft im Faustkampf berühmt war. Die Bauern gaben ihm den Beinamen „Love Bone“ - Liebesknochen - weil seine zuckersüße Überredungskunst verhängnisvoll war für die Jungfernhäutchen im Umkreis von Meilen.

Eines Nachmittags tötete Larry bei einem Streit um eine haitianische Grazie beinahe den gefürchtetsten Straßenschläger von Port-au-Prince. Der Tourist und Zuschauer Mario Rizzio, James Colluccis Cousin und Bediensteter, war fasziniert von Larrys granitener Statur und den frettchenschnellen Reflexen. Im Laufe der

Jahre war es Collucci etliche Male mißlungen, einen soliden Herausforderer für den Schwergewichtstitel aufzubauen.

Mayme beachtete die Warnung der Voodoo-Geister, daß Larrys zahlreiche Feinde vorhatten, ihn zu stellen und den Liebesknochen abzuschneiden und gab Larry ihren Segen, als er nach Chicago, zur Begutachtung durch Collucci, abreiste.

Mayme erinnerte sich an ihren dreißigsten Geburtstag, den ekstatischen Tag der Rache. Sie ließ den schwächlichen alten Poteau den Köder in ihrer Todesfalle liebkosen. Dann schnitt sie ihm mit seiner eigenen Machete die Kehle durch und enthauptete ihn an einem Bergsee. Die Ironie des Schicksals wollte, daß es derselbe war, an dem Poteau sie als Kind mißbraucht hatte.

Jetzt, in ihrem Wandschrank-Tempel, sang Mayme und warf Pulver in eine Urne, um die Loas zu rufen. Das Pulver barst in ein indigoblaues Feuer. Ihre Hand verschwamm, als sie wiederholt einen Dolch in die Augenhöhlen von Poteaus Schädel stieß.

Mayme zog sich aus und stellte die Urne auf den Schlafzimmerfußboden. Sie wand und drehte sich im Bauchtanz um die Urne herum, bis ihr schweißglänzender Körper die blaue Flamme widerspiegelte.

Plötzlich stöhnte sie ekstatisch, sie brach zusammen und lag keuchend auf dem Boden. Heftig zitterten ihre Schenkel im erlösenden Orgasmus.

Sie erstarrte und setzte sich auf, als sie hörte, wie das seidige Flüstern der Voodoo-Geister zu einem schrillen Diskant anschwoll: *„Larry ist verloren! Lies die Eingeweide eines Tiers! Larry ist verloren! Lies die Eingeweide eines Tiers!“*

Mayme ging zum Telefon und wählte Bones Nummer. Sie lauschte dem Klingeln, das unbeantwortet blieb, legte auf und fühlte sich schuldig, weil sie noch nach der Auskunft der Loas zu Larrys Tod erwartet hatte, er würde sich melden. Sie rief im Polizeihauptquartier und dem städtischen Leichenschauhaus an. *Kein Larry!*

Auf der Straße hörte sie Lärm. Sie ging zum Fenster und stellte fest, daß die Gäste von Mack Rivers allmählich nach draußen strömten.

Bei den etwa zwei Dutzend Gästen handelte es sich um die

Buchmacher der Southside, ihre Manager sowie deren Frauen. Diese Buchmacher standen unter der Protektion und Befehlsgewalt von Mafia-Vollstrecker James Collucci.

Mayme verließ das Fenster und ging hinüber zu einem riesigen Kater, der sie in seinem Käfig vom Badezimmer aus anstarrte. In Babysprache lullte sie das Tier ein, griff hinter sich und packte das Schlachtermesser, mit dem sie dem Tier den Bauch aufschlitzen würde. Sie mußte in seinen Eingeweiden lesen, wie es ihre angebeteten Voodoo-Geister befohlen hatten.

Unten im Palace grinste Mack Rivers für die letzten Gäste sein falsches Lächeln und schloß dann die Tür ab. Durch die Verglasung sah er einige von ihnen aus ihren protzigen Limousinen zurückwinken, während sie davonschossen.

Blödmänner! dachte er, *die schnallen doch nie, daß Old Mack sie und ihre Banken bei der Mafia hingehängt hat. Mr. Collucci bescheißt sie von vornherein um sechzig Prozent. Und Old Mack, das Genie, und Präsident der Blödmänner-Organisation, kriegt einen Freibrief für seine eigene Bank.*

KAPITEL VIER

Angelo befuhr einen ungepflasterten Weg hinter Colluccis verdunkeltem Roadhouse Sweet Dream. An einem langgestreckten, scheunenartigen Gebäude, knapp hundert Meter hinter dem Roadhouse, hielt er. Phil und Stilotti schoben breite Türen auf. Angelo lenkte den Caddie in das düstere Bauwerk.

Sie stiegen aus dem Caddie. Zu viert standen sie und redeten leise. Aus dem offenen Kofferraum von Phils Pontiac starrten die hellen Augen des mexikanischen Mädchens in ihre Richtung. Sie gingen zu einer entlegenen Ecke des Gebäudes. Im Halbkreis bauten sie sich vor Bone auf. Das einzige Licht in der großen Scheune waren die gelb glimmenden Standlichter eines alten Lastwagens neben Bone.

Bone war nackt, geknebelt und mit Draht an einen metallenen Bürostuhl gefesselt. Seine Augen stierten hoch zu Collucci. Hinter dem Knebel gab er grunzende Geräusche von sich.

Collucci war, einschließlich des Rollkragenpullovers, ganz in Schwarz gekleidet. Die Hände in den Taschen seines Mantels vergraben stand er und studierte Bone lange Zeit mit ausdruckslosem Gesicht.

Colluccis drei Untergebene suchten sein Gesicht nach den subtilen Signalen ab, die darin aufblitzen würden. Er war ein Meister dieser tödlichen Choreographie.

Fast unmerklich zog Collucci die rechte Augenbraue hoch. Angelo bückte sich und entfernte den Knebel. Bone hustete und öffnete den Mund zum Sprechen. Collucci starrte ihn an und schwang wie zum Nazigruß die Hand in die Luft, um Bone zum Schweigen zu bringen.

Collucci sagte leise: „Wo sind die acht Kilo?“

Bone sperrte den Mund auf. Er stotterte: „A ... a ... also, Mr. Collucci, das könn Sie nich mit mir machen. Sie wissen, daß ich Ihnen die Wahrheit gesagt hab.“

Collucci lächelte leicht und zwinkerte mit dem rechten Auge.

Phil und Angelo verließen rasch den Schauplatz. Stilotti schälte sich aus seinem Mantel, und Bones Blick fiel auf einen Schurz aus Messern, den der Chirurg um seine Mitte trug.

Angelo und Phil kamen zurück und luden Bones Freundin und die vier plastikverpackten Kilos vor Bone auf dem Fußboden ab. Bone ließ seinen Blick zwischen ihr und dem Koks hin- und herschweifen. Schweißperlen traten auf sein Gesicht.

Collucci strich mit dem Zeigefinger über seine rechte Wange. Angelo, der einen Schlagring aus Messing trug, tat einen Schritt auf Bone zu, und ihre Blicke trafen sich. Angelo schwang den Arm nach hinten. Doch er zögerte, kaute auf seiner Lippe, warf einen Blick zu Collucci, der die Augenbrauen hochzog. Dann biß er die Zähne zusammen und schmetterte Bone seine Faust seitlich ins Gesicht. Das Messing meißelte eine rote Kerbe vom Ohrläppchen bis zum Kinn. Bones Gesicht war eine Fratze aus Hass. Seine Muskelpakete spannten und blähten sich gegen den Draht.

Er schrie Angelo an: „Du Scheiß Itaker. Stinkender Fotzenlecker!"

Collucci nickte zu Phil. Phil trat heran, grunzte und stieß wie ein Pikador ohne Pferd einen Eispickel bis zum Heft in die Muskeln von Bones Oberschenkel, ließ ihn stecken und wirbelte zurück. Der Schock des Hiebes verwandelte den Hass in Bones Gesicht in kindliche Ehrfurcht. Er starrte auf den Griff des Eispickels.

Collucci sagte lässig: „Sieh mich an, Bone. Sieh deinen guten Freund an, den du aufs Kreuz gelegt hast."

Bone hob die glänzenden Augen. Von seinem Kopf stob ein Sprühregen aus Schweiß.

Bone stammelte: „Ich hab ... Sie nicht... aufs Kreuz gelegt ..."

Colluccis Augen weiteten sich drohend, brachten Bone zum Schweigen, und er sagte leise: „Wo sind die anderen vier Kilos?"

Bone leckte mit grauer Zunge seine Lippen und senkte den Kopf. Mit bebender Stimme sagte er: „Machen die mich dann nicht weiter zur Sau?"

Collucci schüttelte den Kopf.

Bone platzte raus: „Mr. Collucci, ich hab mich selbst im Alleingang hinter die Bastarde geklemmt, die mich und Mack Rivers abgelinkt haben. Ein von ihnen hab ich erwischt und vier Kilos abgegriffen. Ich hab ihm die Fresse eingeschlagen, und er hatt n Typen genannt, den sie Charming Mills nennen."

Bone schüttelte den Kopf, voll Trauer über die grausame Ironie des Schicksals. „Mr. Collucci, ich wollte mir Mills und die restlichen Kilos greifen. Sie hätten Ihr ganzes Dope noch vor Neujahr zurück gehabt."

Collucci warf seinen Männern einen Blick zu. Aus seinem Mund explodierte verächtliches Lachen. Stilotti trat mit einem Skalpell heran und säbelte Bones rechtes Ohrläppchen ab. Es fiel herunter und verfing sich schimmernd in Bones Schamhaar. Mit aufgerissenem Mund stierte er es an.

Collucci sagte: „Bullshit! Ich hab Photos von den meisten Warriors. Mills gehört zu ihnen. Taylor bringt sie um, wenn sie nicht sofort alles Rauschgift vernichten, das sie konfiszieren."

Bone sagte: „Ja ... aber lassen Sie mich ..."

„Wo sind die vier Kilos?" insistierte Collucci.

Bone bog sich nach vorn gegen den Draht, der seine Brust umspannte, und sagte: „Ich lüge nicht. Taylor weiß nicht, daß Mills nebenbei mit ner Bande von Dopedealern sein eigenes Ding durchzieht. Die haben schon überall im Staat mehr als zwanzig Dealer umgebracht. Man muß entweder ihr Dope verkaufen oder ihnen zwei Scheine am Tag geben, damit man sein eigenes verticken darf ... wenn man nicht draufgehen will."

„Woher weißt du, daß das nicht alles Warriors sind?" sagte Collucci.

Bone sagte: „Das weiß ich, weil Warriors keine Schwarzen von außerhalb umlegen und arme Leute sowieso nicht."

Collucci sah auf seine Füße hinab, nickte Angelo zu und sagte: „Wo krieg ich Mills und die vier Kilos zu fassen?"

Bone schluckte und biß sich auf die Lippe. Angelo zog sein rechtes Bein nach hinten und trat Bone in die Seite. Bone schwenkte den Kopf, schloß die Augen und stöhnte.

Collucci sagte: „Bone, du hast ein beschissenes Gedächtnis. Vor einer Minute hast du mir noch erzählt, du würdest dir Mills und die Kilos bis Neujahr schnappen."

Bone starrte auf das Blut, das ihm von der Stelle, wo vorher sein Ohrläppchen gewesen war, die Brust hinabsickerte und sich zwischen seinen Schenkeln in einer klebrigen Pfütze sammelte. Brüllend erbrach er sich.

Collucci sah hinunter auf das Mädchen. Ihr rosa Kleid war zerknittert, schmutzig und durchnäßt von Urin und Kot. Phil und Stilotti nahmen ihr den Knebel ab.

Sie sprudelte Worte heraus. „Der schwarze Bastard hat Sie angelogen, Sir. Er hat mich angelogen. Er hat nie vorgehabt, Ihnen das Zeug zu geben. Ich hab von den Kilos massenweise Fünfzig-Dollar-Tütchen für ihn verkauft. Bitte! Bitte lassen Sie mich zu meiner Mama und meinem Baby nach San Antonio zurück. Ich behalte alles für mich."

Collucci sagte: „Denkst du, daß Bone ein Warrior ist?"

Sie sagte: „Nee, viel zu scharf auf Dope und *punta.*"

Collucci zuckte die Achseln und sagte: „Wo finde ich Mills und die vier Kilos?"

Sie wimmerte: „Bitte! Ich mach mich sauber, dann geben Sie mir einen Tag, und ich treibe Mills für Sie auf."

Collucci schloß die Augen, schüttelte den Kopf und spitzte die Lippen. Angelo bückte sich und knebelte sie wieder.

Bone wand sich aufgeregt und mit dem Killerinstinkt, den er im Ring gehabt hatte, im Stuhl hin und her.

Er bemerkte, daß der um seine Brust gewickelte Draht an einer Stelle, zwischen seiner rechten Brusthälfte und dem rechten Bizeps, fast durchgerostet war. Um ihn schnell an den Stuhl zu fesseln, während er noch angeschlagen war, hatten sie nur ein einziges langes Stück Draht benutzt.

Er warf einen verstohlenen Blick auf die vordere Stoßstange des nur einen halben Meter entfernten LKWs. Wenn er den Stuhl kippen und sich im genau richtigen Winkel fallenlassen könnte, würde er mit der dünnen Stelle des Drahtes auf die Stoßstange fallen und könnte ihn mit seinen fast zweieinhalb Zentnern zerreißen.

Seine Arme und Hände wären sofort frei. Sie waren nicht aneinander, sondern mit den Windungen, die auch über seine Brust liefen, an die Rückenlehne des Stuhls gebunden. Den Draht um seine schweißnassen Füße könnte er sicherlich abstreifen oder in Nullkommanichts mit den Händen herunterzerren. Sein Herz dröhnte bei dem Gedanken, auch ihr Blut vergießen zu können, bevor sie ihn töteten.

Collucci sagte: „Bone, ich will Mills und die Kilos."

Bone schloß die Augen, schwenkte den Kopf hin und her und sagte schwach: „Mr. Collucci, das Hören ... fällt mir ... so schwer. Ich fühl mich ko... misch. Ich brauch n Doktor."

Collucci sah Phil an, dem eine Zigarette im Mund baumelte. Collucci strich mit Zeige- und Mittelfinger über seine Lippen und deutete mit dem Kopf auf Bone.

Phil grinste und schob die Glut der Zigarette in Bones Ohr. Bone schrie auf und bäumte sich gegen den Draht. Er kippte den Stuhl in Richtung Stoßstange und balancierte ihn einen Moment lang auf zwei Vorderbeinen. Er scharrte mit den Zehennägeln über den Beton, um mehr Schub zu haben. Dann krachte er auf die Stoßstange.

Er hörte den Draht sirren, hörte ihn reißen und von Brust und Armen schnellen. Er klatschte auf den Beton. Mit fleischabschälender Heftigkeit befreite er seine Füße vom Draht. Er trat nach oben in Phils Weichteile und schickte ihn zu Boden.

Er zog den Kopf ein, als Stilotti mit einem Messer auf seine Kehle zielte. Stilotti schlitzte ihm die Stirn bis zum Knochen auf. Der Eispickel verursachte ein schmatzendes Geräusch, als Bone ihn herausriß und schwankend hochkam.

Bone spürte ein scharfes Brennen an Rücken und Hals. Er wirbelte herum. Durch einen Schleier aus Blut, das von seiner Stirn sickerte, sah er Stilottis hoch erhobene Hand, die ein Messer hielt, um erneut auf ihn einzustechen. Er nahm Stilottis Schläfe ins Visier und setzte mit dem Eispickel zum Hieb an. Stilotti rutschte aus in einer Pfütze von Bones Blut. Er fiel nach hinten und die Spitze des Eispickels fuhr ihm in die Wange und trat unter seinem Ohr wieder aus.

Bone hörte eine Explosion hinter sich. Ein Schlag wie von einem Schmiedehammer traf ihn an der Schulter, und warf ihn hart gegen die Wand. In einem wallenden roten Schleier sah er Angelo an einer Automatik herumfummeln, die Ladehemmung hatte, und, hinter Angelo, Collucci seine Magnum aus dem Schulterhalfter ziehen.

Blind stürzte er sich auf Angelos Kehle, bekam statt dessen aber das Gesicht zu fassen. Er hakte seine Finger in Angelos Mundwinkel und riß sie bis zu den Wangen auf.

Auf einem Bein hüpfend, setzte er in Zeitlupe Colluccis undeutlichem Schatten hinterher. In der Ferne sah er orangefarbene Leuchtkäfer. Als er auf die Knie stürzte, grinste sein blutiges Gesicht. Er dachte, er würde verdammt nochmal all die Lügner beim Friseur in der Forty-seventh Street übertrumpfen und ihnen die wahre Geschichte über diese Leuchtkäfer erzählen, die meilenweit weg aufblitzten und ihn im selben Moment platt auf den Arsch warfen.

Wie ein Ebenholzbuddha kniete Bone auf dem Beton. Fleischfetzen hingen von seinem blutüberströmten Körper. Collucci über ihm, mit der Pistole in der Hand, hörte wie Bone seine letzten Worte murmelte: „Mayme! Mayme, Liebling! Sie ham dein kleinen Bruder alle gemacht!"

Collucci wandte sich ab und starrte auf seine verwundeten, blutenden Truppen, die in einem stöhnenden Durcheinander neben dem Lastwagen lagen.

„Ihr unvorsichtigen, dämlichen Bastarde habt euch fast selbst umgebracht. Phil, meinst du, du kannst dich und die beiden da zu unserem Doktor fahren?"

Phil nickte, hielt seine Hände fest zwischen die Beine gepreßt und humpelte zu Collucci. Er ließ seinen Blick über Bone und dessen Freundin schweifen. Sie war unter einen baufälligen Tisch gerollt.

Mit einem Arm wedelnd, meinte er: „Was ist damit? Mit ihr?"

Collucci fuhr mit dem Zeigefinger über seine Kehle und sagte: „Bevor du gehst."

Phil fragte: „Da oben hin mit ihnen?" Er wies mit dem Kopf in Richtung des geheimen Friedhofs, zwei Meilen entfernt von der Scheune, auf einem bewaldeten Hügel.

Collucci dachte einen Augenblick nach und sagte: „Wie hat es da ausgesehen, wo du sie geschnappt hast?"

Phil meinte: „Dreckige Dreizimmer-Bude in einer Nebenstraße von der Division Street. Unbewohnte Häuser zu beiden Seiten."

Collucci sagte: „Bone war doch bekannt für sein Querbeetficken. Ruf Freddie und Marty an, bevor du gehst, und sag ihnen, sie sollen den Laden hier gründlich schrubben und Bone und die Braut heute nacht ins Bett legen. Bei den Zeitungen und auch offiziell krieg ich das durch als normalen Doppelmord von einem vor Eifersucht durchgeknallten, ungenannten Verdächtigen, der nicht gefaßt wird. Und jetzt raus aus diesem Gestank."

Collucci schloß das Gebäude selbst ab. Stilotti und Angelo schafften es nicht ohne Hilfe in Phils Pontiac.

Collucci sperrte für sich und Phil das Roadhouse auf. Während er auf der Toilette war, rief Phil Freddie und Marty an und übermittelte ihnen Colluccis Anweisungen. Collucci ging hinter die Bar und goß sich ein Glas Courvoisier ein.

Phil sagte: „Freddie meint, Mack Rivers will mit Ihnen reden. Er hat sich ein todsicheres Ding ausgedacht, um Tit For Tat Taylor zu schnappen."

Vom Bartelefon aus sprach Collucci mit Mack Rivers. Er nickte und schmunzelte, während er zuhörte.

Er legte auf, und Phil fragte: „Wen und wieviele soll ich zusammentrommeln? Was für Waffen, Shotguns?"

Collucci sagte: „Bist du nicht ganz dicht, Phil? Glaubst du, ich teil mir mit irgend jemandem den Spaß, diesen Schwanzlutscher wegzupacken? Besorg mir vor dem achtundzwanzigsten Dezember ein zielgenaues Gewehr."

Phil nickte und ging zur Tür.

Er drehte sich um und sagte: „Lollo und Angelo geht es ziemlich mies. Was ist, wenn der Doktor sagt, sie müssen ins Krankenhaus? Die Bullen ...?"

Collucci unterbrach ihn. „Ich fahre direkt von hier aus los und schiebe mir auf der Kedsie ein paar von Hildas Blaubeerpfannkuchen ein. Erinnerst du dich an den Laden? Dann muß ich schnell nach Haus und ein Versprechen halten, das ich Petey gegeben habe. Wenns irgendwelche Probleme gibt, ruf mich an."

Collucci folgte Phil durch die Tür und schloß ab. Er sah, wie Phil mit Angelo und Stilotti den Highway hinunterfuhr, setzte sich hinter das Lenkrad seines Caddie und schoß davon zu Hildas House of Pancakes.

Später, am frühen Weihnachtsabend, schlürfte Angelo, die aufgerissenen Wangen bandagiert, durch einen Strohhalm Kaffee mit Collucci. Er bestand darauf, sich fit genug zu fühlen, um Collucci zu seiner Verabredung mit Joe Tonelli zu bringen. Aber Collucci wollte nichts davon wissen und schickte Angelo zu Bett.

Während er sich ankleidete, verspürte Collucci ein hartnäckiges Unbehagen hinsichtlich des Treffens. Er wollte versuchen, Olivia zum Mitkommen zu überreden. Sie saß in ihrem Bett und las ein Buch.

Collucci beugte sich über sie, küßte sie auf die Stirn und sagte: „Baby, Darling, ich muß wohl allein zum Penthouse fahren. Wie wärs, wenn ihr mitkommt, du und Petey, und mir Gesellschaft leistet?"

Sie legte das Buch in den Schoß und lächelte zu ihm hoch. „Ich kann Petey nicht schon wieder diesem Gesindel aussetzen, das Papa Weihnachten immer einlädt. Letztes Mal hat Petey sich da die Grippe geholt. Und ich hab rasende Kopfschmerzen."

Collucci sagte: „Der alte Herr wird sehr enttäuscht sein."

Olivia nahm ihr Buch hoch und meinte: „Nein, bestimmt nicht. Ich hab ihn angerufen und ihm erzählt, daß Petey und ich nicht auf der Höhe sind."

Collucci ging zu seinem Schrank und holte zwei doppelläufige Derringer mit daran befestigten Gummibändern heraus. Im Badezimmer zog er sich fertig an. Dann küßte er Olivia und Petey zum Abschied.

KAPITEL FÜNF

Auf dem Weg zu Tonellis Penthouse hielt Collucci an einer Ampel. Er starrte auf eine doppelköpfige Reklame-Python, die sich im Fenster einer exotischen Tierhandlung ringelte. *Cocio und Tonelli sind menschliche Schlangen mit zwei Köpfen,* dachte er.

Er fuhr wieder an und überholte eine hupende Autokolonne mit Hochzeitsgästen. Dachte an seine Hochzeit mit Olivia und daran, wie Joe Tonelli versucht hatte, ihn noch vor der Heirat aus Olivias Leben zu streichen.

Es war drei Tage vor Olivias geplanter Abreise zu der exklusiven Mädchenschule im Osten passiert. Er hatte an einem sternklaren Septemberabend im Bett gelegen. Kindisch hatte er phantasiert, den am mitternächtlichen Himmel flammenden Großen Bären zu rauben. Sah sich lässig den Stern Olivia als Abschiedsgeschenk vor die Füße werfen, damit sie Collucci nicht einen Moment lang vergessen würde, bis sie verheiratet wären.

Das Telefon läutete. Olivia stöhnte ihre Einsamkeit heraus: „Komm doch und umarme mich ein bißchen. Komm und bleib eine Weile bei mir, damit ich einschlafen kann. Bitte! Mein süßer Jimmy Collucci!"

Er sagte: „Aber dein Vater ist in der Stadt. Wie wärs morgen mit Kino?"

„So lange kann ich nicht warten. Mach dir keine Sorgen wegen Papa. Der ist damit beschäftigt, für einen Haufen Freunde aus der alten Heimat Gastgeber zu spielen. Sie veranstalten vorne im Haus eins von ihren wilden Trink- und Zockergelagen. Ich sperr die Dobermänner in den Keller und entriegle das Tor, wie letztes Mal."

Nach einer Weile kicherte Collucci und meinte: „Olivia, ich sollte meinen Kopf untersuchen lassen", und legte auf.

Collucci streifte Kleider über seinen Pyjama, fuhr zu einer Seitenstraße in Oak Park und stellte seinen neuen achtunddreißiger Buick Limited ab. Er schlüpfte durch das entriegelte Stahltor zum Bungalow.

Ihm war entgangen, daß einer der Bodyguards Tonellis, der auf einer Bank in der Nähe des Bungalows versuchte den Weinrausch aus seinem Schädel zu schütteln, ihn bemerkt und eiligst Tonelli unterrichtet hatte.

Fünf Minuten später grunzte Olivia in nackter Seligkeit unter Colluccis süßer Bestrafung. Unter seinen tiefen Stößen heulte sie wonnevoll, im Einklang mit den sich paarenden Hundeschatten.

Joe Tonelli sah und hörte alles durch einen Schlitz in der herabgelassenen Jalousie. Er gab ein Zeichen mit dem Kopf, und seine drei Mafiasöldner folgten ihm einen Pfad entlang, weg vom Guckloch.

Im selben Augenblick kam Collucci zum Höhepunkt.

Kurz darauf ging er ins Bad und erleichterte sich im Stehen. Er hörte gedämpfte Stimmen unter dem halboffenen Badezimmerfenster, spähte hinaus und sah wie sich Joe Tonellis ebenmäßige Gesichtszüge zu einer gekränkten und wütenden Grimasse verzerrten.

Collucci erkannte in zweien der Söldner dieselben jungen Männer, die im Keller die Leiche des Händlers Tarantino zerhackt und verpackt hatten.

Tonelli flüsterte in heiserem Sizilianisch: „Dieser abartige Kinderschänder muß für sein Verbrechen an der Unschuld meiner Tochter zahlen. Du, Antonio, gibst mir fünf Minuten Zeit. Klopf hart an die Vordertür wie bei einem dringenden Notfall. Du sagst, ich hätte einen schlimmen Anfall. Große Schmerzen in der Brust. Sie soll sofort zu mir ins Schlafzimmer kommen, ich wäre sehr krank. Und sie darf nicht wieder zu ihm zurück. Emilio, Mario, Antonio, versteckt euch, und schnappt ihn, wenn er geht."

Einer der Tarantino-Killer sagte: „Mr. Tonelli, sollen wir ...?"

Tonelli winkte angewidert ab, weil Antonio keine weniger folgenschwere Züchtigung einfiel.

„Antonio, wir sollten in dieser Angelegenheit nicht zu radikal vorgehen."

„Aber sie muß vor ihrer Schwäche für seine Schweinereien geschützt werden. Macht ihn fertig. Das heißt, stampft ihm Gesicht und Eier zu Brei. Sorgt dafür, daß alle jungen Mädchen, bei seinem Anblick, schreiend die Flucht ergreifen.

Von meiner Tochter gibts keinen Ärger. Von dem Einbrecher,

der auf meinem Grundstück erwischt wurde, wußte ich nichts. Wir müssen darauf achten, daß kein Verdacht ihr sanftes, liebendes Herz ängstigt und es gegen mich verhärtet. Versteht ihr?"

Tonelli ging den Weg hinunter. Die anderen verschmolzen mit den Schatten.

Colluccis Herz hämmerte, als er sich neben Olivia legte. Er faßte seinen Entschluß schnell. Er würde sich nicht hinter Olivias Schürzenzipfel verstecken, um sich freies Geleit aus Tonellis Falle zu verschaffen. Und er würde nichts über ihren Vater sagen, was sie verletzen könnte.

Vor den Mafiosi hatte er keine Angst. Er wußte, daß er ihnen gegenüber einen Vorteil hatte. Ihr Nachteil war der Befehl, ihn nur zu entstellen und zu verkrüppeln.

Jedoch war die Entscheidung des jungen Collucci, denjenigen aufzulauern, die ihm auflauerten, statt Olivia als Schutz zu benutzen, eigentlich zurückzuführen auf einen tief wurzelnden Widerwillen gegen persönliche Feigheit. Tödliche Gefahr veranlaßte ihn stets, den Feind mit besonderer Wildheit anzugreifen, zu verstümmeln und zu vernichten. Seine Angst, ein Feigling zu sein, war verknüpft mit giftendem Haß auf seinen Vater.

Collucci lag mit Olivia im Arm und wartete, daß Antonio an die Tür klopfte.

Collucci zitterte vor Erregung. Wie immer in Situationen persönlicher Gefahr, dachte er an die abstoßende Feigheit seines Vaters. An dessen schweißtriefendes Gesicht. Erinnerte sich an den widerlich stinkenden Atem seines Vaters hinter einer verbarrikadierten Tür auf dem Dachboden des Collucci-Hauses.

Sein Vater hatte ihn mit eisernem Griff gepackt und hielt ihm den Mund zu. Sie hörten Mutter und Schwester um Gnade betteln. Dann ihre Hilferufe. Der Triebtäter brachte sie mit dem Beil zum Schweigen. Und dann, schlimmer noch, nachdem ihre Stimmen verstummt waren, hörte er das Untier genüßlich grunzen, als es die Toten schändete. Er sah, wie sein Vater sich die Bodentreppe hinabtastete, und mit den Armen die Augen bedeckte, um das Blutbad nicht sehen zu müssen. Collucci sah ihn zur Vordertür hinausgehen und für immer verschwinden.

Er erinnerte sich an die erste Pflegestelle, wo sie ihn mit Zigaretten versengten und zwei Tage lang im stockdunklen Keller einsperrten, weil er unerlaubt ein Würstchen aus dem Eisschrank gegessen hatte.

Antonio klopfte. Collucci tätschelte Olivia beruhigend.

Sie fragte mit scharfer Stimme: „Wer ist da?“

„Antonio, Miss Tonelli. Ihr Vater ringt in seinem Schlafzimmer nach Luft und schickt nach Ihnen.“

Olivia ging zur Tür und sagte, sie würde in ein oder zwei Minuten kommen. Mit dem Versprechen, ihn am nächsten Tag vor einem Kino in der Stadt zu treffen, gab sie Collucci einen Abschiedskuß.

Collucci verwandelte sich in einen Wirbel lautloser Bewegungen. Hastig kleidete er sich an und legte Ketten vor die Vorder- und Hintertür, füllte einen riesigen Kessel mit kochendheißem Wasser, entdeckte einen fast vollen Zwei-Liter-Kanister mit Bleichmittel, leerte die Bleiche in den Wasserkessel. Unter dem Küchenausguß fand er einen schweren Industrie-Schraubenschlüssel.

Er öffnete die Vordertür und betrat mit dem Kessel die Veranda. Er fädelte das Ende eines Badehandtuchs durch den Gitterzaun, der die Veranda umschloß. Am Henkel band er den Kessel ans Verandadach.

Er zog sich aufs Dach, langte hinunter, griff den Kessel und ging leise übers Dach bis zur Rückseite des Bungalows. Auf dem Bauch liegend spähte er über den Dachrand und sah die drei Mafiasöldner. Zu beiden Seiten der Treppe, die auf die rückwärtige Veranda führte, hockten sie zwischen Fliederbüschen. Alle drei trugen Baseballschläger. Mario, ein muskelbepackter Riese, auf einer Seite, Antonio und Emilio auf der anderen.

Collucci stand auf und schüttete, weit ausholend, den kochendheißen Inhalt des Kessels nach unten. Das Schmerzgekreisch des Trios hallte massakergleich durch die Nacht.

Mit einer einzigen Bewegung zog Collucci den Schraubenschlüssel aus dem Gürtel und stürzte sich hinab. Emilio und Antonio brachen schreiend aus den Büschen, und Emilio, der hinter Antonio herstolperte, stürzte ins Gras.

Colluccis Wut erreichte ihren unkontrollierbaren Höhepunkt. Er packte den Schraubenschlüssel mit beiden Händen, hob ihn hoch über seinen Kopf und zielte auf den Scheitel von Emilios glänzendem Haarschopf.

Knurrend und pfeilschnell ließ er den Schraubenschlüssel niedersausen. Emilios Augen phosphoreszierten. Er rollte zur Seite, riß den Arm hoch, um seinen Kopf zu schützen. Sein Ellbogen fing den stählernen Schlag knirschend auf, und aus seinem Arm traten Blut und Knochensplitter. Blitzschnell schwang Collucci den Schraubenschlüssel und zerschmetterte ihm das andere Handgelenk und den rechten Knöchel.

Drei Meter entfernt sah er Antonio hilflos mit einer gemein aussehenden 45er Automatik in der Hand herumwedeln und sich mit der anderen Hand wild die Augen reiben, um das ätzende Wasser herauszuwischen.

Der Gestank von Emilios Ausscheidungen zwang einen Kotzstrahl aus Colluccis Eingeweiden. Er hechtete, über den bewußtlosen Emilio, auf Antonio zu. Zu spät jedoch sah er den Schatten von Mario zu seiner Rechten den Baseballschläger schwingen. Der Hieb traf den Schraubenschlüssel, mit dem Collucci zum Schlag ausholte.

Der Schläger splitterte und knallte den Schraubenschlüssel seitlich an Colluccis Kopf. Für einen Moment wurden seine Knie gummiweich. Blind vor Schmerz hieb er mit dem Schraubenschlüssel nach Marios Kehle, brach ihm aber statt dessen den Kiefer. Mario ging zu Boden und rollte in die Fliederbüsche.

Als Antonio auf ihn anlegte, schmetterte Collucci dessen Arm herunter. Die Automatik schlitterte übers Gras. Antonio, mit herabbaumelndem Arm, bombte seinen Fuß in Colluccis Weichteile. Die Spitze seines Schuhs grub sich in Colluccis Nabel und schickte Collucci auf den Rasen. Antonio tauchte nach dem Schraubenschlüssel und packte ihn mit seinem unverletzten Arm. Grunzend schlug er zu. Im Bruchteil einer Sekunde drehte sich Collucci weg, hörte den Schlüssel herabsausen und den dumpfen Aufschlag im Gras.

Collucci langte nach oben, packte Antonios gebrochenes Handgelenk und drehte es wie einen Hühnerhals. Antonios Hand hing schief an Sehnen und Haut. Er wimmerte und torkelte auf das Haupthaus zu. Collucci kam hoch, packte den Schraubenschlüssel und stetzte hinterher. Antonio brüllte um Hilfe.

Olivia saß bei Joe Tonelli auf der Bettkante und strich ihm über die Schläfe. Der Schrei übertönte das lärmende Absingen eines alten italienischen Militärmarsches.

Sie kippte den Flutlichtschalter und sah den Tanz. Collucci mit irren Augen Antonio auf den Fersen. Mario, auf Katzenpfoten, zehn Meter hinter Collucci, ein Stück Bleirohr in der Hand. Olivia schrie das Haus zusammen. Tonellis Gäste folgten ihr in den Hof.

Collucci drosch Antonio bewußtlos. Mario schwang das Rohr über Colluccis Kopf und Olivia schrie: „Jimmy, hinter dir!"

Collucci hechtete nach vorn. Das Rohr streifte ihn nur. Er wirbelte herum und krallte sich Mario. Mario fiel und drückte Collucci mit seinem schweren Gewicht zu Boden. Er fischte ein Stilett aus der Tasche. Stach auf Colluccis Kehle ein. Die Klinge verfehlte und fuhr in das Fleisch über Colluccis Schlüsselbein.

Olivia warf sich über Colluccis Brust und Gesicht und kreischte: „Aufhören, Mario! Ich liebe ihn! Ich liebe ihn!"

Louis Bellini schnippte mit den Fingern, und ein Trupp seiner Bediensteten und Bodyguards zerrten Mario weg. Gestützt auf einen Stock, kam Joe Tonelli langsam dazu. Er hielt die Hand über dem Herzen.

Olivia rannte ihm tränenüberströmt entgegen und schluchzte: „Papa, sie haben versucht, Jimmy Collucci zu töten. Ich liebe ihn. Papa, wir werden heiraten!"

Tonelli umarmte sie und tätschelte ihren Rücken. Er ließ sie los und schritt mit wütendem Gesicht zu Mario, der sich verunsichert duckte.

Mario murmelte: „Mr. Tonelli, wir haben gedacht, er wär ein Einbrecher."

Mit dem Stock drosch Tonelli auf Marios Kopf und Schultern ein, schrie: „*Stupida!* Du hast den unschuldigen Verlobten meiner Tochter verletzt."

Tonelli ging zu Collucci und legte einen Arm um ihn. Er wandte sich an seine Männer und sagte: „Bringt den Jungen ins beste Krankenhaus. Er soll von allem das Beste haben. Er wird mein Schwiegersohn. Verstanden?"

Louis Bellini lachte leise und sagte: „Dieser magere Bursche hats in sich. Tonellis Leute sehen aus, als hätte ein aufgebrachter Mob sie in die Mangel genommen."

Dann steckte Bellini seinen Kopf in die Limousine, die im Begriff war, zum Krankenhaus abzufahren, und sagte sanft zu Collucci: „Jimmy Collucci ... du gefällst mir. Bist du Sizilianer?"

Collucci nickte.

„Wie war der Mädchenname deiner Mutter?"

Collucci sagte: „Warum?"

Bellini zog die Stirn in Falten: „Diesmal lasse ich dir deine Überheblichkeit noch durchgehen. Aber frag Louis Bellini nie wieder *warum*."

Collucci sagte: „Tut mir leid. Ihr Mädchenname war Saietta."

Die Limousine fuhr los. Collucci blieb eine Woche im Krankenhaus.

Am sechsten Tag kam Frank Cocio zu ihm ins Zimmer und sagte: „Herzlichen Glückwunsch, heute in dreißig Tagen darfst du Olivia Tonelli heiraten."

Dann schmunzelte er. „Mr. Bellini will, daß du der Familie beitrittst. Er hat mich beauftragt, dafür zu sorgen, daß du dir deine Meriten verdienst. Ich hab mir schon überlegt, wer der Typ sein soll."

Collucci fragte: „Wen soll ich ... ?"

Cocio meinte grinsend: „Bobo Librizzi", und war zur Tür hinaus.

Entsetzt lag Collucci da. Seine Freude über die Aussicht, ein Mafioso zu werden, war auf dem Nullpunkt. Er fragte sich, wie er es schaffen sollte, seinen Freund zu töten.

Und jetzt, die Erinnerungen verblaßten, navigierte Collucci seinen Caddie lautlos in den exklusiven Chicagoer Stadtteil Gold Coast. Refugium der Reichen und Mächtigen.

Er blickte an Joe Tonellis fünfzigstöckigem Appartementgebäude hoch, dem Kronjuwel des riesigen Immobilienbesitzes, und seufzte.

Er bog in die Auffahrt ein und hielt vor dem Auge eines Infrarotsensors. Langsam schwenkte der Sensor über den Bereich vor dem Stahltor an der Rampe, die zu Joe Tonellis privater, unterirdischer Garage und zum Aufzug führte.

Das Stahltor glitt hoch, und die Scheinwerfer des Caddie spuckten Licht in den tintenschwarzen Rachen der Rampe. Schatten hüpften und sprangen, als der Caddie die Rampe hinab in den Tunnel summte.

Collucci fuhr in die hellerleuchtete Garage und parkte.

Zwei Wächter, in Hemdsärmeln beim Rommésspiel, winkten ihm vom Rücksitz einer Tonelli-Limousine zu. Er ging zum Fahrstuhl im hinteren Teil der Garage und blickte hoch zur kugelsicheren Kuppel, die sich darüber wölbte. Er nickte dem Maschinenpistolenschützen zu. Der Mann winkte zurück.

Collucci streckte die Hand aus, um den „Aufwärts"-Knopf zu drücken. Da öffnete sich der Fahrstuhlkäfig. Heraus trat Lieutenant Paul Porta, Chef der Spezialabteilung für Bandenkriminalität, die ihr Hauptquartier an der Eleventh Street Central Station hatte.

Der stämmige Polizist schüttelte Collucci warm die Hand und sagte: „Vielleicht haben Sie Glück, daß ich vor Ihnen oben war."

„Warum, Paul?"

Porta sagte: „Vor einer halben Stunde haben Taylors Warriors Mullins Wettbüro überfallen und seinen Safe um fünfundsiebzigtausend erleichtert."

Collucci sagte: „Oh, oh, vielleicht sollte ich besser ein andermal raufgehen."

Porta kam ran und sagte ernst: „Jimmy, ich glaub, ich habs endlich geschafft. Das heißt, ich bin mir ziemlich sicher, daß ich in vierundzwanzig Stunden einen Spitzel bei Tit For Tat Taylors Warriors eingeschleust habe. Dann erfahre ich, welche geheimen Tunnels und Verteidigungssysteme sie in ihrer sogenannten Freien Zone haben. Außerdem haben wir schon arrangiert, dem Nigger-Gouverneur das Mißtrauen auszusprechen und ihn aus dem Amt zu jagen. Dann kommt unser Mann ran, und die Nationalgarde kann die Warriors fertigmachen."

Collucci fragte: „Ist es ein Staatsgeheimnis, wie Sie sich den Spitzel beschafft haben?"

Porta lachte und sagte: „Klar, Jimmy, aber nur, wenn Sie denen einen Tip geben wollen. Es war wirklich nicht schwierig. Ein schwarzer Gauner, den sie gerade aus Joliet entlassen haben, hat einen Kumpel bei den Warriors, der mal sein Zellennachbar war.

Ich hab mir zu seiner Entlassung einen Haftverlängerungsbefehl wegen Raubüberfall und Mord besorgt. Er hat eingewilligt, mir zu helfen, die Warriors hochzunehmen. Ich habs so eingerichtet, daß der Haftbefehl zurückgezogen wurde, natürlich mit dem Vorbehalt, ihn jederzeit wieder in Kraft zu setzen."

Collucci schlug ihm auf die Schulter und sagte: „Ich gratuliere, Paul. Viel Glück!"

Sie schüttelten sich die Hände.

Bevor sie ihrer Wege gingen, sagte Collucci: „Paul, ist Ihr Spitzel jemand, den ich kenne?"

Porta sagte: „Kaum. Er ist ein ganz gewöhnlicher junger Nigger mit dem Spitznamen Rapping Roscoe. Eigentlich ist er randvoll mit Scheiße, aber ich hab ihn bei den Eiern, wie man so schön sagt."

Beide lachten, und Collucci trat in den Aufzug.

Und weit weg, auf der Southside, saß Rapping Roscoe in einem schäbig aussehenden schwarzen Pontiac, zusammen mit seinem Ex-Zellennnachbarn Bumpy Lewis und mehreren Schwarzen, von denen Roscoe nicht wußte, daß sie Warriors waren. Sie hatten ihn scharf unter Beobachtung, um herauszufinden, ob er das Zeug zum Warrior hatte.

KAPITEL SECHS

Das Drama für Rapping Roscoe und die Insassen des zerbeulten schwarzen Pontiac begann seinen Lauf zu nehmen, als Lotsa Black Hayes, der massige Fahrer, in den Rückspiegel sah und rauh sagte: „Ivory, wir haben zwei schwarze Bullen am Arsch.“

Ivory Jones, der Anführer des Trupps, lehnte sich nach vorn zu Dew Drop Allen, dem winzigen, weißen Warrior auf dem Beifahrersitz und sagte beiläufig: „Drop, du weißt, was anliegt, und wann, falls notwendig.“

Dew Drop nickte.

Ivory sagte: „Lotsa, zieh die Sache durch.“

Lotsa Black stampfte aufs Gaspedal. Der hochgetunte Rennmotor kickte den Pontiac röhrend voran. Rapping Roscoe, Lieutenant Portas Werkzeug, drehte sich hektisch um und sah durch das Heckfenster auf die zurückbleibenden Scheinwerfer des blauen Plymouth.

Bumpy Lewis sah Roscoe an und sagte: „Roscoe, Junge, bleib cool. Es gibt keinen Grund, dir nicht zu sagen, was Sache ist. Du hockst hier nämlich mit übelsten Brüdern zusammen, Warriors For Willie Poe. Die schwarzen Bullen da hinten haben Glück, wenn sie uns nicht erwischen. Ein Bulle, der uns an die Eier will, wird abseviert.“

Roscoe grinste schwach und murmelte: „Mir gehts bestens, Bruder. Ihr Typen seid Warriors? Dass n Ding!“

Eine halbe Meile entfernt von der Sicherheit der Freien Zone, fing der Pontiac plötzlich an abwechselnd zu bocken und zu beschleunigen.

Ivory Jones sah nach hinten auf die stecknadelkopfgroßen Scheinwerfer des blauen Plymouth und ordnete an: „Lotsa, bieg an der nächsten Ecke ab, rein in die erste Seitenstraße, und Licht aus. Drop, hol die Schießeisen raus.“

Dew Drop beugte sich vor und drückte flink die Knöpfe des Autoradios. Tat man dies in präziser Reihenfolge, öffnete sich die

Abdeckung des Armaturenbretts. Unter der Abdeckung befand sich ein langer, flacher Stahlkasten, der mehrere durchgeladene Magnums, ein leistungsstarkes Automatik-Gewehr, eine Shotgun, Handgranaten und Munition enthielt.

Die Abdeckung sprang nicht auf! Noch zweimal drückte Dew Drop sorgfältig die Knöpfe, während Lotsa Black erst um eine Ecke, dann einen halben Block weiter nördlich in eine Seitengasse bog. Dort hielt er und machte die Scheinwerfer und den unpäßlichen Motor des Pontiac aus.

Die Seitengasse war dunkel und ruhig bis auf die fluchende Stimme eines abgedrehten Kerls in irgendeiner Wohnung.

Ivory Jones sagte schroff: „Drop, die Knarren. Gib die verdammten Knarren her!"

Dew Drop hörte auf, an den Radioknöpfen zu fummeln. Er wandte das Gesicht nach hinten und öffnete den Mund zum Sprechen. Aber kein Ton kam. Seine blauen Augen starrten wie hypnotisiert durch das Heckfenster.

Er deutete auf die Abdeckung und flüsterte heiser: „Ivory, das Ding da, der Schalter, der den Kasten aufmacht, muß kaputt sein. Ich komm nicht an die Knarren ran, und ich glaub, ich seh die Bullen mit ausgeschaltetem Licht die Straße reinkommen."

Jeder im Pontiac sah aus dem Heckfenster. An der Mündung der Gasse zeichnete sich im Schein der Straßenlaternen die dunkle Wölbung eines Wagens ab.

Ivory stieß die schwere Tür neben sich auf. Er sprang auf die Straße und rief: „Drop, los, hinters Steuer, und erzähl ihnen irgendeinen Scheiß. Lotsa, raus! Wir beide verschwinden, bis wir uns von hinten ranmachen und die Bullen mit nem Ziegelstein oder sonstwas fertigmachen können."

Lotsa Black hatte gerade eins seiner riesigen Beine aus dem Pontiac gezwängt, als der Pontiac und Ivory in grellweißes Licht getaucht wurden.

„Polizei!" rief eine Baßstimme. „Nigger, leg die Flossen oben auf den Wagen, oder ich blase dir die Rübe weg."

Ivory spie in Richtung der Stimme aus und legte langsam seine Handflächen auf das Dach des Pontiac. Im Innern des Pontiac schlug Roscoes Knie einen irren Rhythmus gegen Bumpys Schenkel.

Die Reifen des blauen Plymouth fauchten wie Kater auf dem sandigen Straßenbelag, als das Auge des Suchscheinwerfers nach vorn setzte und einen halben Meter hinter dem Pontiac stoppte.

Zwei hart dreinblickende Männer sprangen aus dem Plymouth. Der Schlanke stand auf der anderen Seite des Pontiac. Er zielte mit einer Shotgun auf Ivory Jones und die erstarrten Gestalten in dem Pontiac.

Der Schlanke befahl Ivory: „Na los, du miese Drecksau, hoch mit den Armen. Komm an der Flinte vorbei und leg deine Pfoten hinten aufs Auto."

Ivory folgte dem Befehl, spuckte aber erneut aus und trat an der Shotgun vorbei.

Der Dicke ging mit einer stumpfnasigen Achtunddreißiger, die auf Lotsa Blacks Kopf zeigte, an Ivory vorbei und sagte mit sanfter, fast liebenswürdiger Stimme: „Okay, Nigger, schwing deinen fetten Arsch ganz langsam hier raus. Stell dich da neben den Bastard ans Heck, die Hände aufs Dach."

Lotsa Black hievte seine Massen langsam aus dem Autositz. Anderthalb Schritte machte er auf das rückwärtige Ende des Wagens zu, bevor er losbrüllte, herumwirbelte und nach dem Revolver langte. Die Achtunddreißiger detonierte, und aus der Mündung sprang ein winziger orangefarbener Blitz. Der Pontiac schaukelte, als Lotsa Black dagegen krachte und hinschlug.

Ivory brüllte: „Du wirst kaltgemacht, du Niggerschwuchtel, wenn du ihn kaltmachst. Wir sind Warriors, ihr Arschlöcher."

Der Schlanke wirbelte herum und stieß Ivory hart die Mündung der Shotgun an die Kehle. Dann bettelte er mit lauter Stimme: „Ach bitte, bitte! Nur ein Wort noch! Mach schon, du dreckiger Abschaum, tu mir den Gefallen und reiß das Maul nochmal auf, damit deine Mami dich ohne Kopf begraben kann. Und jetzt beweg dich!"

Mit Shotgun unter den Kiefer gerammt, bewegte sich Ivory zur Vorderseite des Pontiac und den stocksteifen Insassen. Er ging neben dem Vorderrad auf die Knie, die Hände auf dem Kotflügel.

Der Schlanke trat zurück, um Ivory und das Innere des Pontiac gleichzeitig im Visier zu haben.

Er fragte: „Wo hast du den Fettarsch erwischt?"

Der Dicke lachte und sagte: „Ins rechte Auge und durch die Schädeldecke wieder raus."

Durch die offene Tür zielte er mit der Achtunddreißiger auf Drew Drop und sagte: „Raus und knie dich neben das Niggergroßmaul."

Dew Drop stieg aus und tat wie befohlen. Der Dicke stand hinter Dew Drop und Ivory. Der Schlanke trat an das heruntergekurbelte hintere Fenster. Er zielte mit der Shotgun auf Bumpy und Roscoe auf dem Rücksitz.

Der Dicke sagte: „Na, Bleichgesicht, biste auch ein Warrior?"

Dew Drop sagte laut: „Klar, und du kannst das verfickte Leben deiner Mutter drauf wetten, daß ich - „

Dew Drops Entgegnung brach ab, als der Dicke einen Schritt nach vorn machte und zwei schnelle Schüsse abfeuerte. Roscoe und Bumpy sahen Arme und Hände von Dew Drop und Ivory leblos vom vorderen Kotflügel gleiten.

Der Dicke warf den Kopf zurück und meinte fröhlich: „Ach Scheiße, laß uns doch gleich richtig aufräumen."

Der Schlanke schwang die hintere Tür auf und sagte: „Ihr Nigger schmeißt euch entweder auf den Boden und werdet sauber umgelegt, oder ihr bleibt da sitzen, und ich putz euch auf die dreckige Tour mit der Shotgun weg."

Bumpy hechtete durch die offene Tür auf den Schlanken und packte den Lauf der Shotgun mit beiden Händen. Roscoe war paralysiert. Seine Zähne klackerten, als sei er in Eis eingepackt. Bumpy rang mit dem Schlanken um die Shotgun. Der Dicke kam lässig auf sie zugesprintet, setzte Bumpy die Achtunddreißiger an den Hinterkopf und drückte ab. Bumpy sackte pflasterwärts. Der Schlanke und der Dicke schoben ihre Gesichter in den Pontiac. Erbrochenes tropfte aus Roscoes Mund. Die Augen nach oben gedreht. Zusammengerollt lag er am Boden und winselte kläglich wie ein Hündchen mit zerquetschtem Hinterteil.

Der Schlanke lachte laut und sagte: „Wir sollten ne Kamera haben, um einen Schnappschuß davon zu machen, wie sich dieser harte Warrior hier in die Hosen scheißt."

Der Dicke langte rein und zerrte Roscoe auf die Straße. Er richtete die Mündung der Achtunddreißiger auf seine Schläfe.

Roscoe starrte seitwärts in die Mündung. Seine Hacken schlugen in krampfendem Entsetzen zusammen.

Er plärrte los: „Ich bin kein Warrior, ich schwörs. Ich bin einer von euch. Rufen Sie Lieutenant Porta in der Eleventh Street Station an. Er wird Ihnen sagen, daß ich nicht lüge."

Der Dicke rotzte und sagte: „Bullshit, du bist kein Zivilbulle. Das wüßten wir, weil wir in Portas Spezialtruppe sind. Wie ist die Nummer deiner Dienstmarke?"

Roscoe ruderte mit den Armen und flehte: „Ich hab keine Dienstmarke, weil, ich mein, ich bin kein richtiger Bulle. Ich mein, der Lieutenant hat mich eingesetzt, ins Versteck der Warriors reinzukommen, um sie hochgehen zu lassen undsoweiter. Bitte glauben Sie mir doch. Ich scheiß sie nich an. Rufen Sie Lieutenant Porta in der Eleventh Street Station an. Wenn er nich da is, hab ich hier noch seine Privatnummer. Die steht nich im Telefonbuch. Ich erzähl kein Scheiß. Ich bin kein Warrior."

Der Schlanke sagte: „Schreib sie auf."

Er wühlte in seiner Jackentasche, holte ein kleines Adreßbuch raus und warf es Roscoe an die Brust.

Der Dicke schleuderte einen Kugelschreiber hinterher. Roscoe kritzelte im Licht des Scheinwerfers zittrig eine Telefonnummer.

Am hinteren Kotflügel des Pontiac stellten sie Roscoe auf die Füße.

Dann schauderte Roscoe, denn ein furchterregendes Szenario nahm seine Blicke gefangen.

Bumpy sprang hoch, furchtbar lebendig. Er trat auf Roscoe zu, gefolgt von Dew Drop, Lotsa Black und Ivory Jones. Sie standen im Halbkreis und starrten Roscoe an.

Bumpy sagte kalt: „Du bist n beschissener Nigger, Roscoe. Wir alle sind Warriors, Trottel, und du wirst exekutiert."

Roscoes Lippen klappten geräuschlos aneinander. Der Schlanke riß die Seite aus dem Adreßbuch und gab sie Ivory.

Roscoe krächzte: „Ivory, die Nummer is nix als fauler Zauber. Ich hab Lieutenant Porta nie im Leben zu Gesicht gekriegt."

Empört sah er Dew Drop an und sagte: „Ivory, ich bin n schwarzer Bruder, und ihr Typen habt mich schwer in die Mangel genommen. Nur weil ich so getan hab, als würd ich für die Bullen arbeiten, soll ich jetzt fertiggemacht werden. Mann, das is Scheiße, dass nich fair."

Bumpy rief: „Laß mich los, Lotsa! Ich will ihm seinen dürren Hals brechen. Ich hab dem beschissenen Mutherfucker, bevor ich mich für ihn verbürgt hab, hundertmal gesagt, er soll mich aus m Spiel lassen, wenn er auf m falschen Dampfer ist. Laß mich, Lotsa."

Ivory sagte: „Reg dich ab, Bumpy. Ich versteh deine Gefühle. Aber auch wenn wir mit Sicherheit wüßten, daß Roscoe für Porta arbeitet, hat keiner von uns hier das Recht, ihn kalt zu machen."

Schließlich entspannte sich Bumpy in Lotsa Blacks Armen und wurde losgelassen. Ivory nickte. Einer von den falschen Bullen fesselte Roscoes Hände mit Handschellen hinter den Rücken und stieß ihn in den Pontiac zwischen Vorder- und Rücksitz. Ivory saß allein auf dem Rücksitz, als der Pontiac, gefolgt vom Plymouth, mit Bumpy, vorne eingekeilt zwischen Dew Drop und Lotsa Black, die Seitengasse hinunterfuhr.

Der Pontiac kam aus der dunklen Gasse heraus. Roscoe blickte hoch in Ivorys angespanntes Gesicht und sagte mit schwacher Stimme: „Ich hab von Anfang an keine Chance gehabt. Was passiert jetzt?"

Ivory blickte lange auf ihn runter und sagte dann kalt: „Schuldig oder nicht, du bist ne miese Fotze. Ich werd die Telefonnummer anrufen, wenn wir in der Zone sind. Wenn Portas Wohnung dran ist, wirst du die Gelegenheit haben, unsern Anführer kennenzulernen und um dein Leben zu rappen."

KAPITEL SIEBEN

Collucci stierte auf die Murmel aus Licht, die an der Anzeigetafel hinaufsprang, als der Fahrstuhl auf das Tonelli-Penthouse zuschnellte. Er spürte einen stechenden Anfall von Paranoia. Wenn nun das Treffen in Wirklichkeit eine Falle Tonellis war? Wenn Bellini, sein einziger Puffer gegen Tonellis Tücke, nicht auftauchte? Plötzlich hatte er das Gefühl, zu ersticken. Er zog seinen Mantel aus.

Der Aufzug hielt, und Collucci setzte seinen Fuß auf den roten Teppich der Eingangshalle. Ein Kronleuchter aus Messing schimmerte an der Decke wie ein Piratenschatz. Er trat in eine große Diele. Sie diente rund um die Uhr als Aufenthaltsort für Tonellis Wachposten. Jetzt allerdings war der Raum seltsam unbemannt.

Collucci stand reglos in der Stille. Er spürte das Gewicht der Derringers, die an Gummibändern an seinen Armen hinabbaumelten. Sollte er auch nur das geringste Zeichen zwischen Cocio und Tonelli wahrnehmen, ein bloßes Aufflackern unheilvoller Elektrizität in einem ihrer Blicke, würde er wie ein todbringender Kastenteufel hochfahren und ihnen die Gehirne aus den Schädeln blasen.

Er blickte auf die flimmernden Monitore der Überwachungsanlage auf einem Kontrollbord an der Wand zu seiner Rechten. Den Schützen mit der Maschinenpistole sah er in einer Zeitschrift lesen. Die beiden Wächter in der Garage schwatzten und wedelten auf dem Rücksitz der Limousine mit Spielkarten. Er ließ seine Augen über andere, winzige Bildschirme wandern, die das Straßenleben im Umkreis des Gebäudes wiedergaben.

Auf einem Monitor, der bunte Bewegung zeigte, sah er eine weihnachtliche Kinderparty unter einer einfahrbaren Plastikkuppel auf der Terrasse. Zwei Dutzend Eltern waren anwesend. Darunter Consuella mit Tonelli an ihrer Seite, der die Zwillinge auf dem Schoß hielt, die Gesichter einer behelfsmäßigen Bühne zugewandt, auf der Kinder in biblischen Kostümen ein Stück aufführten.

Collucci schritt einen hellerleuchteten Korridor hinunter, vorbei an zahlreichen Räumen und Appartements zu beiden Seiten des Flurs, die von Tonellis Wachposten und Gehilfen bewohnt wurden. Einen Moment verharrte er vor der verschlossenen, acht Zentimeter dicken Stahltür, hinter der Tonellis Privatwohnung lag.

Ein Schatten von Hoffnungslosigkeit legte sich auf ihn. Dann ging er weiter und trat in das tieferliegende Wohnzimmer. Er überlegte, wie schwierig es wohl werden würde, den Bastard wegzupacken und ließ sich in einen mit blauem Atlas bezogenen Sessel fallen, den offenen Glastüren zugewandt. Die Terrasse erstrahlte unter bunten japanischen Laternen und vibrierte vor Weihnachtsfröhlichkeit.

Die Kinderakteure verneigten sich im Applaus der stolzen Eltern.

Collucci zündete eine Zigarette an und beäugte die Menge unauffällig nach Papa Bellini. Er entdeckte ihn nicht. Noch einmal ließ er seinen Blick über die Terrasse schweifen. Die Zwillinge hüpften von Tonellis Schoß. Sie stürmten einen Berg von Geschenken und den Weihnachtsmann.

Tonelli bemerkte Collucci. Sein attraktives Barrymoregesicht strahlte. Er erhob sich vom Sofa und trat von der Terrasse, um ihn zu begrüßen. Nur zwanghaft gelang es Collucci, seine Zähne zu entblößen, als er auf Tonelli zuging.

Tonelli umarmte ihn und sagte in Sizilianisch: „Mein Sohn. Das Beste für dich und deine Familie zum Fest und überhaupt."

Collucci entgegnete in Sizilianisch: „Danke, Sir, Ihnen und den Ihren ebenfalls."

Sanft befreite er sich aus Tonellis Umarmung und sagte: „Bitte verzeihen Sie meine Verspätung."

Tonelli meinte: „Wenn sich Olivia und Petey unwohl fühlen, brauchst du dich nicht zu entschuldigen. Außerdem können wir keine *udienza* halten, bevor Bellini, unser Weihnachtsmann, sich von den Kindern verabschiedet und Cocio, der Hai, im Billardraum den letzten Trottel geschlagen hat."

„Entschuldige mich, Jimmy", sagte er, trat an einen Tisch in der Nähe und hob den Hörer einer Wechselsprechanlage ab. Er gab einen kurzen Befehl und legte wieder auf.

Tonelli sagte: „Laß uns eine rauchen, während wir auf die anderen warten."

Collucci folgte ihm zur Stahltür. Sie wurde von dem schlaksigen Carl „die Sphinx“ Dinzio, Tonellis exzentrischem und leichengesichtigen Chefleibwächter, von innen geöffnet. Er hatte einen dichten Bart, war wie gewöhnlich in einen marineblauen Mohairanzug gekleidet und trug eine wuchtige schwarze Sonnenbrille. Das schwarze Haar fiel ihm bis auf die Schultern.

Collucci nickte, als er an Dinzio vorbeiging. Dinzio grunzte. Aus dem Augenwinkel erhaschte Collucci einen glänzenden Gegenstand, den Dinzio in der hohlen Hand bewegte.

Zischend schwang die Stahltür zu.

Tonelli legte den Arm um Colluccis Schultern und geleitete ihn den schattigen Korridor entlang. Beim Geräusch von Dinzios katzenartigen Schritten hinter sich, fröstelte Collucci.

KAPITEL ACHT

In Uniform und Hab-Acht-Stellung, nahm der Ältestenrat der Warriors in der kahlen, höhlenartig widerhallenden Kirche die Parade der Truppen ab. Die Kirche wurde genutzt für Versammlungen aller Art. Einmal im Monat wurde zur Erprobung von Guerilla-Strafaktionen und zur Abhärtung der Warriors eine Hindernisstrecke aufgebaut.

Makellos und taufrisch wirkte die fünfhundert Mann starke Truppe gemischtrassiger Warriors in dieser winterlichen Nacht.

Die Läufe der automatischen Gewehre auf ihren Schultern glänzten wie ein dunkelblauer See im gleißenden Licht der Scheinwerfer. Mit ernsten, entschlossenen Mienen waren die Kolonnen in präziser und kraftvoller Anmut vor dem Rat auf- und abmarschiert.

Voller Stolz nahm der Rat sie in Augenschein, als sie in Habachtstellung gingen.

T. bediente sich des Tribünenmikrophons, um die Versammlung aufzulösen.

Der Rat eilte aus der Kirchenarena zurück in den Kommandobunker. Sie traten in den Keller des an die Kirche angebauten Pfarrhauses. T., seine Familie und fünfzehn seiner gemischtrassigen Gruppenführer bewohnten mit ihren Frauen das einst schloßartige Vierzigzimmer-Anwesen.

Der Keller war bis zur Decke mit herrenlosen Kühlschränken, Herden und zerbrochenen Möbeln vollgestopft. T. öffnete eine schwere Tür.

Dahinter konnte sich, falls notwendig, die gesamte Streitmacht der Warriors zurückziehen. Hier konnte sie unbegrenzte Zeit überleben und durch die unzähligen getarnten Ein- und Ausgänge kommen und gehen. Dieses System und die Ausbildung der Warriors waren darauf angelegt, eventuelle Angriffe von in die Zone eingedrungenen Feindkommandos zu überstehen.

Der Ältestenrat setzte sich an einen Tisch im Kommandobunker. Bama wies mit dem Kopf in Richtung eines Monitors, auf dem winzigklein der Pontiac zu sehen war. Er näherte sich soeben den Vorposten der Zone.

Tat Taylors Frau Rachel und ihre Teenagertochter Fluffy servierten in frisch gestärkten weißen Schürzen dem Trio am Bunkertisch das Weihnachtsessen. Sie und andere Warrior-Frauen hatten seit dem frühen Nachmittag bereits Scharen von Bewohnern der Zone verköstigt.

Rachel sagte: „T. versprich mir, daß du deinen Salat und das Gemüse ißt. Und ihr genauso, Bama und Smitty."

Sie nickten, während sie dampfende Berge Truthahn und Beilagen hineinschaufelten. Als Rachel und Fluffy sich zum Gehen wandten, stand Tat auf und hielt ihnen seine fettigen Lippen zum Kuß hin.

Die Backen aufgeplustert von kandierten Yamswurzeln zeigte George „Bama" Lewis, der siebzigjährige ehemalige Trickbetrüger, mit der Gabel auf ein großformatiges Gemälde, das den inzwischen getöteten Darrel „Maulwurf" Miller in Khakiuniform zeigte, wie er auf einem Tisch eine Blaupause studierte. Er war mit Willie Poes Schwester Reva verheiratet gewesen. Ein genialer Ingenieur, verantwortlich für das ausgeklügelte Tunnelsystem unterhalb der Zone und die freie Versorgung mit Gas und Elektrizität durch Anzapfen öffentlicher Leitungen.

Bama sagte: „Zu schade, daß der Maulwurf diese Weihnachten nicht dabei sein und sich die Yams schmecken lassen kann."

Taylor hörte auf zu essen und sah auf das Bild an der Wand aus roher Erde, zwischen Abstützungen aus Stahlträgern und Eichenbalken.

Taylor sagte: „Ja. Tut einem im Herzen weh, seinen Namen zu hören. Jeder liebte ihn. Außer Porta und seine Killerbande."

Der riesige Lester „Kong" Smith kicherte und sagte: „Klar, für n irischen Feuerkopf war er schon ganz in Ordnung. Aber ich hoffe, ihr geht nicht gleich in die Knie und heult wie n paar Weiber und versaut mir das Essen."

Bama schnaubte und sagte: „Smitty, du tust mir leid. Du hast n ernstes Problem."

Kong stirnrunzelnd: „Warum machste mich an, Alter Mann?"

Bama sagte leise: „Weil der Maulwurf vergessen hatte, daß er ein Weißer war, Sohn, und du das nicht kannst, sogar jetzt nicht, wo er tot ist."

Tat sagte: „Ist jetzt fast zwei Monate her, daß sie den Maulwurf allegemacht haben, Porta und seine Killer. Wird Zeit, daß wir Porta dahin schicken, wo Darrel ist."

Kong sagte: „Porta wird Bahnschwellen scheißen vor Wut, wenn er mitkriegt, daß seine letzte Sauerei gegen uns gescheitert is und Roscoe exekutiert wird."

Taylor stand auf, streckte seinen hageren Körper und ging zum Wasserbehälter in der Ecke. Während Wasser in einen Pappbecher gurgelte, sagte er: „Immer mit der Ruhe, Smitty, noch ist der junge Bruder nicht für schuldig befunden worden. Und wenn er es ist, wissen wir immer noch nicht, was für ein Scheißspiel Porta mit Roscoe gespielt hat. Vielleicht legen wir den Bruder um, falls er schuldig ist, vielleicht auch nicht. *Falls* er schuldig ist, Smitty."

Bama wies mit dem Kopf in Richtung Monitor, auf dem winzigklein der Pontiac zu sehen war, der jetzt in das Herz der Zone vordrang. Der Pontiac glitt an weiteren Fernsehkameras vorbei. Sie waren versteckt in Tischlampen, die an sämtlichen Zugängen zu der zehn Blocks umfassenden Zone in den Fenstern der Häuser standen.

Der Fahrer, Lotsa Black, winkte mehreren Wachen zu, die zu Fuß und in unauffälligen Autos unterwegs waren.

Gruppenführer Ivory Jones, auf dem Rücksitz, sagte: „Lotsa, halt mal an der Telefonzelle da neben dem Lebensmittelladen."

Lotsa Black fuhr den Pontiac an den Rinnstein. Ivory stieg aus und ging in die Zelle.

Bumpy Lewis, auf dem Vordersitz, sagte: „Roscoe, Ivory ruft jetzt die Nummer an. Schande über dich, Nigger, wenn es bei Porta klingelt."

Roscoe, hinten auf dem Boden kauernd und vor Angst zitternd, hob den Kopf und erspähte Ivory, der mit wütendem Gesicht aus der Telefonzelle kam. Roscoe ließ seine mit Handschellen gefesselten Hände auf den Türgriff krachen, hechtete durch die offene Tür auf den Bürgersteig, kam hoch und setzte mit seinen langen Beinen im Wahnsinnstempo den Bürgersteig hinunter. Lotsa

Black, Dew Drop und Bumpy Lewis nahmen Verfolgung auf. Ivory feuerte zwei Pistolenschüsse über Roscoes Kopf und drei auf seine Beine.

Ivory rief: „Bleib stehen, Roscoe, oder ich knall dich ab!“

Dann, als Roscoe außerhalb der Pistolenreichweite war, rief die ganze Gruppe: „Gefangener entflohen!“

Roscoe hatte fast die Peripherie der Zone erreicht, als ein Wachposten mit Gewehr, zwanzig Meter vor Roscoe, auf die Straße gelaufen kam, das Gewehr anlegte und „Halt!“ rief.

Roscoe wich auf den Gehweg aus. Er hetzte im Zickzack über einen Hof, um zwischen zwei Häusern hindurch zu entkommen. Die M-16 ratterte und spuckte Feuer, und Roscoe stürzte in den Schnee. Der Wachposten und die Truppe rannten herbei und sahen hinunter auf die schleimige Brühe aus Gehirn und Blut, die aus der zerfetzten Rückseite von Roscoes Kopf quoll.

Ivory sagte: „Er war tatsächlich Portas Nigger ... Portas Frau war dran.“

Bumpy sagte leise: „Wir haben Tür an Tür gewohnt, seit wir übern Tisch gucken konnten. Wir haben zusammen geklaut, die Schnallen flachgelegt, fünf Jahre zusammen in einer Zelle abgesessen ... wieso hatt er sich auf Portas Seite geschlagen?“

Dann schüttelte Bumpy traurig den Kopf und sagte: „Seine Mamma wird gar nicht aufhörn zu weinen, wenn ich ihr damit komme, daß er alle ist!“

Der Wachposten legte seine Hand auf Bumpys Schulter und sagte: „Mann, tut mir leid. Ich mußte es tun.“

Bumpy sagte: „Ich nehm an, der Nigger hats verdient.“

Ivory drehte sich um und sagte zu dem Wachposten: „Ich schick in ein paar Minuten einen Wagen für ihn. Mach deinen Bericht für den Rat fertig.“

Schweigend ging die Gruppe zurück zum Pontiac.

Während Lotsa Black in Richtung Pfarrhaus fuhr, sagte Ivory: „Bumpy, ich bin fast sicher, T. will, daß Roscoe hier begraben wird. Es wird das Beste sein für seine Mamma und die Warriors, wenn sie nie erfahrn, was mit Roscoe passiert ist.“

Lotsa Black sagte: „Ich will gar nicht dran denken, was T. mit uns macht, weil wir Roscoe auf diese Weise verloren haben.“

Zwei Stunden nach Roscoes Tod stand Ivory Jones im Kommandobunker. Er wankte unter den vernichtenden Vorwürfen des Rats wegen des fahrlässigen Verlusts seines Gefangenen und wurde als Gruppenführer abgesetzt.

Zeitgleich mit der Degradierung Ivorys, schlugen der Warrior Charming Mills und eine Gang maskierter Dope-Jacker zu. Mit Pistolen und Shotguns stürmten sie Pretty L.C.s Kinderpuff und Fixerbude im Keller unter einer baufälligen Wohnung im Viertausendachthunderter-Block der Calumet Avenue.

L.C., Zuhälter und Drogendealer, saß in lila Hemdsärmeln allein an einem Tisch und füllte für seinen umfangreichen Einzelhandel Heroin in Klarsichttütchen ab. Charming Mills riß L.C. den Atemschutz, den der trug, vom hübschen Gesicht, um nichts von dem Haufen weißen Pulvers vor seiner Nase zu inhalieren.

L.C.s Zähne klackerten vor Angst. An seinem manikürten kleinen Finger flammte ein riesiger Ring und ließ seine Initialen in Diamanten und Rubinen aufblitzen wie einen Schwarm pastellfarbener Leuchtkäfer. Er zerrte bündelweise Banknoten aus seinen Taschen. Sein hellhäutiges Gesicht war kreidig, als er das Geld mit zitternden Händen darbot. Als er zu sprechen versuchte, hüpfte sein Adamsapfel wie ein Jo-Jo in der Kehle.

In schwarzen Overalls, mit funkelnden Augen hinter Halloween-Masken, umringte ihn die Truppe.

Schließlich sagte L.C. heiser: „Legt mich nicht um! Nehmt die fünf Riesen! Hier! Hier! Greift zu, aber bitte, legt mich nicht um!“

Charming Mills schnappte die Scheine und stopfte sie in seine Manteltasche.

Mit Sopranstimme sagte er: „Zu spät, Klugscheißer. Du hast aufgehört, unsre Ware zu verticken und hast dich verpisst, und jetzt ziehst du deine eigenen Geschäfte ab. Wessen Dope tütest du da ein?“

„Big Melvins aus New York“, murmelte L.C.

Charming steckte einen Finger in den weißen Haufen und führte ihn an die Zunge.

Charming sagte: „Melvin hat gutes Dope. Ich will ihn kennenlernen.“

L.C. schloß seine großen, grauen Augen und sagte: „Der ist

schon wieder abgehauen. Bitte gebt mir eine Chance. Bitte! Ich verkauf euer Zeug oder zahl zwei Scheine pro Tag, wenn ich das von Melvin verticke."

Buncha Grief, der riesenhafte Cousin von Kong, stand hinter L.C. und hielt die Mündung seiner 45er Automatik an dessen Kopf.

Er sagte: „Nigger, weg von dem Tisch, damit dein beschissenes Blut nicht das Smack ruiniert. Aufstehen, Nigger, und auf die Knie."

L.C. flennte und versuchte aufzustehen. Er knickte ein und rollte unter den Tisch. Buncha Grief kam runter und donnerte ihm vier Kugeln in den Schädel. Charming wickelte das Heroin in die Plastiktischdecke und schob sie zusammen mit dem Geldbündel unter Bunchas Overall.

Charming war schon im Begriff den Keller zu verlassen, da fiel sein Blick auf den Dreißigtausend-Dollar-Ring an L.C.s toter Hand. Er kehrte um, zerrte ihn vom Finger und schob ihn in eine Zigarettenschachtel in seiner Brusttasche.

Die fünf Dope-Jacker traten lässig auf die stockdunkle Seitenstraße und nahmen ihre Masken ab. Drei von ihnen gingen getrennt zu ihren Autos, die zu beiden Enden der Gasse geparkt waren. Buncha Grief und Mills stiegen in Bunchas aufgemotzten alten Imperial.

Während Buncha davonschoß, sagte er: „Den fertigzumachen war so leicht wie ne Nonne ficken. Zu schade, Charming, daß du nicht mehr anschaffen läßt, sonst könntest du vielleicht sein Rudel Nutten übernehmen. Wenn ich so n süßer kleiner gelbhäutiger Nigger wär wie du, würd ich mir seinen Stall unter n Nagel reißen. Meine halbweiße Mamma und die von Kong waren mit das beste Nuttenduo in der Gegend. Scheiße auch, daß sie sich beide von zwei häßlichen schwarzen Freiern ham anbrüten lassen!"

Mills runzelte die Stirn. „Ich hab Stil, Grief. Ich hatte nie eine von diesen dreckigen Junkieschlampen aus der Gosse laufen, als ich im Geschäft war. Die letzte und einzige stinkende Junkienutte, die mich angefaßt hat, war meine alte Lady, als sie mich als zwei Monate alten Scheißer in eine Mülltonne geschmissen hat."

Eine Schweigemeile weiter hielt Buncha an, und sie gingen in sein protzig eingerichtetes Appartement in der Sixty-first Street.

Mills entledigte sich des schwarzen Lederoveralls und zog einen blauen Anzug und Mantel an. L.C.s Notenbündel belief sich auf fünfeinhalbtausend. Sein Dope wog fünfhundertachtunddreißig Gramm.

Buncha beugte sich auf dem schwarz-gold karierten Sofa nach vorn. Er rollte einen von L.C.s Hundertern zusammen und schnorchelte eine der glitzernden Lines kristallenen Kokains vom schwarzen Onyxcouchtisch.

Buncha wandte sich zu Mills und meinte: „Hier, Mann, bedien dich. Das ist der Rest von dem Stoff, den wir Double Heads alter Schlampe Wanda abgenommen haben."

Mills kaute auf seiner Unterlippe und nahm zögernd den zusammengerollten Hunderter von Buncha entgegen.

Buncha sagte: „Du brauchst dir kein Kopf zu machen, daß dir dieser Superstoff heute abend im Ring die Birne vernebelt. Komm schon, nimm ne Nase, dann machst du den lahmarschigen Penner schon in der ersten Runde fertig."

Charming murmelte: „Ich mach mir keine Sorgen. Sogar volldröhnt würd ich den schaffen ... Aber Koks schnupfen ist gegen T.s Regeln."

Buncha grinste zwinkernd und sagte: „Ich verpfeif dich schon nicht, Kleiner."

Er lachte, bis er feuchte Augen hatte, während Mills langsam den Kopf senkte und eine Strippe Koks aufzog.

Dann setzte Buncha noch einen drauf: „Biste noch ganz dicht, Nigger? Für die Nase Koks würde T. dir schlimmstenfalls seinen Fuß in den Arsch setzen und dich in das Verlies unter der Zone schmeißen. Aber was er mit dir wegen dem L.C.-Ding machen würde, muß ich dir wohl nicht verklickern. Zerbrich dir über was Wichtigeres den Kopf, Nigger, zum Beispiel, was Cous und ich mit dir anstellen werden, wenn du bei uns aussteigst."

Mills winkte ab und sagte: „Mann, der Schotter kommt zu butterweich und regelmäßig rein, um ihn sausenzulassen."

Buncha meinte: „Du sagst es, Charming!"

Mills erhob sich. „Irgendwelche Nachrichten für Smitty, außer der L.C.-Geschichte?"

Buncha stand auf und begleitete ihn zur Tür.

Seine kleinen Glotzer tanzten leuchtendbraun im Gorillagesicht, als er antwortete: „Erzähl Cous, ich hab rausgekriegt, daß in Double Heads Safe mindestens ne Viertelmillion gebunkert ist. Das sind Wandas Kokseinnahmen und der steuerfreie Profit vom Anteil des Itakers am Wettgeschäft. Erzähl Cous, ich hätt gesagt, bei so ner großen Sache muß er s schon riskieren, sich bald mal mit mir zu treffen, damit wir auschecken können, wie wir an den Schotter rankommen."

Mills sperrte das Maul auf und schüttelte den Kopf.

Er sagte: „Dass ne Todesfalle, Buncha. Da müssen doch n Dutzend Wächter drin sein. Und draußen auf der Straße, vorm Wettbüro, getarnt auch noch welche. Sogar die Polizei kreuzt da oft auf, wenn die Wetten reinkommen. Und das ist der einzige Moment, um auch nur n Blick auf n Safe zu werfen. Und der fieseste Nigger von Chicago, Double Head selbst, versteckt sich immer irgendwo mit nem Maschinengewehr."

Buncha hielt die Tür auf und meinte: „Charming, kneif deinen Arsch zusammen und hör zu. Der Fettsack mit seiner Kürbisfresse ist gar nicht so schlimm. Was seinen Mumm und Ruf angeht, rangiert er hinter T., Cous umd mir ganz unten auf der Liste. Wir erledigen seine Wachen, und dann nehmen wir uns seinen Spielzeugladen vor. Der wird mich noch wie ne Nutte auf Knien anflehen, ihn nicht plattzumachen."

Mills grinste schwach, sah auf seine Armbanduhr und sagte: „Ich verzieh mich, sonst werd ich noch meinen Titel wegen Nichterscheinen los."

Er ging, an Buncha vorbei, zu seinem im nächsten Block abgestellten Volkswagen.

Als Charming in die Zone fuhr, zählte Schiedsrichter Tat, im Halbfinale der Weihnachts-Boxkämpfe, gerade ein junges Schwergewicht der Warriors aus.

Die Arena befand sich in der großen Kirche. Die dreitausend gemischtrassigen Zuschauer saßen auf metallenen Klappstühlen und bejubelten und beklatschten einen siegreichen Außenseiter, der seine Handschuhe aneinanderschlug und wild in die Luft sprang.

Taylor ging quer durch den Ring, flüsterte mit dem Ansager, kletterte dann durch die Seile und bahnte sich einen Weg durch die erregten Menschenmassen in den Gängen. Er wollte zu einem der Ankleideräume im Keller, den sich Charming und sein Gegner teilten.

Während Bama die Schultern von Charmings Herausforderer knetete, der bäuchlings auf einem Tisch lag, schimmerte sein kahler Schädel wie ein ebenholzschwarzer Teich.

Kong, in einem T-Shirt, das hinten in rosa Lettern die Aufschrift „Charming Mills" trug, trabte auf dem Beton hin und her und kaute grimmig auf einem Kaugummi.

Taylor fragte: „Wo zum Teufel ist dein Mann, Smitty?"

Kong blickte finster und sagte: „Der zieht entweder grade seinen Kopf aus ner Muschi oder wischt sich n Schwanz ab. Ich dreh ihm seinen verdammten Hals um und..."

In diesem Moment stürmte Mills in den Raum, mit strahlendem Lächeln. Er schälte sich aus seinem Mantel und beugte sich vornüber.

Er sagte: „Hier isser. Stellt euch hintereinander auf und tretet rein."

Taylor grinste und meinte: „Na los, Charming, laß uns deine Geschichte hören."

Charming warf Kong einen Blick zu und sagte: „Ich mußte einen Gorilla von ner unschuldigen jungen Schwester vom Land runtereisen, die sich in die Sixty-first Street verirrt hatte. Wir haben zwei Stunden verplempert, bevor wir die Gasse und den runtergekommenen Wohnwagen gefunden haben, wo ihre Ma und ihre zehn Geschwister hausen."

Dann schlug er die Augen zu Taylor auf, legte seinen Lockenkopf schief und meinte: „Big T., du hättest sehn sollen, wie sie alle geweint und Gott dafür gedankt haben, daß er mich geschickt hat. Die haben doch tatsächlich den Saum von meinem Mantel geküßt, als ich ihnen Geld für Heizöl und die erste Mahlzeit seit zwei Tagen rüberwachsen ließ. Meine Güte, ich war das reinste Weihnachtswunder für die. Die Gesichter vergeß ich nie. Die hab ich vielleicht angeturnt! Ich hab mich gefühlt wie Jesus bei ner Zugabe."

Die Ratsmitglieder und der Herausforderer lachten, während

Kong Mills das Knie ins Hinterteil stieß und nach dessen Anzugjacke griff.

„Los, raus aus den Straßenklamotten, du falscher, dünnschißgelber Bastard“, sagte er, als er Mills hochhob und ihn auf das Tischende setzte.

Taylor und Kong fingen an, ihn auszukleiden. Kong bückte sich, um ihm die Schuhe abzustreifen, und Taylor fing an, ihm das Hemd aufzuknöpfen.

Plötzlich fiel Mills der Ring ein, den er in die Zigarettenschachtel in seiner Hemdtasche gesteckt hatte. Er versteifte sich und wand sich aus Taylors Händen. Allerdings erst, nachdem L.C.s Diamanten und Rubine Taylor einen Moment lang angefunkelt hatten.

Mills starrte unverwandt in Taylors steinernes Gesicht und schwang den rechten Arm.

Er sagte: „Gottverdammt! Das tat höllisch weh. Ich muß mir was gequetscht haben, als ich den Gorilla fertiggemacht hab.“

Taylor lachte trocken und meinte: „Charming, vielleicht ist das die Strafe Gottes dafür, falls es ihn gibt, daß du bei deinem Gequatsche immer seinen Namen in den Mund nimmst.“

Kong packte Charming am Arm und brachte ihn zu seinem Spind in einer Ecke des Raums. Bama und sein Schützling gingen hinaus in den Ring, gefolgt von Taylor.

Während Kong auf die Tür blickte, die sich hinter Taylor schloß, sagte er: „Du unzuverlässiger Hurensohn! Was is schiefgelaufen?“

Mills reichte ihm die Zigarettenschachtel und sagte: „Hat alles geklappt. Wir ham uns gut n Pfund bestes Smack und fünftausendfünfhundert in bar gekrallt. Und jetzt, hier, L.C.s Ring, den ich dir besorgt hab. Ich hab die Nummer mit T. abgezogen, damit er sich nicht die Schachtel greift und ne Kippe rausholt, wie ers sonst macht.“

Kong starrte den Ring an und schüttelte den Kopf.

Streng sah er Mills an und sagte: „Nigger, warum bloß? Warum? Warum? Warum schleppste uns den Tod in die Zone rein?“

Mills zuckte zusammen und meinte: „Das issn Fünfundzwanzig-, vielleicht sogar Dreißigtausend-Dollar-Reifen, und du kriegst noch nicht mal den Witz dran mit?“

Kong schlug ihm seitlich hart an den Kopf. Er nahm Mills Gesicht in seine riesigen Pranken.

Mit furchterregender Miene brüllte er ganz dicht vor ihm: „Was für n Witz, du blöde Sau?"

Mills zitterte, schlüpfte mit immer noch eingeklemmtem Kopf aus seiner Hose und wisperte: „Dein Vorname, Smitty ... der fängt mit m L an ... und ich hab mir gedacht, es wär einfach, aus dem C ein S zu machen."

Kong schleuderte Mills von sich, daß er gegen die Spinde prallte. Während sie hinausgingen, schob er den Ring ganz tief in die Schachtel. Er knüllte sie oben fest zusammen und steckte sie in eine Außentasche des Erste-Hilfe-Beutels, den er in Mills Ecke bei sich haben würde.

Taylor sah Kong und Mills in die Arena kommen und ging zurück in den Ankleideraum. Nachdem er sämtliche Kleidungsstücke und den Raum nach dem Ring durchsucht hatte, erreichte er seinen Sitzplatz, als gerade die erste Runde eingeläutet wurde.

Mills verließ seine Ecke. Taylor bemerkte eine Prellung auf dessen Wange. Er bemerkte auch, daß Mills ungewöhnlich nervös war. Taylor stand auf, ging zu Kong und beugte sich zu ihm hinunter. Kong verfolgte mißmutig, wie der Herausforderer Mills schmerzhafte Schläge ins Gesicht versetzte, ohne daß dieser angemessen reagierte.

Taylor lehnte sich nach vorn und flüsterte Kong ins Ohr: „Smitty, dein Mann ist überhaupt nicht bei der Sache. Was sagst du, wenn du, mit nochmal einem Fünfziger, mit ihm zusammen den Bach runter gehst, wenn er nicht gewinnt?"

Kong drehte sich um und studierte lange Taylors ausdrucksloses Gesicht, um einen Hinweis darin zu finden, ob die Bemerkung einen Haken hatte. Das Glockenzeichen verkündete das Ende der ersten Runde.

Er nahm mehrere Gegenstände aus dem Drillichbeutel und sagte, bevor er und ein Assistent durch die Seile kletterten: „Mein Mann hat nix andres vor, als dem Typen den Arsch aufzureißen. Ich mach n Hunderter aus den fünfzig."

Gearde wollte Taylor aufstehen, da glitt sein Blick über die Außentaschen des Drillichsacks. Er sah die Ausbeulung der Schachtel und schaute zu Kong hoch, der eifrig mit Mills beschäftigt war. Er holte den Ring heraus, erkannte, daß er echt war, und steckte Ring und Schachtel wieder zurück.

Als die zweite Runde eingeläutet wurde, war er wieder in seinem Sitz auf der anderen Seite des Boxrings.

Mills kam heraus und drosch unbesonnen drauflos. Seine Rechte schlug pfeifend ins Leere. Er kassierte einen vernichtenden linken Haken gegen den Kiefer und erschauerte in der Mitte des Ringes, bevor sein Kopf mit widerwärtigem Dröhnen rücklings auf die Bretter krachte.

Der Schiedsrichter warf einen Blick auf den reglosen Körper, bückte sich und zog die Lider hoch. Dann gab er das Zeichen für K.O.

Bama und sein Assistent kletterten in den Ring und bearbeiteten Mills drei Minuten lang. Endlich kam er zu sich und stieg durch die Seile, um sich seinen langen, beschämenden Weg durch das Tollhaus aus Buhrufen zu bahnen.

Taylor hielt Bama an und flüsterte: „Komm, so schnell wie möglich, zu mir ins Pfarrhausbüro."

T. hatte Bama gerade vom Ring mit den Initialen L.C. berichtet, als ein Medienkontaktmann aus dem Bunker ihn anrief. Er teilte ihm die Neuigkeit von L.C.s Tod mit und die Theorie der Polizei, L.C. sei im Auftrag von Chicagos weißem Verbrechersyndikat von schwarzen Gangstern ausgeraubt und abgeschlachtet worden.

T. legte den Hörer auf und sagte: „Bama, du hast den Nagel auf den Kopf getroffen! Der Ring, den Smitty und Charming jetzt haben, gehörte dem Dopedealer L.C."

Bama nickte: „Ist er tot?"

T. sagte: „Mh-hm, die Bullen wollen uns verarschen oder sind selbst verarscht worden. Sie behaupten, schwarze Gangster hätten L.C. für die Itaker kaltgemacht."

Bama lachte in sich hinein. „Auf keinen Fall. Niemand, der für die Itaker arbeitet, würde sich an den Klunkern einer Leiche vergreifen."

„Dann sinds die schwarzen Dope-Jacker, Bama", sagte T. „Und

ich werde Charming und Smitty solange in die Mangel nehmen, bis sie beichten, in welche verdammte Schleppscheiße sie die Warriors und unsere Hoffnungen reingeritten haben!"

Bama, auf einem Stuhl neben dem Schreibtisch, lehnte sich zu T. hinüber, der mit den Fingerkuppen aufs Telefon trommelte.

Er tätschelte T.s Handrücken und meinte: „Also, mein Sohn, ich bin genauso verletzt und traurig wie du. Ich liebe Smitty und Mills wie meine eigenen Söhne. Aber jetzt ist keine Zeit für irgendwas anderes, als die Sache und uns selbst in den Griff zu kriegen. Bevor wir auch nur einen Finger rühren, müssen wir rausfinden, ob die Scheiße, in die sie gelatscht sind, noch frisch ist oder schon vorher breitgetreten war."

T. sagte: „Du meinst, andere Warriors ...?"

„Genau das. Und außerdem sollten wir, da wir ja mit Smitty unter einem Dach wohnen, ihn oder Mills nichts von unserem Verdacht mitkriegen lassen. Smitty ist doch Ratsmitglied, da könnten wir ihn auch ganz öffentlich zu irgendwelchen Drogen-Connections befragen."

T. schüttelte den Kopf. „Wir und die gesamte Zone würden jede Unterstützung und Schutz von Seiten der Bevölkerung verlieren."

Bama sagte: „Ja, ohne das Wohlwollen der schwarzen und weißen Eltern und normalen Bürger hier und anderswo im Land, die an unsere Aufrichtigkeit glauben, können wir nicht überleben. Polizei und Militär würden uns sofort aus der Zone rausbomben, wenn ernstliche Hinweise publik würden, daß sich ein führender Warrior mit Drogen und Mord die Hände schmutzig macht."

T. meinte: „Ich hoffe, es ist nicht so, wie es für Smitty und Mills aussieht. Ich kenne die beiden lange und gut ... hab ich gedacht."

Bama sagte: „Wir sollten Smitty und Mills an der langen Leine lassen, bis die Stunde der Wahrheit gekommen ist. Dann inszenieren wir bei der erstbesten Gelegenheit, die uns ungestört läßt, ein ausgeklügeltes Psychodrama für die beiden. Vielleicht sind sie unschuldig und bestehen den Test. Falls nicht, exekutieren wir sie ohne Aufsehen an Ort und Stelle. Wir werden sie und jeden Warrior, der sich mit ihnen eingelassen hat, kaltstellen."

T. nickte.

Bama stand auf und meinte: „Denk dran, wir müssen so tun,

als ob alles normal ist ... Und normalerweise geh ich um diese Zeit ins Bett."

T. saß grübelnd am Schreibtisch.

Bama hielt an der Tür inne. „Ich hab gesagt, ich geh schlafen."

T. sah hoch und meinte fast flüsternd: „Bama, ich hab ganz stark das Gefühl, daß Smitty nichts mit Drogen zu tun hat. Und auch nicht mit L.C.s Ring und seiner Ermordung. Bloß daß er blöderweise versucht hat, seinem Freund Mills aus einer krummen Geschichte rauszuhelfen. Bama, Smitty ist doch nicht bescheuert. Er hat sicher nicht vergessen, wie oft ich mir den Arsch aufgerissen hab, sein Leben zu retten und ihn vorm Leichensack zu bewahren."

„T. ..., falls er beim Test durchfällt, ist er vielleicht deshalb so verbittert und aus dem Gleis geraten, weil seine Schuld zu groß und das Zurückzahlen zu hart geworden ist", meinte Bama über die Schulter und ging den Flur hinunter.

KAPITEL NEUN

T. knipste die Schreibtischlampe aus und saß im Dunklen. Er drehte den Sessel zum Fenster und justierte ihn einige Zentimeter höher. Mächtige Wogen von Schmerz und Wut beutelten ihn. Er würgte trocken, sog Luft ein und lehnte sich zurück in den Sessel.

Seine wulstigen Lippen verzogen sich zu einem finsteren Bogen. Er dachte zurück an den Abend des vierten Juli vor fünfundvierzig Jahren.

Er war acht Jahre alt und hörte seine Mutter Pearl aufschluchzen, während sie ihm seinen Turnschuh auszog und die letzten paar Dollar, den Rest vom Lohn seines Stiefvaters, darin versteckte.

Dann drückten sie sich am Vorderfenster zitternd aneinander. Sie starrten auf die geschwungene Neonfront des Playhouse Saloon, der Neppfalle, mit gezinkten Blackjack- und Würfeltischen im Keller.

Jessie spürte den stupsnäsigen Lauf von Sarges rostiger Sonntagabendknarre an seinen Knien. Seine Mutter hatte sie unter dem Sofakissen versteckt. Mit den Fingerspitzen strich er zärtlich über die Schwellung am Wangenknochen seiner Mutter.

Er sah zur einen halben Block entfernten Saloontür. Diesmal würde er Sarge töten, dachte er, wenn er beim Nachhausekommen seine Mutter wieder beleidigte und mißhandelte.

„Mama", sagte er „ich hoff, daß Sarge beim Würfelspielen draufgeht und nich mehr hierher zurückkommt."

Pearl küßte ihn und meinte: „Jessie, hör auf, dir sowas zu wünschen. Wir sind alles, was er hat, und er is mein Retter gewesen, nachdem Reverend Taylor von uns gegangen is und wir Georgia verlassn ham."

Er sah sie fragend an und wollte wissen: „Mama, warum nennste mein richtign Daddy immer Reverend Taylor?"

Sie lachte traurig und sagte: „Weil er geplatzt wär wie ne aufgeblasne Kröte, wenn ichs nich getan hätte. Ich glaub, sogar seine Mama hat sich nich getraut, ihn Eli zu nennen."

Nun lachte sie laut. „Vielleicht hat Reba, das Flittchen, das er mit Luxus und Seidenkleidern ausstaffiert hat, wo ich nich mal anständige Schuhe hatte, ihn ja Eli nenn dürfn. Jessie, wir verdanken Sarge ne Menge."

Stirnrunzelnd fragte er: „Aber Mama, deshalb hatter beknackte alte Nigger doch nich das Recht, dich zu verprügeln, oder?"

„Jessie, ich bin im Handgemenge hingefalln un habma dabei am Küchentisch das Gesicht aufgeschlagn. Bis aufs letzte Jahr is Sarge doch noch gar nich so übel gewesn. Erinner dich mal, dann weißte, dassich recht hab.

Ich war pleite, krank und noch mit dir schwanger, als Reverend Taylor von uns ging. Sarge hat mir monatelang mit Blumen un Geld n Hof gemacht, mich nich angefaßt, bis ich selbst wollte, dasser mich küßt.

Er saß immer nur im alten grünen Sessel auf der andern Seite vonnem Wohnzimmer un hat mir schöne Augen gemacht, wie wenn ich ne Königin wär. Er hatte zwei Jobs, un als ich dich zur Welt brachte, hatter dich geliebt wie n eigenes Kind."

„Aber er is verrückt, Mama. Wir solltn uns an seim nächstn Zahltag heimlich verdrückn un in die Westside ziehn."

Sie schüttelte den Kopf: „Er is nich ... wirklich meschugge ... ich mein, s gibt kein liebevollern Ehemann als ihn, wenner sich nich grad besäuft oder sich einbildet, er wär wieder mittn in der Ardennen-Offensive. Ich glaub, bei dem ganzen Blut und Getöse wär jedem das Hirn übergekocht."

Sie hielt den Atem an, und ihre Augen weiteten sich bei Sarges Anblick.

„Er is mal wieder pleite ... und denkt, er könnte den Leuten was vormachn. Sieh n dir an, den Großkotz, wie er mit durchgedrücktn Schultern nach Hause marschiert wie n dekorierter General."

„Aber Mama, guck dir doch sein Gesicht an! Er is mal wieder im Krieg! Wir solltn nach nebenan zu Rachels Mama gehn un dort übernachtn."

Sie sagte: „Hab keine Angst, Jessie. Er wird reinkommn und sofort wegdösen. Misch du dich nich ein, Jessie, damitter sich nich aufregt. Bleib ruhig und überlassn Mama."

Sarge kam durch die Tür gepoltert. Er stand da und forderte mit blutunterlaufenen Augen Aufmerksamkeit.

Sie bat: „Sarge, hör auf, mich so finster anzuglotzen, dann mach ich dir n Brathähnchen."

Sarge lächelte schief und sagte mit leiser Stimme: „Ich hab keine Zeit, Zahlmeister. Ich werd mir in Paris n Steak mit ner kleinen Mamsell genehmign. Der Truppentransporter is schon beim Aufladen. Bescheiß mich nich, Zahlmeister. Gib mir mein ganzes Geld, bevor ich dir den verdammtn Schädel spalte."

Er ging einige Schritte in Richtung des Geldverstecks in der Nähmaschine. Riß die Schubladen heraus und trampelte sie zu Kleinholz. Schob sich die zerbeulte Offiziersmütze aus dem Gesicht, starrte Pearl an und knirschte mit den Zähnen.

Sie versuchte ein Lächeln. Aber ihre Lippen zitterten nur, als sie auf ihn zuging. Die großen Augen in ihrem Watusikopf glitzerten ängstlich.

„Bitte, Sarge, ich kann nich zulassen, daßde unser Geld für Essen und Versicherung zu den Playhouse-Ganoven trägst. Komm, Daddy-Liebling, laß uns schwarzn Kaffee trinkn und mit Jessie vom Dach aus das Feuerwerk anguckn."

Mit leerem Blick sprang er sie an. Packte ihre ausgestreckten Arme, wirbelte sie herum und zwang sie in einen schmerzhaften Doppel-Nelson. Sie schrie, als er sie zu Boden schleuderte.

Er grub ihr die Knie ins Rückgrat und brüllte ihr ins Ohr: „Wo is mein Geld? Gibs her! Gibs her!"

Jessie kam, die Pistole hinter dem Rücken, von der Couch herunter. Fast berührte er die runzelige Schrapnellnarbe hinter Sarges rechtem Ohr und drückte ab. Klick. Sarge erstarrte und drehte sich zu Jessie, der es hinter ihm erneut klicken ließ.

Sarge wirbelte von Pearl herunter. Sie hastete Richtung Küche. Er umklammerte mit einer Hand Jessies Hals, schnappte mit der anderen die Waffe und ließ den Kolben auf Jessies rotgeschwollenen Kopf krachen, bis die Schläge das Licht in Jessies Augen löschten ...

Die Polizei brachte Jessie ins Krankenhaus, wo seine Kopfhaut genäht wurde, dann, bis eine Pflegestelle gefunden war, in ein Übergangsheim für Jugendliche. Zwei Wochen später hatte Rachels

Mutter Papiere unterzeichnet, die sie zu seiner Pflegemutter machten.

Noch Wochen nach dem Begräbnis seiner Mutter wachte er schweißtriefend aus Alpträumen auf. Und wann immer er an sie dachte, fiel er in tiefe, schweigsame Depression.

Drei Jahre später, als er fünfzehn war, schlüpfte er in Rachels Schlafzimmer, und ihre sittenstrenge Mutter erwischte beide dabei, wie sie auf dem Bett fummelten und kicherten.

Zwei Tage nach seinem Rausschmiß trat er aus einem durchgehend geöffneten Kino auf der Westside. Ein Stück weiter die Straße hinunter sah er sechs hartgesotten wirkende Italiener aus einer Schrottkiste auf den Bürgersteig springen. Sie hatten ihre Messer gezückt und bedrängten einen kräftig gebauten, jungen Schwarzen. Der Schwarze zog ein Klappmesser und drückte sich mit dem Rücken an eine Mauer.

Der Schwarze rief zu Jessie: „Mann, willste zusehn, wie mich die Spaghettis umlegen?“

Jessie hechtete zu einem Sägebock, der über einer Baugrube auf der Straße stand, riß ein Bein davon ab und warf sich ins Gemetzel. Ein hagerer Typ, mit seltsam gelblichen Augen, stach nach dem Herz des jungen Schwarzen. Der drehte sich zur Seite und das Stilett fuhr ihm in die Schulter. Jessie ließ den Prügel niedersausen und sah Blut und Knochenteile aus dem Gelenk der Hand treten, die das Stilett hielt. Der Hagere kreischte und wirbelte herum zu Jessie. Einen Moment lang starrte Jessie in schmerz- und wutglänzende Augen. Im Rücken fühlte er brennende Stichwunden. Der Hagere katapultierte einen Fuß zwischen seine Beine. Jessie drehte sich und verspürte reißende Schmerzen in der Hüfte.

Der Hagere starrte ihm in die Augen und flüsterte heiser: „Dich vergeß ich nicht. Dafür wirst du mir büßen, Nigger.“

Jessie schwang ihm den Prügel an den Kopf. Er hörte ein Knirschen und sah den Unterkiefer dämlich herunterklappen, während blutiger Speichel das Kinn hinuntersabberte. Knochen knackten und brachen, als er herumwirbelte und mit dem Knüppel auf die anderen eindrosch. Die Gang suchte das Weite. Aus den Stichwunden Jessies und des schwarzen Riesen sickerte Blut.

„Ich bin Kong, Mann", stellte sich der Riese vor.

„Ich bin Jessie. Warum wollten sie dich kaltmachen?"

„Bandenkrieg, Mann, Bandenkrieg. Komm, lassen wir uns irgendwo verarzten."

Sie gingen zu einer alten Karre und Kong fuhr los.

„Die Itaker sind Mitglieder der Sicilian Knights. Ich bin Anführer der Black Devastators. Die Bohnenstange, die du fertiggemacht hast, war Lupo Collucci, ihr Anführer."

Jessie sagte: „Ich schätze, ich brauch ne Knarre, wenn ich länger in der Gegend bleiben will."

Kong grunzte: „Jessie, du mußt n Black Devastator werden. Ich bring dich rein. Überlegs dir, Bruder. Wir brauchen harte Jungs wie dich, um Lupo die Westside wegzunehmen."

Sechs Monate später hatte Jessie wegen einer Kugel, die Collucci auf Devastator-Territorium, im Douglas Park, aus dem Hinterhalt auf ihn abgefeuert hatte, eine Stahlplatte im Schädel.

Allmählich war Kong angewiesen auf Jessies strategische Glanzleistungen, die saftige Stücke aus Colluccis Terrain herausrissen. Die von Jessie geplanten Einbrüche und regelmäßigen, gut getimeten Übergriffe auf Schutzgeldeintreiber und Drogendealer in ihren Absteigen, wölbten die Kriegskasse der Devastators.

Kong wurde von Collucci die Lunge durchschossen. Als er wieder ins Rennen ging, wollten alle Devastators Jessie als Anführer.

Jessies Angewohnheit, jede Kleinigkeit prompt und rücksichtslos heimzuzahlen, brachte ihm den Spitznamen „Tit For Tat" - „Auge um Auge" - ein.

T. und Kong blieben gute Kumpel. Einmal wurden sie und Kongs Cousin Buncha Grief um Mitternacht auf Sicilian-Knights-Territorium aus dem Hinterhalt angegriffen und von Lupo Collucci und seinem ständigen Schatten Angelo Serelli niedergeschossen. Buncha Grief entkam mit einem Streifschuß am Schädel.

Nachdem T.s und Kongs Wunden in der Gefängnisabteilung des Kreiskrankenhauses verheilt waren, holten zwei korrupte Detectivs sie zur Gegenüberstellung. Zwei der ausgenommenen Itaker hatten einen bewaffneten Überfall vorgetäuscht. Sie hängten T. und Kong, beide sechzehn, die Sache an, so daß sie für fünf Jahre in die Besserungsanstalt von Pontiac wanderten.

T. und Kong arbeiteten in der Küche des überfüllten Knastes. Sie lebten in einer Vier-Mann-Zelle und waren bald die gefürchtetsten Nigger in diesem knallharten Knast.

Dreißig Tage vor T.s Entlassung kam Skinny Man Blake, ein Mitglied der Devastators, zu Besuch. Einige Devastators, die hier einsaßen, darunter T. und Kong, nahmen ihn beiseite in eine menschenleere Ecke des Hofs, um sich über die jüngsten Ereignisse in den Straßen der freien Welt auf den neuesten Stand bringen zu lassen.

Sie streiften ihre Hemden ab und legten sich, im Halbkreis um Blake herum, auf dem Rasen. In der gleißenden Junisonne glänzten sie wie Seehunde auf jadegrünem Strand.

Blake sagte: „Ihr habt wohl schon geschnallt, was für n Ärger wir hatten, nachdem T. und Kong eingefahren sind. Der Club ist seit nem Jahr tot, weil entweder die Mitglieder an ner Überdosis eingegangen sind, irgendwo einsitzen oder sich mit Frau und Bälgern rumschlagen. Der Rest ist von Lupo Colluccis Sicilians zu Krüppeln geschossen oder kaltgemacht worden."

T. meinte: „Ich werd Lupo in den Arsch seiner Mami zurückscheuchen, wenn ich nächsten Monat hier rauskomme."

Blake nahm einen Zug von seiner Zigarette. „T., laß dir verklickern, daß Lupo reines Gift ist, das du besser nicht antestest."

Er verdrehte ängstlich die Augen und sagte fast flüsternd: „Der Typ issn Mafia-Mann."

Kong meinte: „Is das nicht n Ding, T.?"

T. sagte: „Tja, wir hocken bewegungslos im Käfig, und in der Welt draußen gehts ab."

Blake sagte: „Kein Scheiß, T., als du und Kong eingefahren seid, gabs vielleicht n Dutzend schwarze Jungs, die fett abgesahnt haben. Aber jetzt prassen auf der West- und Southside Niggerpupser, die vor ein paar Jahren noch arm waren wie die Kirchenmäuse."

Kong fragte: „Wovon?"

„Vom Dopedealen. Mafia-Dope", gab Blake zurück. „Alle haben sie nagelneue Lincolns und Caddies. Von ihren Kunden gibts so viele wie Wanzen inner Bruchbude. Sie klauen, dröhnen sich zu und kratzen ab."

Blake machte eine Pause, während der Hofaufseher, gespickt mit blinkenden Messingknöpfen, einen Bleiknüppel schwingend, vorbeiging und sein sanftes Psychopathenlächeln strahlte.

Dann fuhr er fort. „Erinnerste dich an die aufgeblasenen Nigger, denen die Lottoannahmestellen und Wettbüros gehörten? Die haben jetzt, bis auf einen, alle einen neuen Partner, der von vornherein sechzig Prozent abkassiert, und die Buchmacher müssen die Festkosten von ihrem Anteil bezahlen."

T. fragte: „Wann hat sich die Mafia da reingehängt?"

„Amos Lightfoot", sagte Blake „hatte vor n paar Jahren in Leavenworth ne kurze Strecke wegen Steuerhinterziehung abzusitzen. Er quatschte immer ein bißchen viel und hat nem Spaghetti-Obermacker gesteckt, was die Groschenlotterien für ne Goldgrube sind."

Einer der ehemaligen Devastators fragte: „Und wer ist der Typ, der die Mafia abkacken läßt?"

Blake sagte: „Willie Poe aus New York. Gleich wie die Mafia eingestiegen ist, haben sie Poes Sohn umgebracht und nen Buchmacher mit seinen Eiern im Maul inner Gasse abgeladen. Willie Poe hat versucht, die Buchmacher zu organisiern. Aber die sind alle auf n Knien rumgerutscht und haben sich eingekackt.

Vor n paar Monaten hat Willie Poe zwei Mafiakuriere kaltgemacht. Er ist der einzige Nigger auf der Welt, der der Mafia seinen schwarzen Arsch gezeigt und gesagt hat, sie sollen ihn lecken. Er ist der Größte und Härteste auf m ganzen Planeten."

Schrill signalisierte die Pfeife, daß der Hofgang beendet war. T. blieb mit Blake zurück, während die anderen sich in die Zellentrakte begaben.

Er sagte: „Blake, ich hab keinen Druck auf den Eiern oder sowas. Aber versteh mich richtig. Was ist mit Rachel. Sie hat seit sechs Monaten meine Briefe nicht beantwortet. Ist die tot, oder was?"

Blake meinte: „T., ich kenn dich und hab dich gern. Vergiß sie."

T. grub seine Nägel messerscharf in Blakes Arm. „Nigger, ich reiß dir n Arm ab, wennde mich über meine Lady im Unklaren läßt."

Blake sagte: „Wenn du s unbedingt wissen willst. Also, ne Woche, nachdem sie Miss Black Chicago geworden ist, hat Dandy

Ike ihr gezeigt, wer der Boß ist. Er hat sie klauen geschickt. Es heißt, sie hätt wie ne Hexenmeisterin bei Marshall Fields und in den anderen schnieken Geschäften am Loop Pelze und Hundert-Dollar-Kleider mitgehen lassen. Dann ist sie wohl geschnappt worden, und der Richter hat sie ins Lex Hospital eingewiesen, damit sie vom Dope runterkommt."

T. konnte tagelang nicht schlafen. Bis zu seiner Entlassung ermordete er in blutigen Tagträumen und nächtlichen Phantasien Dandy Ike Dutzende von Malen.

Sie entließen ihn mit einem Busfahrschein zur Windy City, einem Zehner und einem schlechtgeschnittenen Anzug, der „Besserungsanstalt!" brüllte.

Auf der Chicagoer Loop stieg er aus dem Greyhound, trat auf die Straße und blinzelte ins Sonnenlicht. Der Verkehr, die gutgekleideten Menschen mit ihren leeren weißen Gesichtern, die wie Schrapnelle einer Bombe durch die Straßen schwirrten, irritierten ihn. Er kam sich dreckig, minderwertig und verloren vor. Ein schäbiger Fremder, bedeckt mit Gefängnismoder.

Mit der Straßenbahn fuhr er zu Rachels Wohnung. Auf dem Weg dorthin warf er einen Blick auf das Haus des Grauens, wo seine Mutter und Sarge gestorben waren.

Oh Mama! Meine süße Mama!

Er stellte fest, daß auf Rachels Briefkasten immer noch der Name „Waters" stand, drückte zweimal auf die Klingel, und die Tür öffnete sich einen spaltweit.

Rachels Mutter fragte: „Was gibts?"

Er sagte: „Mrs. Waters, ich bins, Jessie Taylor. ich hab mal bei Ihnen gewohnt ... meine Mama Pearl wurde nebenan umgebracht."

Ein langes Schweigen folgte, bevor sie die Tür aufmachte. Er trat ins Wohnzimmer. Auf einem großen Tisch sah er einen Stapel Wäsche, den sie in Heimarbeit erledigte.

Sie blickte zu ihm auf und sagte: „Meine Güte, du bist doppelt so groß wie damals, als ich dich auf die Straße gesetzt hab. Pearl müßte zweimal hingucken, um dich zu erkennen."

Er setzte sich aufs Sofa. Sie stemmte die Hände in die Hüften und sah ihm in die Augen.

„Du kommst geradewegs aus den Knast, Jessie?"
Er nickte.
„Du kannst dich hier nicht durchfressen und mich ins Armenhaus bringen."
Er meinte: „Mrs. Waters, ich hab gehört, was Ike mit Rachel gemacht hat, und wollte sie bloß sehen."
Erschöpft ließ sie sich neben ihn fallen.
Sie sagte: „Das arme Ding ist immer noch in der Drogenklinik unten in Kentucky."
„Wann kommt sie nach Hause?"
„Ich hab vor zwei Wochen eine riesige Pfirsichbowle und Eis für sie gemacht und bin drauf sitzen geblieben. Sie hat heute morgen angerufen und versprochen, daß sie Sonntag in zwei Wochen ganz bestimmt kommt. Aber diesmal bereite ich keinen Krümel vor, bis sie durch diese Tür hier reinspaziert."
„Haben Sie Ike in letzter Zeit rumscharwenzeln sehen?"
Ihre stark geäderten Hände ballten sich in ihrem Schoß. „Nein, wirklich nicht, und die Polizei auch nicht. Die kommen ab und zu mal vorbei und erkundigen sich nach ihm. Sie suchen ihn, weil er ein Mädchen zum Krüppel gemacht hat."
T. stand auf.
„Bis bald, Mrs. Waters."
Er ging zur Tür und öffnete sie.
Sie folgte ihm und fragte: „Jessie, hast du Hunger?"
„Nein danke, ich hab vorhin was gegessen."
Er trat auf den Bürgersteig und hörte ihre Schritte hinter sich. Er blieb stehen und wandte sich um, lächelte das erste Mal seit Monaten und fühlte sich besser. Nicht mehr ratlos und ausgepumpt vor Anspannung.
Sie legte ihm die Hand auf den Arm.
Leicht außer Atem fragte sie: „Jessie, hast du ein Zimmer?"
Er sagte: „Ja, Mam, und einen Job auf der Southside."
Freudestrahlend drückte sie seinen Arm. „Jessie, du kommst übernächsten Sonntag wieder. Ich will dich und Rachel mitnehmen in die Kirche."
Er meinte: „Mal sehn, Mrs. Waters", und wandte sich ab.
Sie sagte: „Ihr braucht beide den Herrn. Nichts und niemand

hat soviel Macht wie er."

Er erwiderte: „Nein, Mam", und murmelte im Weitergehen: „Stimmt, Mrs. Waters, falls er da oben ist. Falls es ihn gibt."

Er ging zur Lake Street und nahm den El Train zur Southside.

Beim Einsteigen tauschte er ein Augenzwinkern mit Easy Pockets, einem ehemaligen Devastator, der sich neben einen schlafenden Fettwanst setzte. Der Taschendieb entfaltete eine Zeitung und räumte, in einer knappen Minute, hinter seinem papiernen Vorhang die Taschen des Dicken aus und die Uhr ab.

Zusammen mit T. stieg er an der Sixty-first Street aus. Sie gingen in eine Bar unter den El Train Gleisen.

Nach dem üblichen Lange-nicht-gesehen fragte T.: „Easy Pockets, weißt du, in welchem Stadtteil Dandy Ike zur Zeit anschaffen läßt?"

Easy Pockets riß seinen Blick von einer Geldbörse los, die aus der offenen Gesäßtasche eines maultiergesichtigen Kerls lugte, der eine betrunkene, über die Jukebox gebeugte Braut fingerte.

Er sagte: „T., da haste Pech. Der hat in Detroit zwölf Nutten und Weiber, die für ihn klauen gehen, und macht Millionen als Zuhälter."

T. meinte: „Ich hoffe, du erzählst mir keinen Scheiß, Easy, denn ich werd da hin müssen."

Easys durchtriebenes Gesicht schrumpfte zu einer echten Leidensmiene. „T., ich hab n vor ner Woche gesehen. Er hat gesagt, er macht dich fertig, wennde dich blicken läßt. Wir haben uns im Scheißhaus einer Luden- und Nuttenbude, unten an der Saint Antoine hart die Nasen gepudert."

T. erhob sich von seinem Barhocker.

„T., ich weiß, was du vorhast. Fahr nicht nach Detroit und laß dich von ihm einmachen. Er isses nicht wert, daß du den Löffel abgibst. Der Nigger ist reich wie sonstwas und scheißt auf die Polizei. Er hat massenhaft bestes Dope. Die Junkies stehn Schlange, um dich wegen ner mikrigen Tüte von seinem Supersmack, umzulegen. Is gut möglich, dasser einen von sein Hunt-Street-Bullen schmiert, dich lebenslänglich nach Jackson zu verfrachten."

T. grinste und sagte: „Easy, ich häng nicht so sehr am Leben oder meiner Freiheit, daß ich ein Schwein laufen lasse, das meiner

Rachel, meiner liebsten Rachel, was antut, und wenns der stinkreiche beinharte Ike ist."

Kopfschüttelnd saß Easy da, als T. hinausging. Am selben Abend noch schlüpfte T. in einen gebrauchten Overall und schwang sich auf einen Güterzug nach Detroit. Sein Abendessen bestand aus Käse und Roggenbrot. Dann schlief er die ganze Strecke in einem leeren Bananenwaggon.

Im Valley ließ er seinen Anzug aufbügeln und aß saure Kutteln im Faithful Family Restaurant. Seinen Overall verstaute er in einem unbewohnten Haus. Im Adams Hotel übernachtete er. Die zweite Nacht verbrachte er in einer ausgeschlachteten Rostlaube auf einem leeren Parkplatz, gegenüber der Zuhälterbar, in der Ike sich Easy zufolge aufhielt.

T. beobachtete den Aufmarsch gockelhafter Luden und ihrer Huren, die in neuen einundsiebziger Caddies und Lincolns an- und abrollten.

Aber Ike tauchte nicht auf, und dann passierte etwas Merkwürdiges. Um zwei Uhr morgens erloschen die Außenlichter der Bar, obwohl drinnen immer noch ein lärmender Haufen feierte.

Anschließend durchkämmte er die Hastings Street bis zu Sonny Wilsons Bar, pirschte auf der Suche nach Ike durch die John R. Street, den Black Bottom District und fast jede Nuttenkneipe.

Krieg ihn und töte ihn mit Händen und Füßen, toste es unaufhörlich in seinem Kopf.

Der rechtmäßige Bewohner der Rostlaube war bereits mit einer Flasche Fusel zum Schlummertrunk eingetroffen, als T. zurückkehrte.

Vom Gehweg aus fragte T.: „Wo zum Teufel steckt Dandy Ike heute nacht, Bruder?"

Der Penner warf ihm einen schiefen Blick zu und kletterte auf den Bürgersteig. Er sagte: „Ike hat ne Überdosis erwischt und ist heute eingebuddelt worden. Alle Zuhälter und Nutten halten jetzt da drüben Leichenschmaus."

T. seufzte und spazierte müde den Gehweg hinunter. Am Nachmittag darauf fuhr er zurück nach Chicago.

Bei einem Friseur in der Fifty-eighth Street, gegenüber von Willie Poes Wettannahmestelle und der rund um die Uhr geöffneten Würfelbude im Keller, ließ er sich rasieren.

Ein alter Hustler mit Jagdhundgesicht und weißen Bartstoppeln kletterte in den Stuhl, als T. hinunterstieg und bezahlte. T. holte Zahnbürste und Paste aus seiner Jacke an der Garderobe, winkte dem Friseur damit zu und deutete aufs Waschbecken. Der Friseur nickte zustimmend.

T. putzte sich die Zähne, als der Friseur zu dem Alten, den er einseifte, sagte: „Decatur, ich hab dich ja schon seit einem Monat nicht mehr zu Willie würfeln gehen sehn. Hast du jetzt beschlossen, ein Vermögen zu sparen statt eins zu gewinnen?"

Decatur meinte: „Nee, die Würfel faß ich jetzt nur noch in Lucky Reds Laden oben in der Sixty-first Street an. Scheiße, ich steh nicht auf, was da drüben läuft. Überall in der Gegend stehn die Wetten zehn zu fünf, daß die Itaker die Bude hochgehen und Willie ins Gras beißen lassen."

T. wandte sich vom Waschbecken ab und schlüpfte in seine Jacke. Der Alte rief: „Da sind sie ja! Bama und Willie, das schärfste Nepperteam, das je zwischen zwei Paar Schuhe geschissen hat."

T. ging zum Fenster und sah das ungleiche Paar aus einem neuen, schwarzen einundsiebziger Imperial steigen.

Er fragte: „Welcher ist Mr. Poe?"

Decatur sagte: „Der ganz schwarze mit der welligen Matte."

Der Friseur meinte: „Ja, stimmt, Willie Poe ist genauso kohlrabenschwarz wie sein Pa. Die Gesichtszüge und das seidige Haar hat er von seiner französischen Mama. Bei der Kombination kriegen die Bräute so nasse Höschen, daß sies nicht mal mehr schaffen, Willie Poe hinterherzulaufen."

Während T. auf die Tür zuging, sagte Decatur: „O.C., ich kann Willie nicht ab."

Der Friseur hörte auf, Decaturs Gesicht zu rasieren, und fragte: „Warum nicht?"

Decatur sagte: „Naja, Bama und er waren immer die Füchse im Hühnerstall. Bis vor fünf Jahren haben sie die anderen angeschissen, seit sie miese kleine Hosenscheißer waren. Dann hat Willie sich auf die Wetten geschmissen. Wär das nicht n Witz, wenn Willie, der Fuchs, jetzt selbst mal der Angeschissene wär?"

T. trat auf den Bürgersteig. Bis zur El Train-Station, einen

Block entfernt, war die Straße menschenleer. Anscheinend wollte niemand in der Nähe sein, wenn Willie Poe im Kugelhagel der Tod ereilte.

Die untergehende Sonne tauchte Bamas kahlrasierten Kopf in blutrotes Licht, und er verschwand hinter Willie Poe in der Tür der Grill-Bar.

T. überquerte die Straße und ging in die Bar. Blind stand er im Dämmerlicht. Er war kaum imstande, die wenigen Gestalten wahrzunehmen, die an der runden Bar kauerten. Durch eine düstere, mit schweren Teppichen verhangene Höhle ging er zu einem Hocker an der Bar.

Ein grinsendes Harlekingesicht schnellte zu ihm herunter. T. sagte „Coke" und machte zwei undefinierbare Figuren aus, die sich in eine Sitznische drückten. Das Weiß der Augen leuchtete. Höchstwahrscheinlich Bama und Willie Poe.

Er spülte seinen trockenen Mund mit Coke. Ein Blick auf die mösenklaffend weit gespreizten Beine des Harlekins erinnerte ihn an Rachels Schenkel. Er stellte sich vor, wie er sich zwischen die scharfen Beine der Barfrau zwängte und den fünfjährigen Druck in seinen Eiern ablud.

Gerade wollte er zur Sitznische rübergehen und sich vorstellen, als daneben eine Tür aufging. Er hörte das Klappern von Rechenmaschinen. Ein Typ in Hemdsärmeln, mit einer 45er Automatik im Schulterhalfter, setzte neben Willie einen Koffer auf dem Fußboden ab.

Bama und Willie standen auf und gingen an T. vorbei. T. öffnete den Mund und wollte was sagen. Er machte einen Schritt in Richtung Willie. Bama ging vorneweg und trug das Geld.

Die Bardame beugte sich vor, packte ihn am Arm und sagte: „Biste nicht ganz dicht? Niemand faßt Mr. Poe an oder macht sich von hinten an ihn ran."

T. drehte sich weg, marschierte durch die Vordertür auf den Bürgersteig und blieb stehen. Willie zog die Beifahrertür zu. Bama glitt hinters Steuer.

Ungerührt starrte Willie T. an, und meinte aus dem Mundwinkel zu Bama: „Glaubst du, er will den Schotter greifen?"

Bama sagte: „Haste den grünen Star, Willie? Sieh ihm in die

Augen und gib ihm ein Autogramm. Oder noch besser, biete ihm diesen beschissenen Fahrerjob an. Du weißt, ich würde gern mit Bulldog Slim einen Monat lang die Ostküste aufmischen."

Ohne sich zu bewegen sagte T.. „Kann ich Sie mal sprechen, Mr. Poe?"

Willie krümmte einen Zeigefinger. T. trat ans Auto, während Bama unter dem Armaturenbrett eine Maschinenpistole ausklinkte und auf den Sitz legte.

Willie meinte: „Spucks aus, Kleiner."

T. sagte: „Ich hab in dem Laden da gehört, daß Ihnen die Itaker Kopfschmerzen machen und Sie keine Leute haben. Ich bin Tit For Tat Taylor und war auf der Westside Anführer von fünfhundert Devastators, bevor ich eingefahren bin."

Er klopfte auf seine Jacke. „Darf ich hier reinlangen und Ihnen meine Beweise zeigen?"

Lange musterte Willie ihn aus steinernen Augen, bevor er nickte. T. griff in die Innentasche seines Jacketts und überreichte Willie ein Bündel Artikel und Schlagzeilen zu den blutigen Scharmützeln zwischen T.s Devastators und Lupo Colluccis Sicilian Knights. Unter den Ausschnitten waren auch Schnappschüsse von Lupo Collucci, T. und Kong. Willie blätterte alle durch.

Er gab sie zurück und meinte: „Deine Presse ist astrein. Aber der Ärger, den ich hab, ist nix für Kinder."

T. meinte: „Entschuldigen Sie, Mr. Poe, aber aus den Kinderbanden bin ich rausgewachsen. Ich brauche einen Job und hab gedacht, Sie brauchen vielleicht einen Leibwächter."

Willie sagte: „Keiner paßt so gut auf Willie Poe auf wie Willie Poe."

Bama ließ den Imperial an und legte einen Gang ein.

Im Wegfahren sagte Willie: „Taylor, ich werd sehn, ob mir für dich was einfällt. Treffen wir uns morgen früh um zehn genau hier."

T. grinste breit und rannte neben dem Wagen her die Straße entlang.

„Danke, Mr. Poe. Ich hoffe, Ihnen fällt was ein."

Willie zündete eine Zigarre an und legte die Maschinenpistole auf seine Knie. Seine finsteren Augen flackerten in jedes vorbeifahrende Auto, jede Nische, jede Vertiefung, die etwaigen Attentätern ein Versteck hätte bieten können, als Bama mit hohem Tempo durch die lavendelfarbene Nacht fuhr.

Nach langem Schweigen fragte Willie: „Na, Bama, Scheiße, was hältst du von ihm?"

Bama schmunzelte schelmisch.

„Von wem?"

Willie meinte: „Er ist Junior ziemlich ähnlich."

„Ja ... ich weiß."

Nachdenklich sagte Willie: „Er ist zwei, drei Jahre älter ... vielleicht ein paar Zentimeter größer ... aber dieselbe tückische Körpersprache wie ein schwarzer Leopard. Er hat sogar die Ausstrahlung von Junior. Ein kleiner Junge, der sich verirrt hat, ein sentimentaler Scheißer, der den gefühllosen Rächer mimt ... so hart ... so unnachgiebig. Also, Bama, sag mir, was du denkst."

Bamas Neandertalergesicht war ernst.

Sanft sagte er: „Willie, Freund, du hast noch nicht alles gesagt. Taylor ist verletzlich ... und wie Junior für die Mafia sehr leicht in die Falle zu locken und zu töten."

Willie nickte zustimmend.

„Du hast recht. Vergessen wir Taylor. Wir werden schon einen Fahrer finden, damit du mit Slim an die Ostküste kannst."

Bama sagte: „Wir sollten ihn nicht vergessen, Willie. Heuer ihn an, uns rumzufahren, damit wir endlich einen Platz für das Varietétheater finden, das wir aufmachen wollen. Willie, mach Schluß mit diesem Krieg gegen die Mafia, den du nicht gewinnen kannst. Wir haben keine Wurzeln, Willie. Nachdem wir fünfundzwanzig Jahre lang irgendwelchen Trotteln hinterhergewesen sind und zig Knäste aufgemischt haben, frag ich mich, Willie, ob am Ende nicht wir die Trottel sind.

Das aufregende Gaunerdasein, der fette Schotter und die saftigen Fotzen haben uns von unsern Frauen weggebracht. Wer zum Teufel weiß, ob nicht das anständige Leben, von dem die Trottel immer blöken, vielleicht doch Sinn und Bedeutung hat und ab und zu sogar einen guten Tag. Vielleicht hätten wir das Leben, auf das wir geschissen haben, besser führen sollen."

Willie blieb in Gedanken versunken, bis Bama die Wohnung

in der Michigan Avenue erreichte. Bama fuhr mehrmals um den Block, um einen etwaigen Mafiahinterhalt aufzuspüren und gegebenenfalls unschädlich zu machen, bevor er in die Garage neben dem Haus rollte.

Sie nahmen ein Bad und zogen Morgenmäntel über, um einen Schlummertrunk zu nehmen. Bama runzelte die Stirn und schüttelte den Kopf, sagte aber nichts, als er sah, wie Willie eine Platte auflegte. Billie Hollidays „Gloomy Sunday".

Mit ernstem Gesicht schwenkte Willie die Frucht in seinem Old-Fashioned.

Er sagte: „Bama, ich denk schon eine ganze Weile drüber nach, dem Spießerdasein eine Chance zu geben. Ich häng das Wettbüro, die Würfel und den Krieg mit den Itakern an den Nagel, sobald ich was klargestellt hab. Und zwar, daß ich kein feiger Scheißer bin wie die andern Buchmacher, die von der Mafia nur mit Verachtung behandelt werden."

Bama grunzte. „Und wie bald ist das, Willie? Ich hoffe, der Punkt, auf den es dir ankommt, ist nicht irgendwann bloß ein Dezimalpunkt auf der Rechnung für ein Begräbnis."

Willie beugte sich über die rote, wildlederbezogene Couch zu Bama hinüber, der hinter der Theke Eiswürfel in seinen Cuba libre fallenließ.

Er sagte: „Bama, du weißt, das Schwerste, was von Willie Poe zu kriegen ist, ist ein Versprechen. Und daß Willic Poe seine Versprechen immer hält."

Bama nickte. Willie ging zu ihm und stellte sich an die Bar. Er ließ sein Glas gegen das von Bama klirren. „Bama, ich versprech dir, wenn du aus New York zurückkommst, werd ich ein braver Bürger, ob das jetzt ein Schritt rauf oder runter ist. Sis und Darrel helfen uns bestimmt, die Dekoration, den Namen und so weiter, die wir für unser Varieté brauchen, auszusuchen."

Bama lächelte und stieß mit Willie an. „Das ist ein Versprechen, bei dem ich dich gern beim Wort nehme, Kumpel."

Willie ging in sein Schlafzimmer und setzte sich auf die Bettkante.

Bama trat in die Tür und sagte: „Du brauchst ne kleine Versicherung für den Koffer voller Schotter, den Taylor in der Gegend rumfahren wird. Zumindest, bis du die Buchmacherei sausen läßt. Obwohls bei ihm wohl kaum nötig ist. Du weißt ja, daß ich den Knaben über den grünen Klee gelobt hab, als er aufkreuzte. Aber vielleicht ... verarscht er uns auch. Ich brauch dich ja nicht zu erinnern, daß gegen das richtige Ammenmärchen keiner immun ist."

Willie sagte: „Du meinst ...?"

Bama sagte: „Ja, ich meine, man sollte sein reines Herzchen mit einem kleinen Psychodrama lügendetektormäßig antesten!"

Willie runzelte die Stirn und sagte: „Das gefällt mir nicht. Er ist grün hintern Ohren und empfindlich. Wenn er sauber ist, und davon geh ich aus, würd er sich vorn Kopf gestoßen fühlen und abhauen."

Bama sagte: „Herrgott, Willie, du bist ja richtig eingerostet."

Willie schwenkte sein Glas. „Hör auf, Bama, das ist kein Rost, das ist reine Sorge ums Geschäft ... und wegen der verfluchten Spaghettis."

„Sicher, Willie, ich versteh schon", sagte Bama. „Also, was ich sagen wollte. Wir knöpfen ihn uns nicht selber vor. Gold Dust treibt sich in der Stadt rum. Der kann sich einen Überfall auf den Koffer ausdenken, bei dem Willie Sutton vor Neid grün anlaufen würde. Es ist bestimmt leicht für ihn, sich Taylor vorzunehmen, ihm einen Plan zu verklickern und ihn als Komplizen anzuheuern fürn annehmbaren Prozentsatz an der Kohle."

Willie spülte etliche starke Schlaftabletten runter, um sich für mindestens fünf Stunden Ruhe zu verschaffen. Bama ging zum Fenster und spähte in den vier Meter hoch ummauerten Hinterhof, wo ein Rudel riesiger Schäferhunde herumlungerte.

Willie sah nachdenklich aus. „Bama, wir sollten dafür sorgen, daß der Kleine es nicht blickt, daß wir ihm nicht getraut haben. Okay?"

Bama sagte: „Klar, Willie. Gold Dust ist beinah so nett wie du, wenn du guter Laune bist. Entspann dich und schlaf gut, Kumpel."

Es war der zweite Morgen von T.s Anstellung für fünfzig die Woche. Inklusive Kost und Logis in Willies Wohnung.

T. saß in der noch geschlossenen Bar und blickte träge aus dem Fenster. Auf der Straße schlurften verschlafene Obdachlose, blinzelten und schnauften im morgendlichen Sonnenlicht wie Leguane.

Willie saß in der hintersten Sitznische und blätterte einige Papiere durch. Ein Laster mit der Aufschrift „Snack Goodies" hielt am Rinnstein vor der Bar.

Ohne seine Augen von dem dunkelhäutigen Fahrer zu nehmen, der die rückwärtige Tür des Lastwagens aufschloß, sagte T. beiläufig: „Uncle Willie, erwartest du heute morgen eine Snack-Lieferung?"

Willie sagte, ohne aufzusehen: „Ja, Jessie, aber paß auf, daß er nicht die zermatschten Reste vom Laden nebenan bei uns ablädt."

T. beobachtete, wie der Fahrer aus der Hintertür des Lasters eine zweirädrige Aluminiumkarre zog. Die Karre war mit zellophanumhüllten Paketen beladen.

Einen Moment ließ T. seinen Blick vom Fahrer zu der langbeinigen Barfrau schweifen. Sie war auf dem Bürgersteig stehengeblieben und schäkerte mit einem der Angestellten aus dem Lebensmittelladen.

Er richtete seine Augen wieder auf den Lastwagen. Die Art und Weise, wie der Blick des Fahrers über das Fenster der Bar huschte, brachte T. auf die Füße. Er griff die doppelläufige, mit Stahlkugeln geladene Shotgun.

Der Fahrer wandte ihm halb den Rücken zu. Er langte in den Wagen. Für einen Augenblick führten seine Hände eine undeutliche Bewegung aus. Er zog sie wieder hervor und begann, den mattglänzenden Aluminiumkarren über den Gehweg zu schieben. In diesem Moment erhaschten T.s Augen einen metallisch blauen Schimmer.

Er warf einen Blick auf den immer noch in seine Papiere vertieften Willie. Die Shotgun in der Hand, duckte T. sich in den Schatten neben der unverriegelten Vordertür. Der Fahrer schob die Karre, am Lebensmittelgeschäft vorbei, zur Vordertür der Bar, spähte durch das Glas in Richtung Willie, bevor er die Tür öffnete. Er schob sich hindurch, und die Räder des Karrens rollten lautlos über den Teppich.

Willie blickte hoch. Im Schein einer schwanenhälsigen Leuchte wurden seine Augen riesengroß. Einen winzigen Augenblick erstarrte er, bevor er hochsprang. Der Mafia-Killer spie einen sizilianischen Fluch. Er riß eine Maschinenpistole von einem Haken an der Rückseite des Karrens, bückte sich und wieselte um die runde Theke herum, in Richtung der Sitznische.

T. sprintete aus dem Schatten auf den Killer zu. Als er nur noch einen Meter von ihm entfernt war, knackte eine Erdnußschale unter seinem Fuß. Das Gesicht des Killers drehte sich nach dem Geräusch, seltsam kindlich, die Augen groß und unschuldig. Er schwang die Maschinenpistole herum. T. stürzte vor und stieß dem Killer den explodierenden Doppellauf an die Stirn.

Der Abzugfinger des Killers an der Maschinenpistole verkrampfte sich und ratternd spuckten Kugeln in die Decke.

Die flammende Detonation der Stahlkugelladung hatte Gesicht und Kopf des Killers wie einen angestochenen Ballon platzen lassen. Ein Konfettiregen aus Hirn und Blut besudelte den Spiegel hinter der Bar.

Der kopflose Killer kippte langsam vornüber und kickte einen Moment lang mit den Füßen die Theke. Dann lag er still. T. stand, starrte auf das Blut und die Hirnmasse und zitterte. Willie kam um die Theke gehastet und schnappte sich die Shotgun.

T. wandte sich benommen ab und murmelte: „Uncle Willie, mir s ganz komisch ... ganz übel, mußte ihn umlegen ... er war ..."

Willie bugsierte ihn in eine entlegene Nische.

Er beugte sich vor und flüsterte T. ins Ohr: „Einer reicht als Zielscheibe für die verdammten Itaker. Ich wars, der dem Hurensohn den Kopf weggepustet hat. Kapiert?"

T. nickte stumm.

Die Barfrau kam zur Tür herein und kreischte. Sie sackte in die Arme von einem der Neugierigen, die das Donnern der Shotgun angelockt hatte.

An diesem Abend saß das Trio in Willies Wohnzimmer und spielte Dirty Hearts. T. spielte eine Karte aus, und Bama knallte die Pikdame auf den Tisch, Black Meg, die schwarze Maria höchstpersönlich.

T. sagte: „Ich hab schon wieder die falsche Karte gespielt. Sieht nicht so aus, als könnte ich heut abend meine Gedanken bei den Karten behalten."

Bama und Willie sahen sich einen Moment lang in die Augen.

T. bemerkte den Blickwechsel und sagte: „Ich bin bestimmt nicht besonders empfindlich und schon auf der Westside knietief in Blut gewatet. Vielleicht hab ich sogar bei einem großen Krawall den einen oder anderen selbst umgelegt. Aber wie heut morgen, ganz dicht dran und direkt ins Gesicht abdrücken ... den blutigen Halsstumpf werd ich nie mehr vergessen, das ist sicher."

Willie klopfte T. auf die Schulter. „Jessie, mach dir keine Sorgen wegen ihm. Du hast ihn nicht ermordet ...", sagte Willie leise. „Du hast ihn in Notwehr getötet. Alles in Butter. Der Polizeichef des Abschnitts verbürgt sich dafür, daß es keinen Grund zur Aufregung gibt - von offizieller Seite, meint er."

Bama sagte: „Paß auf, Jessie, bei der Schießerei heut morgen hast du zum erstenmal mit Sicherheit gewußt, du hast einen Menschen umgebracht. Du hast genau gesehen, wie du ihm den Kopf weggeblasen hast. Niemand, außer einem Irren mit Schaum vorm Mund, kann sowas einfach vergessen. Aber ich hab so ne Ahnung, daß er schneller zu einem harmlosen Schatten in deiner Erinnerung verblaßt, als du denkst."

T. sagte: „Hör auf, Uncle Bama! Ich fühl mich nicht schuldig, und er tut mir nicht leid. Nur ich mir selbst, weil er so beknackt war, in die Bar zu rennen, und ichs war, der ihm das Ticket verpaßt hat. Ich ... naja, ich hoffe bloß, der Idiot hat keine von den Mammis, die sich deswegen in die Klapsmühle oder ins Grab jammern."

Bama sagte: „Jessie, es ist erst Mitternacht, spiel noch eine Runde mit uns. Wenn du noch eine Weile aufbleibst, liegst du nachher nicht wie auf Steinen!"

T. grinste. „Ich hab heute nacht keine Lust mehr auf die Visage der Schwarzen Maria. Ich werd schlummern wie ein Baby, wenn ich erstmal nach den Hunden gesehen, ein paar Runden gedreht und Bamas Sandsack bearbeitet habe."

T. drehte sich um und verließ das Zimmer.

KAPITEL ZEHN

Auf der anderen Seite der Stadt, an Chicagos vornehmer Gold Coast, saß Oberboß Louis Bellini im Wohnzimmer der Bellini-Villa. Der Goldlaméärmel seines Morgenmantels funkelte im mondlichtdurchfluteten Zimmer, während er sich abwesend mit langen, kräftigen Fingern durch sein glattes, schwarzes, an den Schläfen silbern gesträhntes Haar fuhr.

Bellinis tiefliegende Augen starrten hinaus auf die mondbeschienene Fläche des Gartens vor dem Haus. Dann konzentrierte er seine Aufmerksamkeit auf die Straße und auf die Wache im Unterstand am Vordertor.

Plötzlich flackerten Scheinwerfer auf der Straße. Eine dunkle Limousine bog in die Zufahrt zum Tor. Bellini erhob sich aus seinem Sessel. Beim ersten Läuten aus dem Unterstand war er am Haustelefon neben der Eingangstür.

Er sah, wie der Chauffeur heraussprang, und die Wagentür für Tonelli öffnete. Sah das Aufblitzen pfirsichfarbener Pyjamahosen unter Tonellis leichtem Mantel und lächelte dünn.

Tonelli kam ins Wohnzimmer und setzte sich neben Bellini. Seine Miene war besorgt.

Bellini ließ ihn eine Weile schmoren, bevor er sagte: „Joe, ich muß dir ja wohl nicht sagen, warum ich dich so spät noch sprechen wollte?"

Tonelli blickte runter auf seine burgunderroten Hausschuhe und meinte: „Ich schätze, es ist wegen Salvatores Tod durch die Hand von Willie Poe heute morgen, Mr. Bellini."

Ärger schwang in Bellinis leiser Stimme. Er sagte in Sizilianisch: „Nein, im Moment interessiere ich mich nicht so sehr für den Tod von Salvatore, außer daß er wieder mal einen Fehlschlag bedeutet. Was mich eigentlich beschäftigt, ist das Leben von Willie Poe, der nach wie vor überall in der Stadt unsere Geschäfte mit den Farbigen bedroht und vereitelt."

Tonellis Adamsapfel hüpfte. Er hob seine Augen zu Bellinis Gesicht und dessen immergleicher Andeutung eines Lächelns.

Tonelli sagte: „Mr. Bellini, tut mir leid, aber Sie wissen, wir ... ich habe alles getan, um das Problem in den Griff zu bekommen, außer der einen Sache, die Sie letzten Monat abgeschmettert haben."

Bellinis strenger Blick zwang Tonellis Augen zu einer erneuten Inspektion seiner Hausschuhe.

Bellini klopfte Tonelli wohlwollend auf die Schulter und sagte in liebevollem Ton, in Sizilianisch: „Mein Freund, was stimmt nicht in deinem Kopf? Hast du vielleicht große persönliche Schwierigkeiten oder heimlichen Ärger, der dir den Verstand und uns die dringlichen Geschäfte versaut?"

Tonelli fuhr mit der Hand über seine feuchte Stirn. Er schüttelte den Kopf.

Bellini grinste und fuhr fort: „Giuseppe, du bringst mich soweit, daß ich mich frage, ob ich eine rechte Hand gebrauchen kann, die nicht draufkommt, daß wir ein paar Farbigen fünfzig Riesen geben können, damit die das Problem für uns lösen."

Im Stehen starrte er auf Tonelli hinab. „Giuseppe, mit Glück, Schneid und wegen deiner schlampigen Planung hat Poe es geschafft, eine Art Volksheld zu werden."

Bellini senkte sein Gesicht in Tonellis aufwärtsgerichtetes, kreidebleiches Oval.

Eindringlich sagte er: „Er muß weg, Giuseppe, und wir müssen ihn abservieren, bevor er zur lebenden Legende wird, der unsere farbigen Geschäftspartner nacheifern. Eine dauerhafte Lektion über die Beschränktheit ihres harten Willie wird den Farbigen erst dann erteilt sein, wenn er tot ist, wenn wir ihm das Maul mit seinen Eiern gestopft und seinen schwarzern Arsch bis auf die Knochen blank gelegt haben, *capisce*?"

Tonelli duckte sich unter Bellinis langem und intensivem Starren. Bellini kniete sich vor Tonelli auf den Teppich und umschloß dessen Gesicht mit den Handflächen.

Er sagte schleppend: „Willie Poe muß aus meinem Leben verschwinden, mein Freund. Zwei Wochen, Giuseppe ... zwei Wochen ... nicht länger, Giuseppe ... du hast eine Menge zu verlieren. *Capisce*?"

Bellini begleitete Tonelli zur Tür und sagte: „An wen hast du gedacht?"

Tonelli schmunzelte und sagte: „Frank Cocio hat sich Poe ausgebeten. Er wird sich zusammen mit meinem Schwiegersohn Jimmy Collucci um ihn kümmern."

Bellini gab Tonelli einen mächtigen Schlag auf die Schulter und nickte wissend. „Ah! Mit dem Team Collucci und Cocio wirst du mich nicht mehr enttäuschen."

Dann machte Bellini eine nachdenkliche Pause und sagte: „Ich werde bestimmt nicht unglücklich sein, wenn sie ihm einen Willkommenssalut im Auto verstecken ..."

Tonelli strahlte und sagte: „Nie wieder, wird ein Nigger es schaffen, ein Willie Poe zu werden, Mr. Bellini."

KAPITEL ELF

T. erinnerte sich an den Tag, bevor Bama mit Bulldog Slim zu einer Nepptour in Richtung Osten aufbrach. Eine Woche vor Rachels Entlassung aus der Drogenklinik in Lexington. Bulldog, Bama und T. fuhren an einem gemischtrassigen Pärchen vorbei, das im Begriff war, ein elegantes Appartementgebäude zu betreten.

Wild hieb Bama auf die Hupe.

Das Paar setzte seine Koffer ab und winkte. In seinen ausgeblichenen Jeans stand der dünne Weiße, mit dem scharfgeschnittenen Gesicht, in hartem Kontrast zu seiner auffällig gekleideten, amazonenhaften schwarzen Begleiterin.

Bulldog sagte: „Mensch, Bama, die Lady ist vielleicht hübsch, viel zu hübsch für n halbseidenen Typen, der so abgewrackt ist wie Yakima."

Bama gluckste vergnügt und meinte: „Die Lady ist Willies Schwester Reva und kommt gerade aus dem Urlaub. Er ist ihr Ehemann. Seine Haut ist weiß, aber im Herzen ist er genauso ein Nigger wie wir. Der hat sich mit dem Whos-Who den Arsch abgewischt. Er ist aus der Welt der Weißen mit mehr Geld ausgestiegen, als es in Hollywood Schwanzlutscher gibt."

T. schüttelte den Kopf. „Wie ist er so reich geworden?"

Bama sagte: „Weil er auf der ganzen Welt die besten Brücken gebaut und die besten Tunnel gegraben hat. Er ist Darrel „Maulwurf" Miller der Dritte."

An einer Ampel sagte Bulldog: „Laßt mich raus hier! Ich treff euch hier an der Ecke."

Er sprang auf die Straße und sprintete mit spindeldürren Beinen auf eine aufreizende Hure zu, die ihn angrinste und in eine Eckkneipe abtauchte.

T. warf einen Blick durchs Heckfenster. Er schüttelte den Kopf.

„Dieser weiße Witzbold da, stimmt alles mit dem? ... Der sollte mal nen Dollar für nen Haarschnitt springen lassen. Der Lady wegen."

Bama sagte: „Reva gefällt er so, wie er ist, und sie ist alles, was für ihn zählt."

Sie hielten vor Willies Bar und gingen hinein, Willie hatte sich in die hinterste Ecke seiner Lieblingsnische verdrückt. So verlor er nie die Vordertür aus den Augen. Und nie war seine Hand weit entfernt von der Maschinenpistole, auf dem Platz neben ihm.

Bama sagte: „Reva und Darrel sind zurück."

Willie sagte: „Ich weiß. Sie hat mir eben erst am Telefon eine Predigt gehalten."

Willie schob einen Miniatursarg in die Mitte des Tisches. „Das ist fauler Itaker-Zauber. Ist vor einer halben Stunde per Extrapost gekommen", sagte er lässig, und hob den Deckel.

Bama und T. starrten auf die von der zerfetzten Kehle bis zum Schoß knallrot beschmierte, nackte Puppe. Augen und Mund, in dem schwarzen Gesicht, wie vor Entsetzen weit aufgerissen.

Bama sagte: „Klar, die schlauen Bastarde wollen dir damit nen Dachschaden anhexen. Wenn sie dir das nächste Mal auflauern, soll dir das Blut gefrieren, damit sie zum tödlichen Schlag ausholen können."

Willie sagte: „Scheiße. Bei mir läuft die Pumpe mit Frostschutzmittel. Laßt die hinterfotzigen Schwanzlutscher nur weiter davon träumen, sie könnten Willie Poe zu Tode erschrecken."

Bama schwenkte den Arm in Richtung des einsamen Betrunkenen an der Bar und sagte: „Willie, warum schmeißt du den Säufer nicht raus und gabelst mit uns zusammen Bulldog Slim auf?"

Willie zeigte mit dem Daumen auf die Lottozahlen hinter sich. „Ich hab ein Geschäft zu führen. Und außerdem, wenn ich die Bar so früh schließe, denken die Itaker, Willie Poe geht der Arsch auf Grundeis."

Bama meinte: „Wie du meinst. Jessie kann ja hierbleiben und dir Gesellschaft leisten."

Willie schnaubte. „Du meinst, auf mich aufpassen, oder, Bama?"

T. sagte: „Unc, ich laß dich in diesem Laden nicht allein."

Willie tätschelte die Maschinenpistole und meinte lässig: „Jessie, bleibt mir vom Arsch, du und Bama, und überlaßt es Willie Poe, auf Willie Poe aufzupassen."

Bama und T. wechselten einen Blick und standen auf. Gekränkt und wütend steuerte T. zur Vordertür.

Willie rief Bama zurück und sagte: „Gottverdammt! Er ist ein zimperlicher Esel. Dabei fällt mir ein, ich hab Gold Dust gesagt, er soll das Versicherungsspektakel mit Jessie und der Kohle im Koffer abblasen ... Du glotzt mich an, als hätt ich nen Schatten. Bama, versteh das mit Gold Dust nicht falsch."

Bama grinste achselzuckend.

"Nee, ich versteh dich schon, Willie ... wirklich", sagte er und wandte sich ab.

Willie stand auf und sagte: „Zur Hölle mit dir, Bama."

Er trat zu Bama und sagte: „Sag Jessie, daß Darrel mich und den Koffer abholt. Sag ihm, er kann sich mit dem Zwanziger im Handschuhfach seinen Schwanz verwöhnen lassen oder den Arsch abwischen."

Bama grinste wie die Katze von Alice im Wunderland. „Ja, Sir, Uncle Frostschutz, ich werds ausrichten."

Willie zog ein finsteres Gesicht und stieß Bama die Mündung der Maschinenpistole ins Hinterteil. Bama galoppierte zur Tür. Willie folgte und schwang die Tür auf. Er rief Bama hinterher: „Hey, Plapperarsch, willst du Slim und Jessie nicht zu einem kleinen Treffen ab zehn Uhr bei Reva und Darrel einladen?"

Bama drehte sich, deutete auf die Maschinenpistole und sagte: „Klar, Kleiner, wenn du versprichst, daß du deine Rassel zuhause läßt."

Er ging zum Imperial.

Willie grüßte eine vorbeifahrende Polizeistreife und ging zurück in die Bar.

T. saß mit saurer Miene hinterm Steuer.

Er katapultierte den Wagen los wie ein Geschoß.

Bama sagte: „Verdammt, Kumpel, mach halblang mit dem Gaspedal. Willie hat uns zu einer Party bei Reva eingeladen. Die Bude wimmelt bestimmt vor knackärschigen Bräuten."

T. drosselte die Geschwindigkeit und fragte: „Ist er auch da?"

"Wer?" fragte Bama.

"Uncle Willie", sagte T. stirnrunzelnd.

Bama meinte: „Ja, ist er. Aber was hat das mit dem Bräuteauftrieb zu tun?"

T. sagte: „Wenn er meine Gegenwart nicht ertragen kann, will ich mich garantiert nicht aufdrängen.“

Bama sagte: „Du blöder Arsch! Willie will bloß nicht, daß du zwischen ihn und den nächsten Spaghettifresser gerätst. Willie fährt doch total auf dich ab, du Anfänger. Wobei mir einfällt, der alte Frostschutz hat gesagt, er läßt den Zwanziger im Handschuhfach springen, damit du dir was leisten kannst.“

Während T. den Imperial nach Gary, Indiana, hineinlotste, sagte er: „Bama, ich werd mich in die Klamotten schmeißen, die Unc mir gekauft hat, und mir den größten Spaß gönnen, seit ich ein Kind war.“

Bama meinte: „Geh immer davon aus, daß du das Beste aus dem Spiel rausholst, Jessie, bevor Er es wegen Dunkelheit abbricht.“

Zwei Wochen lang hatten Frank Cocio und der junge Jimmy Collucci Willie Poe, einzeln und gemeinsam, rund um die Uhr beschattet.

Collucci, unauffällig gekleidet, war auf seinem Posten nahe der El Trainstation an der Fifty-eighth Street. Seit T. Willie an diesem Morgen hier abgesetzt hatte, saß Collucci in einem mausgrauen Ford und beobachtete angespannt den Eingang zu Willie Poes Bar.

Reva Miller, die sich einsam fühlte und ihren Mann Darrel vermißte, der geschäftlich in Florida unterwegs war, hatte gegen Willies Einwände darauf bestanden, ihn zu T.s Hochzeitsempfang in Rachels Wohnung auf der Westside zu fahren.

Willie hatte T. am Morgen gesagt, er würde allein zum Empfang kommen, und T. könnte für seine Flitterwochen in Michigan den Imperial haben.

Im Zwielicht sah Collucci Reva Millers blauen Caddie anhalten. Er beobachtete, wie Willie Poe einstieg, die allgegenwärtige Maschinenpistole in einer ledernen Hutschachtel verborgen. Es war dunkel, als Reva Rachels Wohnung erreichte. Auf dem Bürgersteig drängten sich die Gäste. Die Straße war zugeparkt mit buntbewimpelten Autos.

Reva fuhr den Block hinunter und parkte um die Ecke. Collucci parkte dreißig Meter davor und erwog, Willie Poe selbst zu erledigen. Aber dann fielen ihm die eindringlichen Warnungen von Tonelli und Cocio wieder ein, es nicht im Alleingang mit Willie und seiner Maschinenpistole aufzunehmen.

Collucci ging zu einem Telefon, und innerhalb einer Stunde war Cocio mit einem General Motors Generalschlüssel und einer Bombe zur Stelle. Während Collucci Schmiere stand, installierte Cocio die Bombe unter dem Vordersitz des Caddie und verlegte unter der Fußmatte einen Draht, der sie mit dem Zündschloß verband.

Auf dem Empfang übergab Willie dem Brautpaar als Hochzeitsgeschenk die Schlüssel und Papiere für einen Bungalow auf der Southside. Willie und Reva küßten das glückliche Paar und wünschten alles Gute. T. legte die Arme um Willie und Reva und begleitete sie zum Caddie. T. stand neben dem Wagen als sie einstiegen.

Willie sagte durchs offene Fenster: „Viel Spaß, mein Junge, aber paß auf, daß du dir nicht den Rücken verrenkst.“

T. lachte und sagte: „Wenn ich so alt bin wie du, Uncle Willie, achte ich bestimmt auf meinen Rücken.“

T. winkte und ging in Richtung Bürgersteig. Reva winkte ebenfalls und drehte den Schlüssel im Zündschloß. Die Explosion schleuderte T. über den Gehweg in ein paar Büsche, wo er benommen liegenblieb.

Schließlich kam er wieder auf die Beine und schob sich, durch einen Pulk von Schaulustigen, hin zum Geruch nach Tod und den blutigen Überresten von Willie und Reva. Seine Miene war steinern, die Augen trocken, als Rachel ihn zum Haus zurückbrachte.

Er schloß sich im Keller ein. Willies Tod und T.s erbärmliches Kummer- und Schmerzgeheul ernüchterten die Gäste, und die Party löste sich auf. Es war bereits Tag, und T, bedeckt vom Kohlenstaub, in dem er sich gewälzt hatte, kam aus dem Keller.

Willies Beisetzung war die größte, die die Southside je gesehen hatte. Die Bronzesärge schimmerten wie Goldbarren, als die Leichenträger im Schneckentempo aus der Kirche ins spätsommerliche Sonnenlicht hinaustraten.

Die Armen und Ausgestoßenen der Southside, denen Willie Poe irgendwann mit einem weihnachtlichen Geschenkkorb oder einer in die Hand gedrückten Fünfdollarnote beigesprungen war, weinten und trauerten um den Toten.

Und dann erhob die Menschenmasse die Stimme zu einem ohrenbetäubenden Getöse und rief: „*Auf Wiedersehn, Willie Poe! Auf Wiedersehn, Willie Poe!*“, bis der Leichenwagen verschwunden war.

Auf dem Weg zum Friedhof saßen Bama, T. und Darrel Miller schweigend im Caddie hinter dem Leichenwagen und schmiegten sich trauernd und zornig aneinander.

Bei der Trauerfeier kamen sie überein, daß sie keine unbesonnenen und unwirksamen Schritte gegen ihren mächtigen Feind unternehmen wollten. In zwei Monaten würden sie sich erneut treffen, frei von blindem Zorn, sich zusammensetzen und die Vergeltung für den Tod von Willie Poe und Reva Miller kaltblütig planen.

Bama machte sich auf zu einer letzten Tour an die Ostküste. T. ging entschlossen daran, ehemalige Mitglieder der Black Devastators aufzustöbern.

Darrel schloß sich ganz von der Außenwelt ab und schwor, seine Millionen dafür zu verwenden, den Mord an seiner geliebten Reva zu rächen. Er ersann das Konzept der „Freien Zone“, von wo aus die Warriors für Willie Poe die Mafia bekämpfen sollten.

Die Warriors kauften die leerstehende Kirche und begannen unter Aufsicht des Maulwurfs mit dem Bau des Tunnelsystems unter der späteren Freien Zone. In dieser Zone richteten sie eine gemischtrassige Rehabilitationsklinik für Heroinsüchtige ein, deren hohe Erfolgsquote Amerika mit Ehrfurcht erfüllen sollte.

KAPITEL ZWÖLF

T. saß still am Fenster, und dachte zurück an eine Nacht, ein Jahr nach Willie Poes Tod. Er und Rachel hatten in dem großen Schlafzimmer des Pfarrhauses gelegen, atemlos und schweißnaß nach ihrem wilden Liebesspiel.

Sie lag auf ihm, spürte ihn noch hart in sich, und sie atmeten die nach Geißblatt duftende Brise, die durch das offene Fenster hereinwehte.

T. fragte: „Woran denkst du, Ra?"

Sie sagte: „Daran, wie sehr ich dich liebe. Wie geschockt und komisch Mama ausgesehen hat, als ich dich, nach fünf Jahren, einfach reinspazieren ließ und du mich auf den Armen raus zum Auto getragen hast, ohne auch nur hallo zu sagen."

Er lachte: „Da gabs nicht viel zu quatschen, als ich meine Lady fürs Leben geholt hab."

"Jessie, ich hoffe, wir müssen nicht ewig hierbleiben."

"Ra, warum sagst du sowas?"

Schweigen.

Nach einer Weile sagte er: „Mir gehts besser als je zuvor, und dir doch auch. Oder nicht?"

"Ja, Jessie, ich weiß ... aber es gibt was an der ganzen Sache, was mir Sorgen macht", erwiderte sie.

"Worüber machst du dir Sorgen, Ra?" fragte er leicht verärgert.

Sie sagte: „Es sind die Tunnels ... die Waffen ... ich hab das Gefühl, wir müssen eines Tages wie Ganoven in unsere Löcher abtauchen, um unser Leben zu retten."

Wieder Schweigen!

Sie gab ihm einen flüchtigen Kuß auf die Lippen.

"Am meisten Sorgen mach ich mir eigentlich um dich, Baby."

Sie spürte, wie er in ihr erschlaffte.

Tief aus der Brust heraus polterte er: „Ra, ich hoffe, du machst dir nicht dieselben Sorgen wie eine Menge Schwestern, die meinen, daß kein Nigger schlau und Mann genug ist, um einen Weißen im

Kampf auf Leben und Tod zu schlagen, wie wirs der Mafia besorgen wollen. Ist es das, Ra?“

Sie schlüpfte von seiner Rute und rollte sich neben ihn.

Schnippisch sagte sie: „Zum Teufel nein, Jessie. Der Grund ist, ich liebe dich und will nicht, daß du draufgehst. Aber da du ja sowieso der Härteste und der Schlauste bist, mache ich mir keine Sorgen mehr, o.k.?“

Er sagte: „Ra, du redest Scheiße, und die zieh ich mir nicht rein. Ich bin vielleicht der Härteste, aber der Schlauste bestimmt nicht. Ich hab ja nicht in der Highschool die Weisheit mit Löffeln gefressen wie du und dein dopegeiler toter Niggerlude, der in Detroit vor sich hinstinkt ... Aber, Ra, ich hab mehr als genug Grips, als daß ich so ein Arschloch für mich den Zuhälter machen lasse und mir dann auch noch das Scheiß Gift von ihm drücke. Außerdem hab ich gehört, diese abgewichsten Ärsche lecken eine Frau, während sie ihrn Saft schluckt.“

Erschrocken flüchtete sie aus dem Bett, wimmerte, den Kopf zwischen die Hände gepreßt und schaukelte hin und her.

Sie schluchzte: „Du hast gesagt, du vergißt ihn wie Pisse im Klo, erinnerst du dich? Wie kannst du dein Wort brechen ... wenn du siehst, wie ich versuche, glücklich zu sein ... es zu bleiben ... und zu vergessen.“

Er starrte auf ihren krampfartig sich hebenden Rücken und sah, daß er im Unrecht war. Reue durchfuhr ihn wie ein glühendes Eisen. Er nahm sie in seine Arme und barg sie an seiner Brust wie ein Baby. Seine Lippen wollten sagen: „Es tut mir leid“, aber sein Stolz würgte die Stimme ab.

Stammelnd wie ein Kind fragte sie: „Daddy, du liebst mich ganz sicher?“

Er sagte: „Ra, da gibts keinen Zweifel ... das tu ich, solange du nicht in Frage stellst, daß ich gegen die Mafia meinen Mann stehen kann.“

“Könntest du ohne mich auskommen?“

Er lachte in sich hinein und meinte: „Ra, du brauchst dir keine Sorgen zu machen, daß du stirbst, so kräftig und gesund wie du bist.“

Sie stützte die Ellbogen auf seine Brust, legte das Gesicht zwischen ihre Hände und starrte ihn an.

Dann sagte sie: „Scheiße, Jessie! Du bist dir meiner verdammt sicher. Ich meine, was machst du, wenn ich jetzt einfach aufstehe und dich für immer verlasse."

Er durchforschte ihr Gesicht. Ihre Augen funkelten listig. Sein Stolz war verletzt, weil sie wagte, ihn zu testen. Er stellte sich vor, wie es ohne sie wäre, und der Gedanke sie zu verlieren, legte sich schwer auf seine Brust und schnürte ihm die Eier zusammen. Und er wußte, daß es ohne sie nicht gehen würde. Ihm schauderte bei der Vision, vor ihr am Boden zu kriechen und sie mit herausquellenden Augen anzubetteln, ihn nicht zu verlassen.

Jetzt stehst du mit dem Rücken zur Wand, dachte sie und fragte: „Also los, Jessie, was würdest du tun? Sag schon!"

"Ra, ich würde mich wie ein Hosenscheißer auf dem Boden rumwälzen und schreien und die Tür versperren, damit du nicht verduften kannst. Ich würde jammern und stöhnen, mich einkacken, als ob ich tausend Zähne hätte, die faul sind und wehtun."

Sie kicherte: „Jessie, spinnst du? Stur wie du bist, würdest du mir wahrscheinlich beim Packen helfen."

Dann zeichnete sie seine Gesichtszüge mit schnellen Küssen nach und sagte: „Daddy, dir ist klar, ich lieb dich und brauch dich viel zu sehr, als daß ich mich jemals verpissen würde. Oder?"

Er nickte und saugte an ihrer Zunge. Sie schwang sich rittlings auf ihn. Spießte sich auf seinen geäderten und hart durchbluteten Ständer, schloß die Augen und rieb sich an seiner Waffe, bis sie schrie und sabberte. Dann legte sie ganz langsam ihre Mösenschlinge um seine Eichel.

Jessie stierte in die Reflektion ihres ehrfurchtgebietenden Hinterns in einem mondlichterhellten Spiegel. Der Hintern schaukelte und wippte mit artistischer Leichtigkeit auf und nieder, während die Schlinge sich festsaugte und zupackte. Knurrend vor Vergnügen warf er sie unter sich. Er glitt ganz hinein und stieß gegen ihren Gebärmutterhals.

Später, nach kurzem Wegnicken, sagte sie schlaftrunken: „Warum müssen schöne Träume immer so schnell zu Ende sein? ... Es war so wirklich und wunderbar. Ich trug einen weißen Nerzmantel, der mich an den Knöcheln kitzelte. Wir gingen zum Debütantenball mit einer unserer reizenden Töchter ... du sahst vornehm und stattlich aus, mit weißem Schlips und Koteletten ... und wir hatten ein Haus, noch schöner als das von den Braddock-Snobs, für die Mama die Wäsche machte ... ach Jessie, Baby, wir waren so glücklich!"

Er sagte träge: „Ja, Ra, du bist hübsch und süß, und du hast süße, hübsche Träume ... wirklich hübsch."

Sie sagte: „Du bist auch hübsch und süß, also was hast du in letzter Zeit geträumt?"

Er sagte bedächtig: „Ra, im Schlaf habe ich keine hübschen Träume mehr, seit ich im Knast davon geträumt habe, hier in Freiheit mit dir zusammenzusein. Und alle waren süß und feucht."

Sie lachte und klatschte ihren Bauch auf seinen Schoß. „Welche hübschen Träume hast du denn, wenn du wach bist?"

Er wurde unruhig und gähnte. „Nur einen einzigen."

Sie schob die Unterlippe vor. „Komme ich drin vor?"

Er sagte: „So einer ist das nicht."

Sie schlug mit winzigen Fäusten auf seine Brust. „Was für einer ist es? Was für einer?"

Er seufzte: „Erzähle ich dir nicht, Ra."

"Warum kannst du ihn deiner Frau nicht erzählen?" sagte sie, wälzte sich von ihm hinunter und steckte sich Kleenex zwischen die Beine.

Er sagte: „Weil meine Frau vielleicht einen Lachkrampf kriegt." Dann drehte er ihr den Rücken zu. „Schlaf gut, Ra."

Sie sagte: „Ich lache bestimmt nicht. Erzähls mir, Jessie."

Mit rasiermesserscharfem, silbern lackiertem Fingernagel fuhr sie seine Wirbelsäule hinab bis zu den Gesäßbacken. Er erschauerte, jaulte und drehte sich um.

"In Ordnung, Ra, aber wenn du auch nur grinst, verpaß ich dir ein blaues Auge. Abgemacht?"

"Verdammt nochmal! Laß mich nicht zappeln!" sagte sie und schnappte mit scherenspitzen Zähnen nach seiner Brustwarze. Er zuckte zusammen und kniff ihr ins honigfarbene Hinterteil.

T. blickte ihr fest ins Gesicht und fing an: „Erstmal mußt du wissen, daß ich durch Uncle Willie zu dem Traum gekommen bin. Ich hab ihn wirklich gern gemocht, sogar mehr noch als Bama. Ich kannte Uncle Willie zwar nur kurze Zeit, aber er hat das Fundament für meinen Traum gelegt.

Bevor ich ihn kannte, zweifelte ich nicht daran, daß schon der harmloseste Blick von einem Mafiamann jeden vor Schiß in die Hose pissen läßt. Die Polizei, den Präsidenten und sogar mich. Aber nicht Uncle Willie. Und weil ich ihn so angehimmelt habe, hab ich einen von ihnen umgelegt und meine Angst vor Mafia-Killern verloren.

Nachdem Unc begraben war, habe ich mehr als dreihundert der härtesten Nigger auf der Westside zusammengetrommelt, um die Buchmacher und Dopedealer um ihren Schotter zu erleichtern, damit wir uns Artillerie zulegen konnten, um sämtliche Mafiosi in Chicago fertigzumachen, weil sie Uncle Willie getötet hatten.

Ich glaube, wenn Bama und das Hirn, das er in seinem großen glänzenden Schädel rumträgt, nicht gewesen wären, und Darrel ein Versager, dann hättest du jetzt keinen Mann hier im Bett. Sie haben sich meine Pläne reingezogen und mir verklickert, wie wir unsere Kräfte nutzen können, um die Mafia fertigzumachen. Wie man politische Protektion kriegt, indem man sich die Sympathie und den Segen der größten und stärksten Macht verschafft, die es gibt. Und das sind die Leute! Alle Menschen, schwarz, weiß und grün, haben Angst vor den Mafiatypen und hassen sie und wünschen sich, daß sie alle tot sind und verrotten.

Also, Ra, wie du siehst, bauen wir immer mehr Tunnels und horten Schußwaffen. Wir stellen eine Armee aus Spezialeinheiten auf! Nächste Weihnachten ist es soweit, daß wir alle Mafiosi in Chicago erledigen. Dann geben wir ihnen den Rest in New York, Detroit, Cleveland, im ganzen Land."

Er kam hoch und lehnte sich ans Kopfende des Bettes. Seine kastanienbraunen Augen sahen durch Rachel hindurch.

Er sagte: „Ra, wenn ich und die Warriors im ganzen Land die Mafia fertiggemacht haben, werde ich ... hör gut zu, Ra! ... ich, eine knastgeschädigte Niggernull, der größte und berühmteste Nigger sein, den die Welt je gekannt hat, größer als Joe Louis.

Ra, die Leute werden Jessie Taylor kennen, lebendig und sterbend, und sogar, wenn er tot ist, und sogar Weiße werden sich, beim Essen, Kacken oder Vögeln, die Zeit nehmen zu trauern, wenn Jessie Taylor den Abgang macht. Das ist mein Traum, Ra. Was meinst du?"

Sie lag da, starrte lange Zeit schweigend in sein Gesicht und dachte: *Und ich hab geglaubt, ich würde Jessie Taylor wer weiß wie gut kennen ... aber ich liebe dich.*

Er runzelte die Stirn und fragte: „Mein Traum, Ra, was hältst du davon?"

Sie sagte: „Er ist so gewaltig, Jessie ... ich ..."

Seine Miene war grimmig: „Zu gewaltig fürn Nigger, was, Ra?"

"Scheiße nein, Jessie, das mein ich nicht", sagte sie, entschlossen, ihn zu besänftigen und überzeugt, daß sie ihn mit der Zeit zu ihrem eigenen, mehr aufs Praktische gerichteten Traum bekehren könnte.

"Aber hör zu, Jessie Taylor, Rachel Taylor sorgt dafür, daß du ins Gras beißt, falls du versuchst, sie gegen ein neueres Modell einzutauschen, wenn erstmal die Tage des Ruhms gekommen sind. Laß uns schlafen, Jessie, bevor die Sonne aufgeht."

Er grinste und küßte sie auf den Nacken. Sie rollte sich in seine Arme.

Bevor sie einschliefen, sagte sie noch: „Daddy, Liebling, es tut mir so leid, daß wir uns wegen dem alten Mist gestritten haben."

Er meinte: „Ra, mir tuts auch leid, aber noch mehr tut es mir leid, daß der dreckige Nigger Dandy Ike durch eigene Hand gestorben ist, als ich in Detroit hinter ihm her war."

Jetzt sah T. im Büro des Pfarrhauses in der Freien Zone die massige Gestalt von Kong den Kirchengang runterkommen. Seine Gedanken kehrten zurück in die Gegenwart. Und zur Überlegung, daß Kong und Charming Mills mit der Dope-Jackerbande, die L.C. erledigt hatte, unter einer Decke stecken könnten.

T. erinnerte sich an Bamas nachdrücklichen Rat, Ruhe zu bewahren und für Mills und Kong ein Psychospektakel zu inszenieren, um ihre Schuld oder Unschuld zu beweisen. Aber innerlich brannte er darauf, Kong gegenüberzutreten, ihn zumindest auf indirekte Weise auszuquetschen und so die Angelegenheit zu klären. T. hörte Kongs schwere Füße an der Bürotür vorbeistapfen, den Flur hinab zu seiner Unterkunft.

Gerade wollte er aufstehen, als er hinter sich leise Schritte auf dem Teppich hörte und zarte Hände sich über seine Augen legten.

Er berührte sie, sagte: „Fluffy", schwang den Stuhl herum und sah seine zehnjährige Tochter vor sich.

Sie setzte sich auf sein Knie und spielte mit dem blauen Wollkragen seines Hemdes.

"Mama sagt, ich soll dich suchen. Du sollst ins Bett kommen, damit sie schlafen kann", meinte sie. „Ich hab dich doch gefunden, oder?"

Er grinste und erhob sich aus dem Stuhl. Sie glitt auf ihre Füße.

"Du hast mich gefunden, Fluffy, und sag Ra, ich komm gleich."

Arm in Arm, gingen sie zur Tür. Er beugte sich vor, küßte sie auf die Stirn und sagte: „Kleine, wenn du so spät noch liest, werden deine hübschen Augen ganz rot. Wirst du jetzt für T. Dad schlafengehen?"

Sie lächelte zu ihm hoch. „Wenn du mich noch mal in den Arm nimmst und mir noch n Gutenachtkuß gibst", sagte sie mit aufwärtsgewandtem, braunem Elfengesicht.

Er umarmte sie sanft und küßte ihre Stupsnase. Sie tänzelte mit langen, fohlenhaften Beinen ein paar Schritte den Flur hinunter und kam dann mit listigem Funkeln in den großen grauen Augen zurück.

Zu ihm aufblickend, sagte sie: „T. Dad, ich bin nicht so nervös und ein Hasenfuß wie Mama. Und du sagst, ich kann gut mit nem Gewehr umgehen. Versprich mir, daß ich bei dir bleiben und kämpfen darf, falls und wenn sie kommen."

Er sah sie eine Weile an und sagte dann sanft: „Fluffy, du wirst nie auf eine lebende Zielscheibe schießen, weil T. Dad sie viel zu sehr auf Trab hält, als daß sie hierher kommen würden."

Er gab ihr einen Klaps aufs Hinterteil, und sie ging unter einer Reihe von Kristalleuchtern, die ihren schwarzen Krauskopf glänzen ließen, den Flur hinunter.

Er wartete, bis sie verschwunden war, und hastete den Korridor entlang zu Kongs Tür. Die Hand zum Anklopfen ausgestreckt, rang er vor der Tür um Kontrolle über seine aufkeimende Wut.

Hinter sich hörte er ein eindringliches Zischen. Er wirbelte herum und sah Bama vor dessen Appartement auf der anderen

Seite des Flurs. T. stand mit offenem Mund und sah Bama mit dem Zeigefinger winken. Er seufzte und überquerte mit einfältigem Gesichtsausdruck den Flur.

Bama flüsterte: „Mann, beweg gefälligst deinen Arsch beim Training oder zwischen Rachels Beinen, damit du den Gorilla in dir loswirst und unsern Plan nicht platzen läßt."

T. sagte: „Hast recht, Bama. Ich muß mich zusammenreißen."

Er drehte sich um und ging los zu seinem Appartement, blieb dann stehen und kam zu Bama zurück.

Bama sagte: „Was ist los?"

T. sagte: „Ich frag mich, ob Love Bone Larrys Schwester im Telefonbuch steht."

„Wieso?"

"Weil ich sie dann anklingeln lasse, um ihr zu stecken, daß der Nudelfresser hinter dem Mord an Love steckt."

Bama nickte.

T. beugte sich vor und sagte: „Woher wußtest du, daß ich mir Kong vorknöpfen wollte?"

Bama grinste und sagte: „Das war einfach, Nigger. Dein Spitzname ist doch Tit For Tat, oder?"

Sie lachten, und T. ging kopfschüttelnd davon.

KAPITEL DREIZEHN

Tonelli hatte den Arm um Colluccis Schulter gelegt und ließ ihn am Konferenztisch, im grellen Schein einer Deckenlampe, Platz nehmen. Collucci wußte, daß es geschah, um ihn zu demütigen.

Mit aufgesetzter Sonnenbrille hatte Collucci, etliche Minuten lang, das vorprogrammierte Mundwerk von Unterboß Cocio eine kaum kaschierte verbale Attacke ausspeien lassen. Colluccis dunkles Gesicht war ausdruckslos. Doch hinter den schwarzen Fenstern seiner Brille zogen Haß und Verachtung seine Augen zu schmalen Schlitzen zusammen.

Der *consigliere* der Familie, Louis „Papa" Bellini, saß am Ende des Tisches neben Collucci. Er wirkte unruhig und preßte seine knorrigen Fingerkuppen auf die Schläfen, wie wenn er Schmerzen hätte.

Joe Tonelli war aalglatt neutral.

Cocio machte eine Pause, um an einem Glas Wasser zu nippen. Collucci starrte auf die Narbe, die Cocios olivfarbene Stirn bis hinab zur Hakennase durchschnitt, und dachte: *Der kleine Schwanzlutscher sieht genau richtig aus für den Ort, an den ich ihn schicken werde.*

Frank Cocio setzte das Glas ab und blickte, ohne zu zwinkern, mit schwarzen Augen Collucci fest ins Gesicht. Er sagte in Sizilianisch: „Giacomo, sag mal, dröhnt dir der Ehrgeiz so laut im Kopf, daß er dich taub macht für die Wahrheit, die ich über den lausigen Drogenhandel geäußert habe?"

Collucci hob die Mundwinkel zu einem kaum wahrnehmbaren höhnischen Grinsen: „Bitte, Sir, verzeihen Sie, aber zur Verteidigung meines Ehrgeizes bin ich gezwungen, Sie ... daran zu erinnern, daß ich vor vielen Jahren unter Ihrer Anleitung genügend Ehrgeiz entwickelte, um eine Bande anzuführen, die jährlich tausend Autos für Sie verschoben hat."

Er zuckte die Achseln und fuhr fort: „Verzeihen Sie bitte außerdem, wenn ich sage, daß mich seit jener Zeit Ihr Vorbild zu meinem gegenwärtigen Ehrgeiz inspiriert hat. Ich dachte, ich hätte Sie sagen hören, harte Drogen seien sogar in kleinsten Mengen wertvoller und brächten mehr Profit als Gold oder Geld. Sollte mein Gehör schadhaft sein, so entschuldige ich mich."

Cocio erwiderte: „Das hast du mich sagen hören. Du hättest aber auch einfach voraussetzen können, daß ich mir über Aufwand und Nutzen der Drogengeschäfte bewußt war. Streitest du ab, daß Blut und Ärger im Drogengeschäft die Profite bei weitem überwiegen?"

Collucci hob die Schultern. „Sir, wie könnte ich etwas abstreiten, das, Mr. Tonelli zufolge, von der Nationalen Kommission beschlossen wurde?"

Cocio legte die Fingerkuppen ans spitze Kinn. Er starrte Collucci drohend an und tippte auf den Aufmacher zu Love Bone Larry Flamberts Tod auf der Titelseite des schwarzen *Daily Defender*, der vor ihm auf dem Tisch lag.

"Das hier meine ich. Rauschgift und Morde auf dem Titelblatt dieser Farbigen-Zeitung. Sie spielen auf Drogen und Mafia an und schüren genau die Art von Feuer, die die Kommission und wir alle vermeiden wollen."

Collucci sagte: „Uns ... der Kommission kann keiner was, nur weil irgendeine Latinobraut und ihr Kaffer abserviert wurden."

Bellini fragte: „Francesco, schluckt die Polizei und die weiße Presse die Geschichte vom eifersüchtigen Latino nicht?"

Cocio sagte: „Ja, doch, Luigi, aber vielleicht gräbt seine Schwester oder sonstwer eine Verbindung aus, die irgendein sensationsgeiler Bastard von einem der weißen Blätter zum publikationswürdigen Thema aufbauscht."

Tonelli meinte: „Wir haben beherzte Politikerfreunde aus der Hauptstadt und bei den Gouverneuren, bis hin zum Weißen Haus." Er zuckte mit den Achseln und zündete eine Zigarre an. „Als Mitglied der Nationalen Kommission kann ich garantieren, daß jeder, der eine dieser wichtigen Freundschaften nachteilig beeinflußt, ganz schnell kaltgestellt wird."

Cocio sagte zu Collucci: „Das Mädchen ... wars notwendig...?"

Collucci sagte: „Verzeihen Sie, Sir, aber sie hat bei seiner Aburteilung zuviel mitgekriegt. Ich bitte Sie, mit allem Respekt, meinem Urteil und meiner Effizienz zu vertrauen. Sie selbst haben mich in alten Zeiten in Angelegenheiten dieser Art unterwiesen."

Cocio sagte: „Die alten Zeiten sind vorbei, und mit deinem Flirt mit Dope und Blut muß Schluß sein, bevor du in die Schlagzeilen kommst."

Er warf Tonelli einen Blick zu und fuhr fort: „Wenn du ein gottverdammter Star werden willst, geh nach Hollywood. Da findest du mehr Bräute, als du vertragen kannst."

Collucci starrte Cocio giftig an und dachte: *Der liebeskranke Bastard will, daß die Kommisssion mich zusammenscheißt, damit er darum betteln kann, Olivias Scheiße mit einem Strohhalm aufsaugen zu dürfen. Also gut, Schlange. Hier hast du einen Schlag in die Herzgrube.*

Er meinte: „Für mich war der Drogenhandel in dem Moment erledigt, als Mr. Tonelli mir die Wünsche der Kommission nahelegte."

Dann sah er zu Tonelli hinüber und sagte zu Cocio: „Verzeihen Sie, Sir, aber möglicherweise beleidigen Sie den Vater von Olivia Tonelli Collucci, wenn sie eine Untreue meinerseits andeuten. Falls Sie sich auch nur vorstellen könnten, selbst Ehemann der wunderbaren Olivia zu sein, würden Sie feststellen, wie undenkbar eine solche Untreue ist."

Cocio warf Tonelli einen verlegenen Blick zu und sagte: „Mr. Tonelli weiß, daß ich es nicht beleidigend gemeint habe."

Tonelli schmunzelte und hob Cocio die Handflächen entgegen. „Francesco, ich würde meinem Schwiegersohn sogar raten, hin und wieder mit anderen Bräuten zu schäkern." Er zuckte die Achseln. „Wie sonst kann ein Mann schließlich eine wahrhaft erstklassige Frau richtig schätzen lernen?"

Cocio studierte einen Bericht zu Überfällen, die Tat Taylors Warriors auf Unternehmen, die unter dem Schutz der Organisation standen, in der South- und Westside verübt hatten.

Tonelli sagte: „Giacomo, dein Respekt vor der Kommission stellt mich sehr zufrieden."

Dann stützte er seine Ellbogen auf den Tisch. Er faltete die Hände, und Mitleid trübte seine Miene. „Rauschgift ist schlimm ... sehr schlimm", sagte er.

Collucci starrte ihn ehrfürchtig an, und rief sich Tonellis weit zurückreichende Reputation kaltblütiger Gefühllosigkeit in Erinnerung.

Tonelli fuhr fort, das Gesicht jetzt wie gezeichnet von großer Qual: „Die Kleinen, Giacomo ... ich habe in Harlem Kinder gesehen, nicht älter als Petey, die süchtig waren. Ich bin betrübt bei dem Gedanken, daß sich meine wunderschönen Zwillingsmädchen eines Tages mit Dope vergiften könnten. Du, ich, alle Väter, das hat ein weiser Mann gesagt, müssen ihre väterliche Pflicht allen Kindern gegenüber erkennen. Denk darüber nach, Giacomo, und sei stolz, daß du das verdammte Drogengeschäft aufgibst."

Collucci lächelte und nickte zustimmend. Ein Schauer von Überlegenheit und Machtgefühl durchflutete ihn, weil sich Tonellis Milde und Verletzlichkeit offenbarte. Zum ersten Mal an diesem Tisch spürte er, wie ein Teil der Anspannung von ihm wich. Er steckte sich eine Zigarette ins Gesicht, blickte Tonelli warm lächelnd an und dachte: *Du senile alte Fotze, dich erlöse ich bald von deinem Elend.*

Bellinis Herz galoppierte wild. Er hatte die Ausbeulung der Derringers gesehen, als Collucci sich die Zigarette anzündete. Er lächelte sein immerwährendes halbes Lächeln und observierte Collucci scharf, fest entschlossen, ihn zu packen, wenn er Anstalten machen sollte, die Dinger zu benutzen.

Cocio sah von dem Bericht über die Warrior-Überfälle auf und sagte zu Collucci: „Bald werden Taylor und seine Warriors diesen Ort angreifen, wenn man sie nicht aufhält. Du brüstest dich damit, von mir gelernt zu haben, dringende Probleme wie Taylor erledigen zu können. Alle hier am Tisch wissen, wie ich die Farbigen an der Kandare gehalten habe.

Vor meiner Zeit ist auch Mr. Tonelli knallhart mit ihnen umgesprungen. Taylor schiebt uns immer noch seinen schwarzen Arsch ins Gesicht. Jeder Tag, den er weiterleben darf, ist eine Beleidigung, die auf deine Rechnung geht."

Cocio machte eine Pause. Seine schwarzen Augen leuchteten siegessicher. Bellini wandte zwinkernd seine Aufmerksamkeit der ausdruckslosen Miene Tonellis und dann wieder Cocio zu.

Cocio wedelte leicht mit der Hand: „Giacomo Collucci, wenn du nur mit Hasenfüßen fertigwirst, sollte vielleicht einer deinen

Posten einnehmen, der mit Taylor, dem Löwen, fertig wird, hm? Vielleicht solltest du mit Momo Spino, dem kleinen Tiger von der Westside, den Platz tauschen und das Spiel- und Kreditgeschäft übernehmen."

Collucci setzte bedächtig die Sonnenbrille ab und richtete seine gelblichen Augen fest auf Cocio. Er brachte ein Lächeln zustande, zündete träge eine Zigarette an und stieß einen Schwall Rauch aus. „Mr. Cocio, ich stimme zu, daß Taylor überfällig ist ... seit mehr als zwanzig Jahren überfällig", sagte er. „Einen Monat, nachdem wir Willie Poe den großen Salut verschafft hatten, bat ich Sie um die Erlaubnis - mir kamen sogar die Tränen, so sehr wünschte ich es mir -, Taylor schlafenzulegen. Doch erinnern Sie sich an Ihre Antwort, Mr. Cocio? Sie haben gelacht, wie ich Ihnen mein verwachsenes Handgelenk zeigte und die Narben, die Taylor mir zugefügt hat. Sie haben gesagt, ich sollte meinen kindischen Groll vergessen. Und im übrigen, sagten Sie, habe ich Wichtigeres für Sie zu tun, als diesen harmlosen Speichellecker von Willie Poe zu nageln."

Collucci sah absichtlich zu Tonelli hinüber, der Cocio einen bösen Blick zuwarf.

Dann fuhr er fort: „Aber, ich übernehme die Verantwortung für diesen Fehler, Mr. Cocio. So unangenehm es auch gewesen wäre, ich hätte die Erlaubnis von Mr. Tonelli oder, falls notwendig, von Mr. Bellini einholen müssen. Vergebt mir, Freunde, daß ich in Mißlichkeiten der Vergangenheit herumstochere, aber besser das, als Verworrenheiten."

Cocio starrte Collucci haßverzerrt an.

Collucci strahlte sein charmantestes Lächeln und beugte sich vor. „Ich habe Taylor an der Angel ... jetzt wird er bald nur noch ein gezogener Zahn sein, der einmal schmerzte. Und bald können wir alle zusammenkommen und bei gutem Vino feiern."

Jemand klopfte an die Tür.

Tonelli sagte: „Ja, Carlo."

Dinzio, der Bodyguard, öffnete die Tür ein Stück und schob seinen bärtigen Kopf in den Konferenzraum. „Das Kindermädchen möchte Sie sprechen", sagte Dinzio in ausgeprägtem Sizilianisch. „Irgendwas mit den Zwillingen."

Tonelli senkte den Kopf, und Dinzio ließ das Kindermädchen vor.

Mit säuerlicher Miene trat die ältliche, sizilianische Schwester ins Zimmer.

Tonelli sagte: „Was gibt es, Louisa?"

Sie rang die Hände. „Die Zwillinge, Mr. Tonelli ... die Zwillinge sind so daran gewöhnt, daß nur Sie die Gutenachtlieder aus der alten Heimat singen. Ich bin heiser wie ein Rabe, und sie sind immer noch wach und schreien nach Ihnen."

Tonelli grinste vergnügt und meinte: „Sag ihnen, ich komme schneller als Batman und Robin."

Louisa schloß die Tür, und Tonelli wedelte achselzuckend, wie hilflos mit den Händen. „Ich hab sie ja selbst total verzogen, also was soll ich machen?" sagte er und erhob sich aus seinem Sessel. Dann standen alle auf.

Collucci sagte einige floskelhafte Höflichkeiten und begann, allen die Hände zu schütteln. Cocio mußte er regelrecht umzingeln. Er packte dessen Hand, die vor Ärger schlaff und heiß war. Er grinste Cocio ins Gesicht und quetschte das Händchen einen Wimpernschlag lang mit seiner mächtigen Pranke.

Tonelli sah an Bellini vorbei, mit dem er noch ein paar Worte wechselte, und sagte zu dem hinausgehenden Collucci: „Grüß deine Familie von mir, Giacomo."

Collucci nickte und folgte Dinzio und Cocio den Flur hinunter in Richtung der verstärkten Stahltür. Dinzio betätigte die Fernbedienung in seiner Hand, und die Stahltür, dick wie die eines Tresors, schwang auf.

Cocio ging zu seiner Mutter, einer uralten Zwergin, ins Wohnzimmer. Sie warf Cocio grämliche Blicke zu, weil er sie wegen der Konferenz so lange vernachlässigt hatte.

Collucci ging den Korridor hinunter, an den Wachposten vorbei, zum Fahrstuhl. Er drückte den „abwärts" Knopf. Seine Patek Phillippe zwinkerte „zwei Uhr morgens". Er spürte jemanden hinter sich, drehte sich leicht und sah aus dem Augenwinkel Bellini. Collucci drehte sich. Grinste in Bellinis Gesicht. Starrte dann in dessen gletscherne Miene und wartete, daß sie auftaute und wie stets für ihn erblühte.

Collucci glaubte, ein böses Glitzern in Bellinis Augen wahrzunehmen, als dieser leise in Sizilianisch sagte: „Giacomo, hättest du wohl Zeit, mich an der Reparaturwerkstatt abzusetzen, damit ich mein Auto abholen kann."

Collucci sagte: „Ja, Papa, ist mir ein Vergnügen."

Die Fahrstuhltür glitt auf. Er trat zur Seite und folgte Bellini in den Aufzug. Zu seiner Überraschung stieg Carl Dinzio noch zu, als die Tür sich schon schloß. Während der Fahrstuhl nach unten sauste, überlegte Collucci, was diese bisher erste und einzige Kälte seiner dreißigjährigen Freundschaft mit Bellini bedeutete.

Er schaute Bellini ins Gesicht, und Bellinis Augen mieden ihn. Er drehte sich mit dem Rücken in eine Ecke, damit er Dinzio und Bellini direkt gegenüberstand. Ein Schub von Paranoia ließ einen erschreckenden Gedanken in seinem Kopf aufwallen. Hatten die janusköpfigen Schlangen Tonelli und Cocio bei seinem alten Freund und Mentor gegen ihn intrigiert, so daß man ihn, jetzt und hier, im Aufzug kaltmachen wollte?

Collucci starrte auf Bellini, der die Knöchel seiner im Alter von fünfundachtzig immer noch sehr kräftigen, monströsen Hände knacken ließ. Collucci stierte auf diese Monster und dachte an das verbreitete Gerücht, Bellini hätte in seiner Jugend in Sizilien und Amerika als Kontraktmann dreißig oder vierzig Kehlen zerquetscht.

Er beobachtete Bellinis Hände mit dem einen und die Hände von Dinzio mit dem anderen Auge. Er lehnte sich in die Ecke und verschränkte die Arme, so daß die Derringers seine Handflächen kitzelten.

Der Fahrstuhl war im Keller angelangt. Collucci hatte den Eindruck, daß Bellini ihm einen merkwürdigen Blick zuwarf, während er aus dem Aufzug trat. Collucci zauderte solange, den Aufzug zu verlassen, bis Dinzio sich von Bellini getrennt hatte.

Schweigend chauffierte er Bellini durch den Tunnel auf die Straße.

Bellini sagte: „Es ist die Tankstelle von Del Campo."

Drei Blocks vom Penthouse entfernt, in Sichtweite der flammenden Tankstellenbeleuchtung, sagte Bellini: „Giacomo, fahr an die Seite, damit ich ein paar Worte mit dir reden kann."

Collucci parkte und schaltete Scheinwerfer und Motor ab. Aus dem Augenwinkel observierte er ununterbrochen Bellinis Hände. Er wurde nervös, hörte Bellinis chronische Bronchitis durch das lange Schweigen kratzen und dachte: *Mein Gott, Papa! Lieber Freund, fall mir nicht in den Rücken.*

Bellini sagte in Sizilianisch: „Giacomo, ich bin sehr betrübt deinetwegen."

Collucci lachte hohl: „Warum, Papa?"

"Du hast Sorgen ... große Sorgen. ... Bitte laß mich dir helfen, Giacomo."

"Danke für das Angebot, Papa, aber meine größte Sorge ist die, nächste Woche mit einer Kugel im Kopf schlafenzugehen und damit jedermann glücklich zu machen, vor allem Tonelli."

"Hat der Schüler so sehr den Respekt vor seinem Lehrer verloren, daß er ihn mit Ablenkungsmanövern beleidigt?"

Collucci runzelte die Stirn. „Ich werde dich aus zahlreichen Gründen immer respektieren, liebster Freund."

"Aber vertraust du mir auch?"

"So, wie ich dich respektiere, vertraue ich dir. Aber warum die Fragen?" meinte Collucci.

Sie starrten einander in die Augen.

"Dann vertraue mir, Giacomo, versuch nicht, mich zum Narren zu halten. Die Sorgen, von denen ich spreche, kommen nicht von außen, sie fressen wie ein Krebsgeschwür deinen Geist von innen auf."

"Lies meine Gedanken. Nur zu. Ich will dich auch dafür respektieren."

"Ich habe den Beweis für deine Krankheit gesehen, als wir am Tisch saßen ... Du hast jede Achtung vor der Ehrenwerten Gesellschaft verloren, in die ich dich eingeführt habe", sagte Bellini ruhig.

Collucci drehte den Zündschlüssel, und der Motor erwachte flüsternd.

"Es tut mir leid, Papa, aber du liest meine Gedanken falsch. Ich bin müde und du ebenfalls. Ich bring dich zu deinem Auto."

Bellini grunzte.

Collucci fragte sich, ob Bellini ihn jetzt fallenlassen würde. „Papa, mein Lieber, du bist doch noch immer mein Freund?"

Bellini hob die Schultern. „Giacomo, wie schade, daß du fragen mußt. Ich glaube, ich werde noch dein Freund sein, wenn du nicht mehr mein Freund bist. Ja, ich liebe dich noch, Giacomo, aber ..."

Collucci ließ den Wagen in die Werkstatt neben Bellinis dreiundsiebziger Riviera rollen. Ein ölverschmierter Mechaniker schloß gerade die Kühlerhaube.

Bellini drehte den Türgriff und sagte: „Vor langer Zeit gab es in Sizilien einen Ehemann mit einer guten, aber hausbackenen Frau und einem hinreißenden jungen Schätzchen. Alle im Dorf waren überzeugt davon, daß das Herz des Mannes der Schönen gehörte. Dann kam er eines Tages dazu, wie sein Schätzchen rittlings auf seiner Frau saß. Sie wollte ihr gerade einen Dolch ins Herz rammen. Ohne zu zögern oder ein Wort zu verlieren schoß der Ehemann der Geliebten in den Kopf. Alle Dorfbewohner waren entsetzt und erstaunt, als sie auf so schreckliche Weise erfuhren, wem das Herz des Mannes tatsächlich gehörte."

Collucci zog die Stirn in Falten. „Papa, warum zum Teufel erzählst du mir ein Gleichnis, das auf nichts paßt, was ich kenne? Gute Nacht, Papa, gute Nacht", sagte er erschöpft.

Bellini stieg aus, ging hinten um den Wagen herum, beugte sich zu Collucci, und entfachte eine Zigarette. Collucci wich erschrocken zurück.

Bellini schüttelte den Kopf, nahm Colluccis Gesicht sanft zwischen seine Hände und sagte: „Giacomo, bitte, du mußt deinen Geist heilen, und zwar sehr bald! Du machst mir große Sorgen."

Er seufzte tief, und seine Augen wurden milde. „Lieber Freund, du darfst nicht vergessen, daß dein Papa Bellini mit der Ehrenwerten Gesellschaft verheiratet ist", sagte er.

Dann ging er zu seinem eigenen Auto.

Collucci starrte eine ganze Weile auf Bellinis Rücken, bevor er sich auf den Heimweg machte.

Drei Blocks von Tonellis Penthouse entfernt, erblickte er dessen Bodyguard Dinzio.

Er fuhr an den Straßenrand und sah Dinzio mit einer großen Brünetten reden, die auf den Stufen eines grauen Steinhauses stand. Dinzio gab ihr ein in Geschenkpapier eingewickeltes Päckchen und einen kurzen Kuß auf die Lippen.

Collucci verspürte große Heiterkeit, als er nach River Forest davonfuhr. Seine Augen funkelten, während er vor sich hinsang: *Dinzio hat eine Braut, und wenn ich soweit bin, weiß ich, wie ich Tonelli treffen kann!*

KAPITEL VIERZEHN

Zur selben Zeit, als Collucci müde in seine Einfahrt in River Forest einbog, verließ Mayme Flambert ihre Wohnung über Mack Rivers Voodoo Palace.

Der Wind heulte und prügelte auf buckelige Schneeverwehungen ein. Unter dem leichenblassen Wolkenhimmel ähnelten sie aneinandergereihten Grabsteinen. Weihnachtslichter, in der düsteren Einsamkeit von Schaufenstern, warfen einen riesenhaften Schatten von Mayme. Sie war auf der Suche nach einem männlichen Tier für die Voodoo-Riten, die der Tod ihres Bruders Larry forderte.

Dutzende Male in den anderthalb Stunden ihrer Jagd beäugten dunkle Katzen- und Hundegestalten sie in irrem Entsetzen und flüchteten.

Sie ging die State Street hinunter. Nach einigen Blocks stand sie vor dem eingezäunten Platz eines Gebrauchtwagenhändlers.

Einer Dogge, fast so groß wie ein Shetlandpony, gurrte sie haitianische Schmeicheleien zu. Der Hund sprang hoch und knurrte.

Aus einer Tasche ihres Pelzmantels holte sie eine in Plastikfolie eingewickelte Monatsbinde und näherte sich dem geifernden Ungeheuer. Sie drückte die Binde gegen den Zaun. Gierig schnüffelte das Tier den Geruch von Blut und Vaginalschleim.

Die Hinterbeine des Hundes zuckten, und langsam fuhr er sein leuchtendrotes Ding aus. Er winselte. Durch den Zaun hindurch knabberte und leckte er an einer Ecke der Binde. Schließlich konnte er seine Leidenschaft nicht mehr zügeln, vergaß seine Pflicht und sprang über den Zaun. An der Manteltasche schnüffelnd folgte er ihr. Einen Block vor ihrem Appartement überwältigte ihn die Lust. Er warf sie um, krümmte sich über ihr und rammelte die Luft.

Sie lockte ihn die Treppen hinauf in die Wohnung. Er folgte ihr zum Wandschrank, den sie für ihre Voodoo-Zeremonien als Tempel benutzte.

An der Schwelle stutzte er und knurrte. Seine großen Augen sprühten Intelligenz, und verfolgten jede ihrer Bewegungen. Sie wußte, er war abgerichtet, bei Angriff zu töten. Wenn sie mit dem Schlachtermesser, das sie jetzt aufhob, auf sein Herz einstach, mußte sie sichergehen, es nicht zu verfehlen.

Sie hielt das Schlachtermesser hinter dem Rücken, erkannte, daß ein Schlachtermesser bei einem solchen Ungetüm riskant war. Sie lüpfte den Deckel einer kleinen Silberdose, die verschiedene tödliche Gifte enthielt. Sie schloß den Deckel. Vergiften konnte sie die Dogge nicht.

Sie ging in die Hocke, steckte einen Finger tief in sich hinein und rieb ihm mit dem Finger über die Schnauze. Er jaulte und leckte wild sein geschwollenes Glied, weigerte sich aber, den Tempel zu betreten.

Sie ging an ihm vorbei, das Schlachtermesser unter dem Rock verborgen, tat so, als beachte sie ihn nicht. Er wirbelte herum und setzte sich mit heraushängender Zunge aufs Hinterteil. Legte den Kopf erst zur einen, dann zur anderen Seite und stierte auf ihren Rücken. Dann sprang er auf die Füße und galoppierte hinter ihr her in die Küche. Sie trickste mit Schmeicheleien, und drehte sich, mit einem Stück Schinken in der Hand, langsam vom Kühlschrank zu ihm um.

Er schnaufte und sprang an ihr hoch. Das Schlachtermesser klirrte in eine Ecke. Leicht benommen krachte sie zu Boden. Er knurrte wild und riß ihr mit den Zähnen den Rock in Fetzen.

Schon hatte er ihr mit Pfoten und Schnauze die nackten Beine auseinandergestoßen, als sie wieder einen klaren Kopf bekam. Sie rollte auf das Schlachtermesser zu. Er hechtete los und kam in der Ecke über sie, ließ sein feuchtes Glied gegen ihren Schenkel schnellen und leckte ihr mit seiner Schmirgelpapierzunge Hals und Gesicht. Sie lag auf der linken Seite, ihre Hand am unter ihr liegenden Messer. Er glitt mit den Hinterläufen auf dem Linoleum aus und fiel mit einem dumpfen Schlag von ihr ab.

Sie kam auf die Füße und kletterte auf eine Anrichte. Wütend entblößte er seine Fänge und meißelte, beim Versuch sich hochzuziehen, mit den Vorderpfoten tiefe Schründe in die Platte. Sie starrte auf den Puls seinens Herzens unter dem ledergelben Fell, ächzte vor Anstrengung und versenkte das Schlachtermesser mit einer Rückhand tief ins Zentrum des Pulsschlags. Er zitterte und fiel zuckend zu Boden, kotzte Blut. Mit weit offenem Maul hechelte er nach Luft.

In einer halben Stunde hatte sie ihre Prellungen und Wunden versorgt und befragte jetzt die Eingeweide der Dogge nach einem Hinweis auf Bones Mörder. Plötzlich erstarrte sie. Ein strahlendes Lächeln erhellte ihr kohlrabenschwarzes Elfengesicht. Sie war sicher, leise das seidige Flüstern der Loas zu hören.

"Kümmere dich um den Toten! Kümmere dich um den Toten! Den Mörder später! Den Mörder später!" lauteten die Instruktionen.

Im Schein des Altars sah sie auf ihre Armbanduhr. Sie hatte dem Leichenbestatter eine zusätzliche Gebühr gezahlt. Ja, es war schon spät genug, in die Leichenhalle zu schlüpfen und Larrys Geist ordnungsgemäß zu befreien.

Telefonisch verständigte sie den Totengräber, daß sie sich auf den Weg mache.

Hinter dem Bestattungsunternehmen saß sie in ihrem geparkten Mustang. Die Garagentür schwang auf. Sie trug einen Koffer. Der Bestatter führte sie an mehreren Limousinen und Leichenwagen vorbei. Dann durch eine Tür. Die Leichenhalle stank nach Formaldehyd.

Der Leichenbestatter trat durch eine Seitentür. Das einzige Licht im Raum war eine Deckenleuchte, die Bones nackten Leichnam anstrahlte. Sie näherte sich dem Porzellantisch und starrte die zerfleischten Überreste an.

Mit ersticktem Schrei warf sie sich über die aufgeblähte Kälte, küßte die über der Brust gefalteten Hände. Lange Zeit hielt sie ihr Gesicht gegen seines gedrückt. Zum erstenmal in ihrem Leben schluchzte sie unbeherrscht. Sie streichelte die gräßlichen Wunden mit den Fingerkuppen und stimmte mit gefletschten Zähne einen haitianischen Racheschwur an.

Aus ihrem Koffer nahm sie eine kleine Urne mit Schießpulver. Sie entzündete ein Streichholz und warf es hinein. Der aufzischende Blitz würde die Feinde ihres Bruders vertreiben. Sie drückte eine Prise Arsen zwischen seine erstarrten Lippen. Das sollte ihn in seinem ewigen Schlaf vor Hexern schützen, die ihn aufwecken und für alle Zeiten als Zombie versklaven könnten.

Dann umarmte sie ihn und gellte den Racheschwur, bis ihre

Stimme nur noch ein Flüstern war. Sie schlüpfte hinaus in die Nacht und fuhr nach Hause, benommen vor Gram.

Bis Sonnenaufgang ging sie auf und ab und dachte an ihre und Larrys Kinderzeit. Sie erinnerte sich, welch hartes Los es gewesen war, das Kind einfacher Landarbeiter zu sein. Die meiste Zeit halbverhungert und halbnackt. Das Schlimmste jedoch, zumindest für sie, war die komplette Anonymität. Das quälende Gefühl der Nichtexistenz. Gesichtlos wie ein Insekt.

Sie trank Kaffee, als das Telefon läutete. Sie hob ab. Ein von Taylor instruierter Warrior erklärte ihr, sie dürfe die polizeiliche Theorie über Bones Tod nicht glauben. Er überzeugte sie davon, daß der Southside-Gangster Collucci für Bones Ermordung verantwortlich war und versicherte ihr, die Warriors wären darauf aus, Collucci zu töten. Mayme versprach, notfalls ihr Leben zu lassen, um das gemeinsame Ziel zu erreichen.

Sie ging in ihren Tempel und brachte ihren Freunden, den allmächtigen und weisen Loas, ein Dankesopfer, weil sie ihr Collucci als Mörder ihres Bruders offenbart hatten.

KAPITEL FÜNFZEHN

Der Tag, an dem Tit For Tat Taylor weggepackt werden sollte, war gekommen. Collucci war allein hinter der verschlossenen Tür seines Arbeitszimmers.

Eine Wand des Raums nahm ein Bücherregal ein. Vollgestopft mit Werken von Shakespeare bis Schopenhauer. Hoch oben an der Decke stand ein stark zerlesener Band mit illustrierten Beispielen von Deformierungen menschlicher Geschlechtsorgane und Transsexualität. Die Dringlichkeit, Tat Taylor zu erledigen, hatte ihm wochenlang keine Zeit gelassen, ein Buch zu öffnen. Nicht einmal sein Lieblingsbuch.

Doch jetzt konzentrierte er sich auf Dinge, die den ewigen Schlaf von Joe Tonelli angingen.

Collucci stand vor einem Spiegel, mit Bart und Schnäuzer ein Ebenbild von Dinzio, der Sphinx. In das Mikrofon eines Tonbandgerätes hinein imitierte er die nuschelnde Stimme der Sphinx. Zum dutzendsten Mal lauschte er der Wiedergabe und schmunzelte zufrieden.

Bei seinem konzentrierten Zuhören war ihm entgangen, daß Angelo mit der Limousine in die Einfahrt gebogen war. Angelo stieg aus und öffnete die hintere Tür für Olivia und für Bellini, der am dienstfreien Tag seines Koches zu Olivias berühmter Lasagne eingeladen war.

Olivia und Bellini traten in die Eingangshalle. Sie legten ihre Mäntel ab, bevor sie sich im Wohnzimmer hinsetzten. Nach kurzem Geplauder ging Olivia in die Küche, um ihre Spezialität zuzubereiten.

Bellini hörte das seltsame, gedämpfte Geräusch von Colluccis Sprechprobe. Er stand auf und ging durch einen Flur zur Tür des Arbeitszimmers. Ein kleines Stück davor, blieb er abrupt stehen. Überrascht und schockiert lauschte er der unverkennbaren Stimme von Tonellis Bodyguard. Meilenweit entfernt von seinem Zuständigkeitsbereich.

Seine Neugier wurde verstärkt durch die Erinnerung an die Derringers, die Collucci bei der Tonelli-Konferenz heimlich getragen hatte. Bellini legte das Ohr an die Tür und hörte das monoton leiernde Sprechen. Rasch kehrte er ins Wohnzimmer zurück und grübelte über das Rätsel nach.

Collucci schaltete das Tonbandgerät aus, nahm den Dinzio-Bart und -Schnäuzer ab und versteckte sie und das Gerät. Er ging ins Wohnzimmer und begrüßte Bellini mit breitem Lächeln und herzlicher Umarmung.

Bellini sagte: „Giacomo, wie wärs, wenn ich dir vor dem Mittagessen noch ein paar Zwanziger abluchse?"

Collucci verneigte sich übertrieben und streckte die Hände auffordernd in Richtung Arbeitszimmer aus.

Jede Runde beim Kartenspiel war ein Fehlschlag für Bellini. Er war zu sehr mit der mysteriösen Stimme von Dinzio beschäftigt.

Beim Mittagessen sah Collucci Bellini in seinem Lieblingsgericht herumstochern und sagte: „Papa, hast du eine neue große Liebe, die dir den Appetit raubt?"

Bellini schüttelte den Kopf und sagte sanft: „Nein, Giacomo, nicht nach meiner Angelita." Er machte eine Pause und blickte Collucci fest in die Augen. „Vielleicht lassen uns aufs Ende hin selbst unsere einfachsten Freuden im Stich wie falsche Freunde."

Collucci grunzte und sagte, während er sich vom Tisch erhob: „Papa, in letzter Zeit braucht man nur hallo zu dir zu sagen, und du verrenkst einem die Ohren mit irgendwelchem philosophischen Quark."

Olivia und Bellini sahen einander an, als Collucci aus dem Eßzimmer stürmte.

Olivia sagte: „Was um alles in der Welt ...?"

Bellini neigte sich zu ihr und drückte ihre Hand. „Reg dich nicht auf, meine Liebe. Ich nehms ihm nicht übel", sagte er und erhob sich vom Tisch.

Er stand neben ihrem Stuhl, sah hinunter auf ihr besorgtes Gesicht, tätschelte ihr die Schulter und sagte: „Tut mir leid, daß ich nicht mehr von deiner vorzüglichen Lasagne essen konnte. Das nächste Mal werde ich sogar den Teller verschlingen."

Sie erhob sich und folgte ihm zur Garderobe in der Halle.

Sie sagte: „Trink doch noch eine Tasse Kaffee, bevor ich nach Angelo läute."

Er schüttelte den Kopf und schlüpfte mit ihrer Hilfe in seinen Mantel. „Angelo hat gesagt, seine Frau sei krank, da soll er sich lieber um sie kümmern", meinte er. „Außerdem brauche ich den Spaziergang bis zum Taxistand."

Sie küßte ihn auf die Wange und sagte, als er die Tür öffnete: „Ich entschuldige mich für Jimmy ... er ... naja, wahrscheinlich hat ihn eines seiner Flittchen sitzenlassen, und jetzt ist er eine Woche lang sauer."

Sofort bedauerte sie es, ihre Verbitterung gezeigt zu haben.

Bellini erwiderte: „Ich befürchte, sein Problem ist nicht ganz so einfach."

“Papa Bell, weißt du von irgend etwas ... irgend einer Gefahr oder Schwierigkeit, in der er steckt, und von der ich auch wissen sollte?"

Bellini faßte sie um die Taille. Er sah in ihre angsterfüllten Augen und log: „Ich wüßte wirklich nicht, worüber du dir Sorgen machen müßtest. Überrede ihn, eine Zeitlang mit dir in eine ruhige und neue Umgebung zu verreisen. Vielleicht lernt er dich dort neu kennen und sieht, welches Glück er hat. Für seine Gesundheit wäre es ein Segen, wenn er dem Druck seiner Geschäfte und seines Ehrgeizes entkommen könnte."

Sie fragte: „Wenn es irgendwas Schlimmes gäbe ... etwas Unangenehmes, würdest du mich doch nicht schonen? Du hättest doch Vertrauen in meine Stärke?"

Er sagte: „Du bist eine Tonelli, und ich würde dir mein Leben anvertrauen."

Er wölbte seine riesigen Hände. „Seit ich dich bei deiner Taufe hielt, haben die Bellinis und Tonellis ihr Blut und ihre Hoffnungen miteinander vermischt, und schon fünfhundert Jahre vorher. Muß ich dich daran erinnern, daß meine Angelita die Schwester der Mutter deines Vaters war?"

Sie schüttelte den Kopf und sagte: „Auch ich würde dir mein Leben anvertrauen, Papa Bell."

Während er sich umwandte und hinaustrat, streifte sie seine Wange mit den Lippen. Sie schob die Tür zu und spürte jemanden hinter sich, als sie durch das Fenster Bellini den Gehweg entlangschreiten sah. Im Sonnenlicht glich sein seidiger Haarschopf einem Käppi aus Platin. Sie drehte ihren Kopf und sah in Colluccis angestrengte Miene. An ihr vorbei blickte er Bellini hinterher.

Bellini blieb auf dem Bürgersteig stehen, als Peteys Privatschulbus anhielt. Petey stieg aus dem Bus und rannte in Bellinis ausgestreckte Arme.

Ohne ihre Augen vom Fenster abzuwenden, sagte sie: „Jimmy, du warst ein Esel, und du solltest dich bei Papa Bell entschuldigen."

Collucci grunzte und sagte: „Wenn er sich für seine Senilität entschuldigt. Jetzt liest er schon Gedanken. Als nächstes hat er wahrscheinlich einen heißen Draht zum Mars oder sonstwohin. Olivia, hör auf, mich zu beschimpfen ... rede nicht so mit mir, oder ich prügel dir einen anderen Ton in deinen drallen alten Hintern."

Sie drehte sich um, warf ihm aus halbgeschlossenen Augen einen tückischen Blick zu und zischte: „Elender Bastard!"

Dann begrüßte sie Petey mit warmem, strahlendem Lächeln.

Collucci ging zur Hintertür der Küche und legte die Hand auf den Türgriff. Dann drehte er sich um und spazierte ins Eßzimmer. Er griff eine Vase mit frischen Blumen von der Anrichte. Aus der Frühstücksnische nahm er eine Schale mit Obst und ging durch die Hintertür zu Angelos Appartement.

Angelo öffnete die Tür, und Collucci trat in das adrett eingerichtete Wohnzimmer, das in leuchtendem Türkis und Rot gehalten war. Er stellte Blumen und Obst auf den Tisch neben Angelos rundlicher Frau, die auf der Couch ein Nickerchen hielt. Ihre olivfarbene Haut war blaß und feucht von der Grippe.

Angelo sagte: „Maria wird sich freuen."

Collucci nickte und deutete auf seine Armbanduhr.

"Fünf Minuten", meinte Angelo.

Collucci schloß die Tür und ging die steinerne Treppe zu Lollo „der Chirurg" Stilottis Wohnung im ersten Stock hinauf. Mit den Knöcheln trommelte er gegen die Tür. Die Tür öffnete sich, und Stilottis halbnackte Masse füllte fast den Rahmen. Collucci blickte an ihm vorbei auf eine wieselgesichtige Blondine. Ihre hundertdreißiger Titten quollen über das Tablett, von dem sie im Bett ihr Mittagessen mampfte.

Collucci flüsterte: „Lollo, ich brauch dich ... in fünf Minuten."

Stilotti schien mürrisch und strich sich über die Stoppeln an seinem Kinn.

Collucci tönte: „Fünf Minuten", und ging die Stufen hinunter.

Olivia war im Schlafzimmer und feilte einen abgebrochenen Fingernagel, als Collucci hereinkam, um seinen schwarzen Mantel zu holen. Olivia sah ihn an und dachte, wie gut ihm doch der taubengraue Brooks-Brothers-Anzug stand, den er trug.

In einer perversen Anwandlung ging sie hinüber, zupfte einen Fussel von seinem Mantelkragen und sagte: „Ah! Wenigstens etwas, das sie nicht für mich erledigt."

Er sagte: „Putz deine verdammte Kristallkugel, Madame Paranoia, dann siehst du, daß es wieder mal um die lausigen Geschäfte deines Vaters geht. Ich sollte dich zum Spaß wirklich mal mitnehmen." Er wirbelte aus dem Zimmer.

Sie geiferte ihm hinterher: „Ich entschuldige mich, wenn ich diesmal unrecht habe, Schlappschwanz!"

Collucci zog eine finstere Miene und eilte zur Limousine, um zur Beerdigung von Rachels Onkel zu fahren und Taylor zu töten.

Angelo war schon hinter dem Lenkrad. Collucci gab ihm ein Zeichen sitzenzubleiben und kletterte in den Caddie. Beide lachten, als sie Stilotti mit offenem Kragen und schiefsitzendem Schlips die Einfahrt herunterstiefeln und auf einen ungebundenen Schnürsenkel treten sahen. Stilotti stolperte, krachte hin und landete auf dem Hinterteil. Er machte mühsame Anstrengungen, wieder auf die Beine zu kommen, das rosa Gesicht verzerrt vor Wut und Verlegenheit.

Angelo ging hin und half ihm auf die Füße. Stilotti quetschte sich auf den Vordersitz. Angelo setzte den Wagen rückwärts durch das elektronisch geöffnete Stahlgittertor.

Als sie zu Phils weiß verputztem Haus im Vorort Cicero gelangten, ging Stilotti, Phils Cousin, zur Tür. Phils ältester Sohn ließ ihn ein. Stilotti bemühte sich, keine Miene zu verziehen, als er sich ins Wohnzimmer setzte und zusah, wie Phils amazonenhafte Frau Ella an Phils hagerer Gestalt Stoff drapierte und feststeckte.

Phil warf Stilotti einen schnellen Blick zu und schälte sich aus dem Tuch.

“Ich bin hier der einzige, der ungefähr so groß ist wie sie“, sagte er und rückte seine karierte Fliege zurecht. Er zog die Schultern hoch. „Also spiele ich Anziehpuppe für das Kleid, das sie sich für nächste Woche näht, wenn Junior sein Diplom in Pharmazie kriegt.“

Stilotti blickte auf seine Uhr und erhob sich vom Sofa. Er grinste und sagte: „Filippo, mit ein bißchen Silikon vorne drin...“ Seine Hände machten eine greifende Gebärde. „*Marone!*“

Sie lachten. Phil ging vornweg durch das Haus und die Hintertür zu seiner Werkbank in der Garage. Er griff eine 257 Wetherby Magnum von einem Bord und zog sie aus ihrem Futteral, bevor er sie Stilotti gab. Der wog sie in der Hand und betrachtete sie mit Befriedigung.

“Das nenne ich ein Gewehr.“

Phil meinte: „Ja, und mit 180er Munition erreicht der Boß die hohe Geschwindigkeit und Genauigkeit, die es bringen kann.“

Stilotti fragte: „Sauber?“

Phil sagte: „Ja, hundertzehnprozentig.“

Stilotti zeigte auf die große Buick-Limousine in der Garage. „Das Transportmittel?“

Phil nickte: „Mhm, und außerdem noch ein abgebunkerter Dodge mit sauberen Nummernschildern.“

Sie stiegen in den Buick. Phil fuhr auf die Straße. Auf dem Weg zum anderen Ende der Southside folgten Angelo und Collucci dem Buick mit einem Block Abstand. Der Caddie hupte kurz und Phil hielt an. Collucci und Stilotti tauschten die Plätze. Angelo steuerte den Caddie zum Dodge, der, hinter einem ausgebrannten Haus, in einer Doppelgarage stand. Er und Stilotti stiegen in den Dodge um. Etliche Meilen später bog Phil in eine Seitenstraße und fuhr an einer Reihe baufälliger Mietshäuser vorbei.

“Mr. Collucci, Sie wissen, daß ich den Job an diesem Kaffer gern erledigen würde“, sagte er ernst.

Collucci erwiderte: „Wenn du es machst, Phil, gehts mir nur halb so gut dabei. Fast mein ganzes Leben lang hab ich ihn schon wegpacken wollen. Heute soll der Tag sein, an dem es mir blendend geht!“

Er lachte in sich hinein: „Und außerdem, Phil, bei dreihundert

Metern triffst du ihn sogar mit Zielfernrohr vielleicht doch nicht genau in die Nuß. Du bist verdammt gut, Phil, aber hierfür nicht gut genug."

Phil zuckte die Achseln und bremste hinter einem Eckhaus. Sie stiegen aus und näherten sich dem verlassenen Gebäude. Sie sahen Angelo und Stilotti in der Gasse auf sich zukommen. Der Dodge war im Hinterhof eines unbewohnten Hauses geparkt.

Umwabert vom Gestank uralten Urins stiegen Collucci und Phil eine brüchige Treppe hoch zu einer schuttbeladenen Wohnung im dritten Stock.

Collucci stand breitbeinig und ließ seine behandschuhten Finger spielen wie ein Revolverheld des Wilden Westens vor einem Showdown.

Er setzte sich auf ein verrottetes, mit Zeitungspapier abgedecktes Sofa, das Phil am Tag zuvor dort hingestellt hatte.

Phils behandschuhte Hände montierten das Gewehr auf einen drehbaren Dreifuß. Dann wischte er die ganze Installation gründlich mit seinem Taschentuch ab.

Collucci linste durch das Fernrohr hinweg über dreihundert Meter urbanen Ödlands. Die Kirche und das Menschengewimmel verschwammen unter dem dunklen, wolkenbehangenen Himmel.

Er sagte: „Ohne dieses Fernrohr müßte ich mein Vergnügen aufschieben."

Er nahm den Kopf eines der Trauergäste, die jetzt aus der Kirche strömten ins Fadenkreuz. Dann ein Blick auf seine Armbanduhr: „Gleich müßte Taylor rauskommen!"

Während Phil auf die Tür zuhastete, sagte er über die Schulter: „Treffen Sie ins Schwarze! Ich mach mich vom Acker und seh unten nach dem Rechten."

Noch bevor das Knirschen von Phils Schuhsohlen auf der sandigen Treppe verklungen war, sah Collucci die Leichenträger aus der Kirche kommen und den Sarg die steinernen Stufen hinuntertragen. Im trüben Licht wirkten sie, von seinem Hochsitz aus, wie schwarze Käfer.

Collucci fühlte sein Herz dröhnen, als er eine Kolonne aus drei Wagen mit Warrior-Leibwächtern ins Visier bekam, die hinter der Limousine vor Anker gingen. Ein Dutzend Warriors sprang heraus und umschwärmte den Leichenwagen und die Limousine. Ungeduldig spähte er durch das Fernglas. Er schwenkte es vor und zurück über die Leichenträger auf der Treppe.

In der Seitenstraße ließ Phil die Maschine des Buick warmlaufen. Zwanzig Meter hinter dem Buick hielt Angelo am zerbeulten Kadaver einer umgekippten Schrottkiste Ausschau, bewaffnet mit einer Shotgun. Stilotti lag am anderen Ende der Gasse in den Ruinen eines Mietshauses mit einer Maschinenpistole auf der Lauer.

Die Wächter der Warriors hatten auf dem Bürgersteig zwei sich gegenüberstehende Reihen gebildet. Der Direktor des Bestattungsinstitutes öffnete die Tür der ersten herangefahrenen Limousine. Er geleitete Rachel und ihre Mutter zum Bürgersteig, gefolgt von Fluffy und Taylor, der Zielscheibe!

Genüßlich konzentrierte Collucci sich auf den Watusi-Kopf in seinem Zielfernrohr. Sein Vergnügen verriet sich in einem abartigen Lächeln. Er mußte daran denken, wie das Stechen des Kraushaarbusches sein Glied elektrisierte, wenn er seinen Kolben in schwarze Frauen pumpte. Sein Finger masturbierte den Abzug.

Auf den Kirchenstufen verfing sich Fluffys Schuhabsatz in einer Spalte, und sie verlor das Gleichgewicht.

Collucci zog den Abzug der Wetherby haargenau in dem Moment durch, als T. sich vorbeugte, um Fluffy aufzufangen.

T. vernahm das Kreischen der Kugel und starrte auf den Rauch, der aus der Schneise in Fluffys Afro kräuselte. In einer einzigen Bewegung riß er sie von den Stufen in seine Arme und ließ sich aufs Pflaster fallen. Bittere Galle stieg ihm in die Kehle. Er sah den kleinwüchsigen Begräbnisdirektor zusammensacken. Der schwang die Hände an den offenen Schädel, wie wenn er verhindern wollte, daß die austretende Hirnmasse ihm wie eine vorwitzige Stirnlocke in die toten Augen tropfte.

Menschen kreischten und suchten hastig Deckung.

Ein Schauder durchzuckte Collucci, als T. zu Boden krachte. In seinen glänzenden Augen spiegelte sich die süße Illusion eines Treffers!

T. rollte sich und Fluffy in den Schutz der Autos am Kantstein. Ihm nachsetzend, höhlte Collucci mit einem halben Dutzend Kugeln das Pflaster aus.

Phil hörte den zweiten Schuß und wußte, daß Collucci verfehlt hatte.

Verdutzt und niedergeschmettert wegen seines Versagens, saß Collucci da. Seine Nasenflügel bebten im Schweißgestank seiner Erregung. Er wußte nicht, daß ein scharfäugiger Warrior hinter den rußgeschwärzten Fenstern des verdunkelten Zimmers das Aufblitzen der Mündung erspäht hatte.

Phil stürzte die Treppe hoch ins Zimmer und schrie: „Mr. Collucci! Bei der Heiligen Muttergottes. Kommen Sie verdammtnochmal raus hier!"

Collucci nickte benommen und kam hoch. Fast gleichgültig stieg er die Treppe hinab. Phil saß aschgrau vor Anspannung hinter dem Lenkrad. Er katapultierte den Buick schon die Gasse entlang, als Collucci erst halb drinnen war. Stilotti warf sich hinten in den Buick. Angelo saß mit vor Aufregung glühenden Augen auf dem Rücksitz.

Einen halben Block weiter kam eine Wagenladung Warriors auf den Buick zugeröhrt. Sie deckten ihn mit Pistolenfeuer ein, als er aus der Gasse bog, um zum Versteck des Dodge zu fahren.

Phil prügelte den Buick um eine Ecke. Das Heckfenster zersplitterte. Der massige Chirurg prallte von hinten gegen Colluccis Sitz und Collucci krachte gegen das gepolsterte Armaturenbrett. Angelo tauchte ab auf die Fußmatte. Er kauerte und stierte mit offenem Mund auf das tropfende Loch in Stilottis Hinterkopf.

Kopfschüttelnd sagte er leise: „Lollo is hinüber."

Einen Augenblick blickte Phil vorwurfsvoll zu Collucci.

Collucci wirbelte herum und schrie: „Bleib unten, Angelo!"

Er zog eine schwere Magnum aus seinem Schulterhalfter und donnerte einen Kugelhagel in Kühler und Motorblock des verfolgenden Chevrolet.

Der Warrior-Wagen bebte wie ein gefällter Stier und kam torkelnd zum Stehen.

Der ganze Weg zurück zum Dodge war beherrscht von Schweigen und dem Gestank von Lollos letzter Doktorarbeit.

Ächzend und schwitzend schafften sie es schließlich, die vierhundert Pfund Fett des Chirurgen aus dem Buick zu wuchten. Phil umwickelte den lecken Kopf sorgsam mit einer Mülltüte aus

Plastik und dem Ende von Lollos Mantel, bevor sie den Chirurgen in den Kofferraum des Dodge hievten.

Sie kletterten in den Dodge. Phil warf böse Blicke auf Collucci, dem dies nicht entging. Mit scheinbar geschlossenen Augen rekelte er sich auf dem Rücksitz, und erforschte durch halbgeschlossene Lider Phils versteinertes Gesicht im Rückspiegel. Er überlegte, wieso er daneben geschossen hatte, wo er doch sicher gewesen war, den ersten Schuß ins Ziel gesetzt zu haben.

Ohne seine Augen zu öffnen, sagte Collucci beiläufig: „Phil, das mit Lollo ist eine verdammte Schande. Du weißt, daß er mir so am Herzen gelegen hat wie dir, seit wir alle in der Westside rumgestrolcht sind. Es tut mir leid, aber ein gebührendes Begräbnis wird Lollo wohl nicht kriegen können."

Er sah Phils Kaumuskeln in langem Schweigen arbeiten, bevor Phil bitter meinte: „Ist es, weil er nur ein Soldato war, daß wir ihn wie einen Sack Müll in irgendein Loch kippen?"

Collucci sagte: „Erzähl keine Scheiße. Die Bosse machen uns schon genug Druck, Taylor zu erledigen. Phil, Lollo verdient ne Hunderttausend-Dollar-Beerdigung, aber Tote können sich nicht mißachtet fühlen.

Phil, du bist zu aufgebracht, um zu sehen, wie dumm es wäre, wenn wir die Polizei und die Zeitungen uns und der Organisation in die Karten gucken ließen, bloß um ne Bestattungsgenehmigung und Blumen für Lollo zu besorgen."

Angelo sagte: „Jesus, das mit Lollo ist beschissen. Ich konnte mich immer totlachen über ihn. Und den Spaß, den wir zusammen hatten. Ich denk noch dran, wie wir mal ne Straßennutte aufgemischt haben, als wir zehn ... zwölf waren und beide das erstemal einen geblasen kriegten. Er ist ohnmächtig geworden, als er abgespritzt hat. Is wirklich zu dumm, zu dumm mit Lollo."

Phil sagte: „Ja, vielleicht ist es zu dumm für Lollo, weil Mr. Collucci mich nicht den Job an Taylor hat erledigen lassen."

Collucci kam der Gedanke, daß Stilotti sich sowieso in ein frühes Grab gefressen hätte.

Er sagte: „Phil, hör auf, dir einzubilden, du wärst mir im Schießen über oder in sonstwas. Der Schwanzlutscher hat einfach Glück gehabt und ist genau in dem Moment nach vorn gestolpert oder hat sich das Schuhband gebunden, als ich den ersten Schuß plaziert hab."

Phil grunzte mürrisch.

Angelo meinte: „Irgendwann is für jeden aller Tage Abend. Beim nächsten Mal isser reif."

Collucci sagte: „Ich will nicht, daß jemand erfährt, was genau passiert ist. Ich werde einen Bericht für die Bosse abfassen, der ihnen keine Hämorrhoiden wachsen läßt. *Capisce?*"

Angelo nickte mit seinem struppigen Kopf und sagte: „Sicher, Mr. Collucci, geht klar."

Phil schwieg, und biß trotzig die Zähne aufeinander.

Weißglühend wegen dieser Beleidigung beugte sich Collucci vor, um ihm den Zeigefinger in die Schulter zu stoßen und eine Antwort zu erzwingen. Doch statt dessen lümmelte er sich wieder zurück in den Sitz. Im selben Moment entschied er, Phil, als zu großes Risiko, schlafenzulegen.

Angelo linste nach hinten in Colluccis Gesicht und wußte, daß Phil geliefert war. Er seufzte und machte sich darauf gefaßt, daß Collucci etwas unternahm.

Dieser mickrige Scheißer! dachte Collucci. *Die meiste Zeit ist er mir in den Arsch gekrochen. Mit meinem Segen ist er Capidecina geworden. Chef von zehn Soldati! Und jetzt beleidigt dieser Schwanzlutscher mich, seinen Capiregime. Kaum sieht er mal, daß ich nicht ganz in Form bin, ein bißchen daneben, schon meint er, er könnte meine Stelle einnehmen.*

Er zeigt mir ja selbst, daß er ein zu großes Risiko ist ... Von seinen netten Kindern, dem netten Haus und Ellas tollen Beinen und niedlichem Arsch kann er sich verabschieden ... Alle Schuld und Verantwortung dafür trägt er selbst. Er ist genauso dumm wie die anderen. Er verdient es, wie die anderen getötet zu werden.

Phil, den die Jüngste-Gericht-Stimmung offenbar auch erreicht hatte, drehte sich um, blinzelte Collucci an und sagte: „Ich steh tausendprozentig zu allem, was Sie machen ... in Ordnung, Mr. Collucci?"

Dann demütig: „Sie sind doch nicht sauer, Mr. Collucci?"

Collucci fälschte ein Lächeln, und seine Katzenaugen lullten Phil in ihr warmes, gelbes Licht. Er entsann sich, daß Phil ihm eine ganze Menge schuldete.

Er sagte: „Sauer? Phil, glaubst du, ich bin so bescheuert einen Typ zu verärgern, der mit siebzehntausend bei mir in der Kreide steht?"

Sie lachten. Collucci beförderte die Magnum vom Halfter in seine Tasche.

Er dachte: *Angelo sollte es Phil besorgen, damit ich sicher sein kann, daß er nicht den Moralischen kriegt. Ich hab Phil immer gemocht ... Aber weiß der Teufel, der Typ könnte anfangen zu quatschen und den Bossen einen Vorwand liefern, mir den Hahn abzudrehen.*

Die Dunkelheit sank herab, als sie am Caddie längsseits gingen. Sie stiegen aus. Collucci warf sich nach vorn und packte Phil hinten am Mantelkragen. Er riß ihn herunter, um Phils Ellbogen damit seitlich an den Körper zu fesseln wie in einer Zwangsjacke.

Collucci zerrte heftig. Der schlanke Phil krachte auf den Beton. Er lag keuchend und benommen auf dem Rücken. Collucci ließ einen Fuß schwer auf Phils Stirn fallen und schlang einen Finger um den Abzug der Magnum in seiner Manteltasche.

Er wies damit auf Angelo und studierte lange und forschend dessen Augen, bevor er den Kopf senkte. Angelo zog seine 45er und hockte sich neben Phil. Er drückte die Mündung des Schalldämpfers zwischen Phils hervorquellende Augen.

Collucci sagte: „Erspar ihm die Schande und den Dreck. Einen sauberen in die Pumpe."

Phil glotzte mitleidheischend hoch zu Collucci. Auf seiner Stirn zerplatzten Schweißperlen.

Seine grauen Lippen schnäbelten stumm, bevor er flüsterte: „Warum? ... warum muß ich dran glauben?"

In leisem Sizilianisch sagte Collucci: „Weil es mich verletzt hat, deinen Respekt verloren zu haben. Du hättest nicht vergessen sollen, daß du nur Lieutenant bist. Ich muß mir den größeren Schmerz ersparen, auch noch deine Loyalität zu verlieren ... Geld ... für Ella und die Kinder wird gesorgt sein."

Angelo sah, wie sich Colluccis Züge verhärteten, während er zurücktrat und fast unmerklich mit dem rechten Auge zwinkerte. Die 45er bockte in Angelos Faust. Phils Rücken krümmte sich kurz wie ein gespannter Bogen. Seine winzigen Füße paddelten träge, wie die eines entspannt treibenden Schwimmers, bevor er stillag.

Sanft hoben sie ihn in den Kofferraum, neben Stilotti. Collucci fuhr im Caddie mit einer halben Meile Abstand hinter Angelo her. In der Garage hinter Colluccis Sweet Dream luden sie die Leichen aus.

Collucci rief vom Gasthaustelefon aus das Bestatterteam Marty und Freddie Rizzo an, das sich auch um Love Bone und sein Mexikanerliebchen gekümmert hatte.

Im üblichen Code teilte er Marty mit, daß es Tote gab, die auf Colluccis privatem Friedhof beerdigt werden mußten.

"Himmel nochmal! Hol deinen Alten ab. Er hat den Kanal voll und versaut Tony die ganze Hochzeit", rief er.

Marty sagte: „Klar, danke."

Dann fügte er verschlüsselt noch etwas hinzu, das Collucci ungemein gefiel. Marty hatte herausgefunden, wann und wo man Cocio erledigen konnte!

Sie verließen das Sweet Dream. Nachdem Angelo den Dodge weggeschafft hatte, hielten sie an, um die Abendzeitungen zu kaufen. Collucci saß auf dem Vordersitz und las im Licht der Armaturen einen Bericht über den Heckenschützenmord an dem Bestattungsunternehmer.

Es wurde erwähnt, daß die Polizei das Versteck des Schützen und das Gewehr auf dem Stativ entdeckt hatte. Collucci lächelte grimmig. Nur kurz war die Rede von Taylor, einem schwarzen Militanten, der das eigentliche Ziel hätte sein können, dies aber abstritt.

Über die Schießerei, wie Phil aus der Gasse bretterte, war nichts zu lesen. Taylor hatte offensichtlich eine Weisung ausgegeben, die den Pro-Taylor-Zeugen den Mund stopfte. Dafür konnte es nur einen Grund geben, überlegte Collucci. Taylor hatte vor zurückzuschlagen, hart und schnell.

Er sagte: „Angelo, du fährst besser zum Penthouse, damit ich den Bericht bei Tonelli abliefern kann, den ich gerade zusammengestellt hab."

Als Angelo Collucci, nach dem Bericht bei Tonelli, nach Hause chauffierte, herrschte eine Zeitlang Schweigen.

Schließlich sagte Angelo: „Entschuldige, Jimmy, wenn ich mein großes Maul aufreiße ... aber war da oben alles in Butter?“

Collucci lachte: „Was sonst, Angelo? Die Story, die ich denen aufgetischt habe, war schlicht und einfach. Es war eben Pech, daß Phil und Stilotti die Sache mit Taylor vermasselt haben. Noch schlimmer war es für sie, daß sie offensichtlich von den Warriors aufgegriffen und ausgeknipst wurden. Ich, wir beide, wissen nicht, was passiert ist, außer, was die Zeitungen und die Polizei vermuten. Also entspann dich, alter Freund, alles ist, wie du sagst, restlos in Butter.“

Angelo bog in die Einfahrt der Colluccis und Collucci meinte: „Stell den Motor ab, es gibt ein paar wichtige Dinge, um die du dich kümmern mußt.“

Angelo drehte sich mit ernstem Mondgesicht zu seinem Boß.

Collucci sagte: „Morgen setzt du als erstes Marty und Freddie in Lollos Wohnung, mit der Aufgabe, das Grundstück zu bewachen. Ich will, daß du drei Sicherheitsleute von meinem Big Dipper Spielsalon abziehst.

Hol den gepanzerten Lincoln aus der Aufbewahrung und frisier ihn. Laß die drei rund um die Uhr, jeder in einer Schicht, bei mir um den Block fahren. Sag ihnen, ich verdopple ihre Gehälter.“

“Alles klar ... aber der Auftrieb ... die Nachbarn ... der Polizeichef?“

Collucci sagte: „Scheiß auf die Nachbarn! Wenn sie sich bei dem alten, geldgeilen Bastard beschweren, wird er ihnen erzählen, ich hätte eine private Wachgesellschaft beaufragt, weil man mir mit der Entführung von Petey gedroht hat.“

Er beschloß, Angelo darauf zu testen, ob aufgrund der blutigen Ereignisse des Tages irgendwelche Veränderungen in seiner Haltung oder servilen Ergebenheit stattgefunden hätten.

“Wirklich schade, daß Lollo und Phil ins Gras beißen mußten. Wir werden sie vermissen, was?“

Angelo meinte: „Lollo ganz bestimmt.“ Er runzelte die Stirn und zuckte mit den bulligen Schultern. „Aber Phil, naja ... so wie er zu Lollo stand und die Schuld Ihnen in die Schuhe schieben wollte, hätte er am Ende bei den Bossen doch nicht seinen Rand halten können.“

Collucci schmunzelte und warf Angelo einen saftigen Köder hin. „Angelo, ich bin überzeugt, niemand hat je einen besseren und treueren Freund gehabt, wie du es für mich die ganzen Jahre gewesen bist. Vielleicht war es egoistisch von mir, dich so eng an mich zu binden. Und jetzt will ich dich belohnen."

Er machte eine Pause und sah forschend in Angelos Gesicht. „Ich möchte, daß du Phils Platz einnimmst."

Angelo sperrte den Mund weit auf, halb vor Überraschung, halb im Schrecken, Collucci könnte ihn aus seiner geliebten Rolle des engsten Freundes und Vertrauten verstoßen.

Protestierend gellte er: „Jimmy, bitte! Wer zum Teufel würde für Sie sorgen und Ihnen zuhören, wenn ich an Phils Stelle treten würde?"

Collucci grinste und klopfte ihm auf die Schulter. „Keiner! Du allerbester Holzkopf von einem Hurensohn! Keiner!"

Er drehte sich zur Tür. Angelo sprang heraus und öffnete sie. Collucci stieg aus. Eine ganze Zeit hielten sie sich im eisigen Sternenlicht umarmt.

Collucci wandte sich ab und schritt zur Villa, während er dachte, wie sicher er sich Angelos Freundschaft und Loyalität sein konnte ... *nun ja, zumindest im Moment.*

Er betrat die Villa und überlegte müde: *Verdammt! ... den Schwanzlutscher im Visier zu haben ... und ihn verfehlen ... was für ne beschissene Pleite. ...*

KAPITEL SECHZEHN

Gegen Mitternacht des zweiten Abends, nach Collucci Fehlschlag, Taylor kaltzumachen, schritt Taylor, bebend vor Wut und scharf auf Rache, im Büro des Pfarrhauses auf und ab. Immer wieder hieb er mit der Faust in seine blutunterlaufene Handfläche. In seinem Kopf wirbelten Pläne zur Vernichtung des Todfeindes und sämtlicher Chicagoer Mafiosi. Er war überzeugt, genügend Waffen und eine ausreichende Zahl fanatischer Warriors für den totalen Krieg gegen die Mafia zur Verfügung zu haben.

Bama stand einen Moment lang in der frostigen Januarnacht und blickte auf die hin- und hertigernde Silhouette, die sich im Schein der Schreibtischlampe im Fenster abzeichnete. Er betrat das Gebäude und klopfte leise an die Tür. Taylor öffnete.

Bama sagte: „Hast du ne Zigarette?"

Taylor ging zum Schreibtisch und warf eine Schachtel Salems in Bamas hohle Hände, sich selbst in den Sessel hinterm Schreibtisch. Bama setzte sich neben den Schreibtisch. Er ließ die Packung auf den Schreibtisch fallen, griff nach einem Feuerzeug. Im Aufflackern der Flamme sahen sie einander in die blutunterlaufenen Augen. Bama zündete seine Zigarette an und beugte sich vor, um Taylor Feuer zu geben.

Schroff sagte er: „Jessie, du weißt nicht, wer ... „

Taylor runzelte die Stirn. Das Quietschen seines Stuhls tönte durch die Stille, als er sich nach hinten lehnte und Bamas Gesicht studierte.

"Bama, mein Kopf ist nicht in der Verfassung, mit Scheiße zu jonglieren, also erzähl mir keine."

Bama sagte: „Bin froh, daß du das über deinen störrischen Kopf selbst gesagt hast ... Jessie, du kannst nicht morgen mit dem totalen Krieg gegen die Spaghettifresser loslegen!"

Taylors lange Finger zuckten im Haar auf seinem Hinterkopf wie nistende Vipern.

"Niemand, der den Arsch nach unten trägt, kann Jessie Taylor davon abhalten, das zu tun, was er beschlossen hat", meinte er.

„Ich hab für morgen früh eine Vollversammlung einberufen, Bama. Ich werde die Todesschwadrone Tag und Nacht rausschicken. Wir haben die Adressen von neunzig Prozent der Mafia-Männer in Chicago und wissen, wo sie verkehren. Bama, genau wie sie es in Vietnam gemacht haben, werden die Warriors ausschwärmen und alles fertigmachen, was sich bewegt. Bis es keine Mafiosi mehr gibt."

Bama sagte: „Aber warum jetzt, Jessie? Wir sind außerhalb von Chikago mit den notwendigen Vorbereitungen erst halb fertig. Jessie, der Überraschungseffekt, den wir unbedingt brauchen, wäre für immer dahin. Wir würden uns die Chance vermasseln, die gefährlichen New Yorker Familien und die anderen Familien in den Großstädten überall im Land gleichzeitig zu schlagen, wie wir es so lange geplant haben. Wir würden die Mafia und alle Polizeidepartments in Alarmbereitschaft versetzen und scharf machen, uns zu massakrieren. Die Warriors sind Sabotagetrupps, eine Guerilla, die unsere mächtigen Feinde nur besiegen kann, wenn sie verdeckt und überraschend agiert!"

Taylor sagte: „Sie haben fast mein Herzblatt umgebracht."

Bama erwiderte: „Aber Fluffy, Gott segne sie, ist doch nicht verletzt. Warum also den kühlen Kopf verlieren und den großen Plan in den Wind schießen?"

Er machte eine Pause und schüttelte den Kopf. „Jessie, mir will nicht in den Kopf, wie du die ganze Sache siehst."

Taylor sagte: „Weil Fluffy nicht deine Tochter ist ... und Bama, du vergißt, daß sie Henderson, den Bestattungsunternehmer, umgelegt haben."

"Ach, Scheiße, Jessie. Ich liebe Fluffy, und hab Henderson nicht vergessen. Aber du hast vergessen oder übersehen, warum Jessie Taylor Jessie Taylor daran hindern muß, morgen früh den totalen Krieg auszurufen."

Taylor starrte ihn lange an, bevor er sagte: „In Ordnung, Salomon, hämmer es mir in den Schädel."

Bama sagte: „Stimmst du zu, daß unser bester politischer Freund oben in Springfield in der Gouverneursvilla sitzt?"

Taylor nickte.

“Du weißt, daß es bei den Oberbullen korrupte Mafia-Arschkriecher gibt, die unsere schwarzen Ärsche verrotten sehen wollen. Weißt du nicht auch, daß in Cook County rund um die Uhr Komplotte geschmiedet werden, wie man den Gouverneur aus seinem Amt rausintrigieren und irgendeinen rassistischen Schwanzlutscher reinmogeln könnte?“

Taylor nickte.

Bama sagte sanft: „Dann mußt du auch zustimmen, Sohn, daß in einem totalen Krieg ihr Mann, ist er mal Gouverneur, eine Verfahrensweise finden würde, die Nationalgarde gegen uns ins Feld zu schicken. Soldaten. Soldaten, die Brüder, Ehemänner und sonstwie Nahestehende der besten und einzigen Verbündeten sind, die wir hier im Staat haben ... die Leute! Jessie, wollen wir denn arme Bauern attackieren und töten? Soldaten? Uns in Niederlagen und ins Grab manövrieren lassen? Verstehst du, warum wir warten müssen, bis wir imstande sind, mit einem blitzartigen, tödlichen Schlag landesweit aufzuräumen? Jessie, es wäre verhängnisvoll für die Warriors, wenn wir jetzt den Kopf und damit auch unsere Anhänger, schwarz und weiß, überall im Land verlieren würden.“ Bama richtete die Augen himmelwärts. „Und würden wir uns nicht auch Seine Unterstützung verscherzen, wenn es uns wegen einer egozentrischen Fehlplanung mißlingen sollte, sie mit Stumpf und Stiel auszurotten?“

Taylor erhob sich, nachdenklich auf der Unterlippe kauend.

Leise sagte er: „Ja, Bama, falls Er da oben ist ... Auf jeden Fall machst du verwegene Klimmzüge, um deinen Standpunkt zu vertreten.“

Er klopfte Bama auf die Schulter und dachte, was für eine verdammte Schande es war, daß die arme, tote, liebe Mama unten in Georgia nicht an einen Typen wie Bama geraten war.

Der alte Glatzkopf zog ihm doch immer wieder die Hosen stramm, wenn ihn die blinde Wut packte, dachte er und sah voller Zuneigung auf Bamas kahlen Schädel hinab. Er würde die Todesschwadronen noch nicht losschicken.

Aber Collucci würde er so schnell wie möglich töten. Egal, ob Bama oder sogar J.C. selbst ihn auf den Knien anflehten, Collucci erstmal laufenzulassen.

Bama fragte: „Na, Jessie, blase ich die Versammlung ab?“

Taylor sagte: „Nein, Bama, ich will zwar die Todesschwadronen im Moment nicht einsetzen, aber ich brauche Freiwillige für etwas, das ich aber erst noch ausarbeiten muß.“

“Jessie, was zum Teufel ... Willst du ihn etwa auf seinem Terrain stellen, wie bei euren Jugendkeilereien?“

“Ich erkläre das morgen früh dem Rat am Bunkertisch, so wie es die Warrior-Regeln vorschreiben.“

Bama schüttelte den Kopf. „Wenn du solo oder ohne richtige Unterstützung loslegst, steht es eine Milliarde zu eins, daß du einen Grabstein brauchst.“

Taylor knipste die Schreibtischlampe aus, und sie verließen das Büro.

Während sie den Flur hinunter zu ihren Wohnungen gingen, sagte Taylor: „Bama, ich schätze es wirklich, daß du mich vor übereilten Schritten bewahrst. Aber du hast es nicht geschafft, daß Jessie Taylor überhaupt nichts unternimmt. Denn Jessie Taylor war sich sowieso noch nicht ganz klar darüber, was.“

Rachel starrte an die Decke, als Taylor ins Bett schlüpfte.

Lange Zeit lagen sie da und lauschten den Atemzügen des anderen. Taylors Bein berührte Rachels, und er spürte, wie sie sich für einen Moment versteifte.

Er schoß hoch in eine sitzende Position. Während er Beine und Füße über die Bettkante auf den Boden schwang, sagte er: „Ra, ich denk nicht dran, in diesem Bett zu bleiben, wenn ich das Gefühl hab, daß ich mich entschuldigen muß, wenn ich dich auch nur zufällig berühre.“

Rachel kam hoch, und er spürte die Wärme ihrer Brüste und Schenkel, als sie sich an seinen Rücken kniete. Sie legte ihm die Arme um den Hals, um ihn zurückzuhalten.

Er wehrte sich halbherzig und sagte: „Laß mich im andern Zimmer schlafen, Ra, denn seit der Beerdigung hältst du mich zum Narren und zeigst mir die kalte Schulter.“

Sie drückte ihre Wange an seinen Nacken und fragte: „Liebst du mich noch, Jessie?“

Er wehrte sich stärker und seufzte gereizt. „Wie immer, Ra, und auch für immer ... und jetzt laß mich", sagte er und löste ihren Griff.

Sie setzte sich neben ihn. Sah zu ihm hoch, dreist, aber auch ängstlich, wie ein verschmitztes Kind, dessen Augen in Naivität strahlen, bevor es eine absurde Bitte äußert.

"Dann sag der Versammlung morgen statt igendwelcher zorniger Dinge, die du geplant hast, daß du mit deiner Familie für ein paar Monate verreist ... die ersten Ferien mit uns verbringst ... als Abwechslung von diesem Ort und dieser Anspannung."

Jetzt brach ein Sturzbach von Worten aus ihr heraus: „Bama und Smitty würden schon klarkommen, bis wir wieder zurück sind. Vielleicht wollen wir aus irgendeiner großen Stadt im Süden ja auch gar nicht zurückkommen. Es heißt, Schwarze können da jetzt ein ganz nettes Leben führen, wenn sie ein bißchen was auf der hohen Kante haben.

Kampfsport ist jetzt die große Sache. Und du bist darin Experte. Wir könnten es in null komma nix zu etlichen Schulen bringen. Ich wette, wenn Fluffy ihr Debüt hat, gehören die Taylors zur schwarzen High Society im Süden. Bitte, Jessie, um unseretwillen, sag ihnen, deine Familie ist mit den Nerven am Ende, und muß eine Weile raus hier. Bitte, Jessie!"

Er stand auf und sah mit abweisendem Blick auf sie hinab.

Rachels Augen waren tragische, katzenartige Schlitze, die zu ihm auf und durch ihn hindurchschauten.

Sie sagte: „Sie ... ihn zu töten, steht bei dir an erster Stelle?"

Er nickte.

Sie leierte monoton: „Kein großes, fröhliches Haus für mich ... kein Debütantinnen-Ball für Fluffy ... und Jessie, du wirst sterben, bevor deine Koteletten zu einer weißen Fliege passen."

Er legte irritiert die Stirn in Falten. Im blendenden Glanz seines Traums hatte er den ihren aus den Augen verloren. Ehe er fragen konnte, wie sie das meinte, schlug sie mit ihren Händen wie mit Klauen wild die Luft.

Ihre Altstimme quietschte vor Hysterie. „Wag es nicht, Jessie! Ich hack dir die Augen aus dem Kopf, wenn du das fragst! Frag mich nicht nach einer Erklärung."

Er stand wie hypnotisiert, getroffen vom Haß in ihren Augen

Weich sagte er: „Ra, ich kann nicht verduften, wenn die Leute mich am meisten brauchen ... Wir fahren weg, wenn ich fertig bin mit dem, was ich tun muß."

Er legte ihr die Hände auf die Schultern. Sie krallte sie weg. Er packte sein Kissen und ging.

Sie stand mit gräßlich verzerrtem Gesicht da und schrillte ihm in den Rücken: „Die verdammten Leute! Hol dir die Leute ins leere Bett, Jessie Taylor! Steck deinen Schwanz in die Leute, Jessie Taylor! Wenn du morgen nicht ankündigst, daß du uns hier rausholst, verlasse ich dich."

Er kam zurück und sagte, hoch über ihr aufragend, in seiner trägen Sprechweise: „Ra, du kennst mich seit der ersten Klasse. Und genau wie jetzt hats schon damals keinen gegeben, nicht mal meine Mama, der es geschafft hat, daß ich was getan hab, was ich verdammt nochmal nicht tun wollte. Ra, so eine Erpressungsscheiße mache ich nicht mit. Ich hab mich dran gewöhnt, daß ich dich und Fluffy liebe ..." Er schluckte. „Ich nehm an, ich werd mich auch dran gewöhnen, allein klarzukommen ... Ich war früher allein und bin nicht daran eingegangen."

Seine Miene war eisenhart, und die Augen schickten Laserstrahlen kalter Entschlossenheit durch sie hindurch. „Ra, ich schwöre bei Gott ... falls Er da oben ist ... und auf das Grab von Mama ... ich werd den Itaker den Maden zum Fraß vorwerfen... und später die anderen Mafia-Männer, die mit den Leuten ihr erbärmliches Spiel treiben. Ra, meinen Job zu tun, geht über jeden eigenen Luxus für Leib und Seele. Daß du mich verläßt, wird mich nicht umbringen oder durchdrehen lassen ... also nehm ich an, daß du und sogar Fluffy, mein Ein-und-Alles, wohl zu dem Luxus gehören, ohne den ich auskommen muß. Also, Ra, jetzt weiß du ganz genau, wo ich stehe."

Ihre Augen flammten, die aufgesprungenen Lippen verzerrten sich grotesk und sie sagte mit tödlicher Stimme: „Ich hasse dich, Jessie, und diesen Ort für jede Sekunde, die ich hier verloren und durchlitten hab ... Ich hoffe, die Itaker foltern dich und fackeln dich hier, bei lebendigem Leibe, ab."

Er drehte sich traurig weg, ging in das Zimmer auf der anderen Seite des Flurs, neben dem Fluffys, und schloß die Tür ab. Er lauschte Rachels Schluchzen und hatte verdammte Mühe, in einen unruhigen Schlaf zu fallen.

Am nächsten Morgen vermied er, beim Rasieren und Zähneputzen sein hohlwangiges, rotäugiges Spiegelbild anzusehen, stocherte beim Frühstück in seinen Rühreiern und der Grütze herum und wich Rachels durchdringenden Blicken aus. Ohne seinen Kaffe angerührt zu haben, stand er schließlich auf.

Rachel sagte: „Du willst sie also stellen?"

Taylor starrte hinunter auf die versengte Furche in Fluffys Afro. "Ich geh zu einem Treffen mit Bama und Kong."

Fluffy blickte mit großen Augen zu ihm auf und sagte: „T. Dad, nimm mich mit, wenn du mit ihnen abrechnest."

T. beugte sich zu Fluffy hinunter und küßte sie auf die Stirn. Er trat um den Tisch, und Rachel hielt ihm die Wange hin, weil er versuchte, ihren Mund zu küssen.

Rachel erhob sich und folgte ihm, als er zur Hintertür ging. Er stand in der offenen Tür und drehte sich um.

Sie sagte: „Jessie, ist dir klar, daß ich alles ernstgemeint habe, was ich letzte Nacht gesagt habe?"

Er erwiderte: „Mhm, Ra. Und dir muß klar sein, daß dieser Nigger hier den Spaghetti Blut scheißen läßt, weil er Mr. Hendersons harmloses Gehirn weggepustet und Fluffy um ein Haar allegemacht hätte. Ra, du hast ja weniger Schneid als Fluffy", spottete er und trat nach draußen.

Rachel rief ihm hinterher: „Paß auf, Jessie Taylor! Ich werde jedenfalls Schneid genug haben, dich in diesem Scheißhaufen sitzenzulassen!"

Sie schlug die Tür zu und stürmte zurück, um Fluffy zurechtzuweisen, weil sie sich mit ihrem kindlichen Übermut eingemischt hatte.

Taylor marschierte in den Kommandobunker und wechselte ein ernstes Kopfnicken mit Bama und Lester „Kong" Smith, die am Konferenztisch Platz genommen hatten. Taylor ging zur Kaffeekanne, die brodelnd und mit klapperndem Deckel auf einer Kochplatte in der Ecke stand.

Er goß eine Tasse ein, ließ sich schwer in einen Stuhl fallen.

Während er in den Kaffee pustete und daran nippte, beobachtete er die beiden über den Rand der Tasse hinweg.

Kong grinste schmal: „Na los, Jessie, spann uns nicht auf die Folter.“

Taylors Miene wurde eisig, als er Kong anstarrte und daran dachte, daß Kong vermutlich mit Charming Mills und dem Dope-Jackermord an dem Dealer L.C. sowie Mills Besitz von L.C.s Dreißigmille-Diamantenring zu tun hatte.

“Halts Maul, Smitty, ich brauch keine Einladung von dir“, sagte er barsch.

Kong hob umständlich die Schultern. Er fragte sich, warum Taylor neuerdings so feindselig zu ihm war. Bama gab T. ein Zeichen mit den Augen.

Taylor kapierte die Warnung, sich den Verdacht gegen Kong nicht anmerken zu lassen, und sagte: „Mann, tut mir leid, daß ich dich so angefahren habe... aber mit den Nudelfressern und der Scheiße, die sonst noch vor sich hinstinkt, bin ich einfach nicht mehr ich selbst.“

Kong überraschte das. Und Mißtrauen beschlich ihn wegen Taylors Entschuldigung. Er hatte noch nie zuvor gehört, daß Taylor sich für irgend etwas, das er getan oder gesagt hatte, entschuldigt hätte. Bei keinem.

Warum kroch Jessie ihm in den Arsch? Ohne eine Miene zu verziehen, stierte er Taylor an, und stellte fest, wie sehr er ihn haßte und fürchtete. Vielleicht hatte er ihn von Anfang an gehaßt, weil Taylor die Führerschaft ihrer Jugendgang an sich gerissen hatte. Ihn gehaßt für die langen Jahre der Kränkungen und Demütigungen, als Untergebener in Taylors allmächtigem Schatten.

Er lachte und sagte: „Du bist so sicher, wie mein Schwanz links liegt, nicht du selbst, Bruder. Ich kenn dich jetzt seit ewigen Zeiten und hab nie gehört, daß dir irgendwas leidgetan hätte, was du zu irgendnem Arschloch gesagt hast.“

Bama meinte glattzüngig: „Sieht so aus, Smitty, als ob von meinen Gentleman-Manieren endlich doch was auf den plattfüßigen Wilden aus Georgia abgefärbt hat.“

In einem Chor matten Gelächters ließen sie die Zähne füreinander aufblitzen.

Taylor sah Bama an und sagte: „Ich bin fest entschlossen, was den Pizzabäcker angeht, der da oben gesessen hat, oder denjenigen, der den Scharfschützen da raufgeschickt hat. Ich werd um einen Trupp von Freiwilligen für eine vertrauliche Mission bitten."

Kong fragte: „Du meinst, du willst ihn mit nem einzigen Trupp finden und festnageln? Eine Stunde, nachdem der erste Spaghetti dich da drüben zu sehen kriegt, könnt ihr euch begraben lassen, du und der Trupp."

Taylor sagte: „Ich werde ihn schon nicht unterschätzen wie damals, als er mir die Stahlplatte im Schädel verpaßt hat. Ich reiß ihm den Kopf ab, Nigger. Ich kauf mir Collucci auf unserem Terrain. Ich denke, wenn Mack Rivers, das gerissene Schwein, für Collucci den Strohmann bei diesen raffgeilen Niggern macht, die mit Dope und Lottoscheinen tricksen, muß der Nudelfresser irgendwann seinen Arsch hier blicken lassen, und ich kann ihn abschießen. Collucci muß auch hier den Schotter für die Mafia eintreiben."

Bama sagte: „Jessie, ich wünschte, du würdest warten, bis wir auch gegen die andern losschlagen können ... aber ich weiß, du hast ihn dir in den Kopf gesetzt. Aber sogar Rivers bei den Eiern zu kriegen wird nicht leicht sein. Er ist glatt und schlüpfrig wie Eulenscheiße, und hat eine Meute von tückischen Niggern hinter sich ... Wann solls sein?"

Taylor sah achselzuckend auf seine Armbanduhr und stand auf. „Sobald ich seine täglichen Gewohnheiten kenne und ihm eine Falle stellen kann ... Nicht später als in einer Woche und vielleicht früher, hoff ich."

Sie betraten die Kirche. Taylor schritt zum Mikrophon und blickte stolz auf die strammstehenden Warriors.

Im Pfarrhaus hörten Rachel und Fluffy über einen Lautsprecher im Wohnzimmer sein Gesuch nach Freiwilligen. Rachel ging sofort ins Schlafzimmer und fing an, Schubladen aufs Bett zu leeren. Fluffy kam herein und brach verstört in Tränen aus.

Die Masse der Warriors bewegte sich bei Taylors Bitte um Freiwillige wie ein Mann nach vorn. Er wählte wieder den Trupp aus, der die Psychonummer durchgezogen hatte, die Rapping Roscoe, Lieutenant Portas Marionette, nicht bestanden hatte.

Kurz darauf unterwies Taylor im Kommandobunker seinen Trupp und setzte den freudestrahlenden Ivory Jones erneut als Anführer ein. Ivory Jones, der massige Lotsa Black Hayes, Fahrer des schrottreif aussehenden, aber frisierten Pontiac, Dew Drop Allen, der winzige, sehr beliebte weiße Warrior, und Bumpy Lewis, der Roscoe, den Spitzel, nichtsahnend eingeführt hatte, verließen den Bunker, wild drauf, ihr Können zu beweisen.

Rachel und Fluffy luden gerade ihre Habseligkeiten in den verbeulten Familien-Ford, draußen vorm Pfarrhaus, als Taylor dazukam. Rachel, den Tränen nahe, winkte zum Abschied und warf sich hinters Lenkrad. Fluffy schluchzte auf dem Bürgersteig in Taylors Armen und flehte ihn an, Rachel zum Dableiben zu bewegen.

Rachel schrie heiser: „Ich laß dich hier, Fluffy, wenn du nicht sofort einsteigst."

Taylor führte Fluffy zärtlich zum Wagen und öffnete die Tür. Fluffy küßte ihn und hielt ihn fest, bis Rachel sie am Arm packte und ins Auto zog.

Taylor schloß die Tür, beugte sich vor und sagte sanft: „Ra, wir wissen beide genau, daß du immer meine Frau bleibst, also wissen wir auch, daß du bald wieder zurück bist."

Sie drehte schnell das Gesicht weg, um die Tränen zu verbergen, und jagte den Ford in Richtung des Hauses ihrer Mutter in der Westside.

Taylors Gesicht war entstellt und aschgrau, als er gegen Bama stolperte.

Bama sagte: „Ruhig, Kumpel. Ich weiß aus eigener Erfahrung, wie weh das tut. Aber bald schmerzt es nicht mehr. Nur noch hin und wieder."

Taylor drehte sich um und funkelte wild zu Bama runter. „Verdammt nochmal, Bama! Noch brauchst du für Jessie Taylor nicht die sorgende Oma spielen."

"Komm, kotz nicht ab, Nigger. Ich hab dich noch nicht hängenlassen ... bisher ... und ich wette, blöd wie ich bin, bleibt das auch so. Du hast dich nicht mehr betrunken seit der Party beim Maulwurf, als du noch ein Teenager warst. Jetzt hast du eine astreine Entschuldigung, dich abzufüllen, und ich hab genug Whiskey, um uns auf den Mond zu schießen."

Taylor grinste, und Arm in Arm gingen sie über den Bürgersteig. Taylor ging auf einen Sprung in seine Zentrale und gab über seine Sprechanlage den Befehl Rachel und Fluffy rund um die Uhr im Auge zu behalten.

Und auf der anderen Seite des Flurs lag eine kurvenreiche schwarze Schönheit in Kongs Bett, die, entgegen den Warrior-Regeln, durch das Schlafzimmerfenster gestiegen war, und verfolgte ungeduldig, wie Kong kokste und mit einer gewichtigen Entscheidung rang. Sollte er Mack Rivers den Tip geben, daß Taylor ihn benutzen wollte, Collucci fertigzumachen?

KAPITEL SIEBZEHN

An einem frühen Abend, eine Woche nachdem Taylor den Trupp zusammengestellt hatte, der ihm bei der Exterminierung Colluccis helfen sollte, hallte die Collucci-Villa wider von Musik und Fröhlichkeit. Man gab eine Gala zu Ehren der Ehemänner des Frauenvereins für ein schöneres River Forest. Die Vereinspräsidentin Olivia Collucci war voller Stolz. Und sie spürte neu aufflammende Zuneigung, weil sie den weltgewandten und charmanten Umgang ihres Mannes mit den eleganten Gästen sah.

Schließlich war der letzte Besucher gegangen. Collucci zog seinen Smoking aus, um ihn gegen Straßenkleidung zu tauschen. Er blickte in den Spiegel der Schranktür und sah Olivias Augen hingerissen auf sich gerichtet. Schräg lächelte er sie im Spiegel an.

Sie kam heran, drückte sich an seinen Rücken und legte die Arme um seine Hüften. Er machte sich frei und fröstelte leicht. Sie knabberte an der Gänsehaut an seinem Nacken. Er griff mit einer Hand nach hinten in ihr Höschen. Sie spreizte die Beine als er mit den Knöcheln sanft ihre Vulva massierte. Sie drückte sein blutgeschwelltes Glied. Er drehte den Kopf und saugte abwechselnd an ihrer Zunge und ihren Lippen. Kam herum und leckte einen erigierten Nippel. Ihre Beine zitterten. Sie löste sich von ihm und sagte schwer atmend mit leuchtenden Augen: „Können deine Geschäfte warten?"

Er starrte ihr im Spiegel in die flehenden Augen und schüttelte den Kopf. „Nein, meine Schöne, wenn wir nicht in Eile sind, ist es besser."

Sie schob schmollend die Unterlippe vor und zeigte wie ein verzogenes Kind auf seinen Schoß. „Sparst du ihn für mich auf und bringst ihn mir bald wieder?"

Er grinste und schmachtete in Sizilianisch: „Wo sonst würde dieser Penner eine Göttin finden, die auf ihn wartet?"

Er trat in den Kleiderschrank und knipste das Licht an. Gedankenverloren betrachtete er die Anzüge und Mäntel aus Kaschmir,

Kamelhaar und anderen kostbaren Stoffen. Die Kleidungsstücke waren in seinen Lieblingsfarben, Anthrazit, Rehbraun und Indigo gehalten. Auch schwarze Kleidungsstücke gab es im Überfluß. Er trug sie in der Kirche und wenn er sich für Hinrichtungen, die er überwachte oder durchführte, entsprechend würdevoll kleiden wollte.

Er hob einen blauen Anzug von der Stange, doch sein Blick wurde von einem schieferfarbenen Anzug gefangengenommen. Seit er bei der ersten Anprobe dieses Stücks beim Schneider in den Spiegel geblickt hatte, war ihm klar gewesen, daß er ihn nie tragen würde. Es hatte ihn an das blutige Loch erinnert, das er in Bobo Librizzis schieferfarbenes Jackett geblasen hatte. Auch jetzt noch schauderte ihm beim Gedanken an Cocios Lügen und Nötigungen, wegen denen er die erste Hinrichtung durchgezogen hatte.

Olivia starrte in sein von Haß und Schmerz entstelltes Gesicht. „Jimmy!" rief sie aus. „Ist alles in Ordnung mit dir?"

Der Trance entronnen grinste er und log mit aufgerissenen Augen: „Klar, mir gehts bestens, Zuckerschnecke. War nur ein ekliger Krampf im Fuß."

Sie zog ihn zum Bett. Lächelnd setzte er sich auf die Bettkante. Sie hockte sich vor ihn und massierte den Fuß, den er in ihren Schoß legte.

Collucci kleidete sich an. Olivia folgte ihm zur Vordertür. Sie hörten, wie Angelo mit dem Caddie in die Einfahrt schoß. Er öffnete die Tür. Sie klammerte sich an ihn.

Sie fragte: „Benehm ich mich albern?"

Er sagte: „Nein ... Warum?"

Sie ließ ihn los. „Ich komm mir albern vor ... weißt du, als ob ich dich wieder richtig lieben könnte."

Dann, furchtsam, die Augen zu ihm aufstrahlend: „Ist es ungefährlich?"

Ihre vorübergehende Hilflosigkeit erinnerte ihn an ihren Kleinmädchencharme und die süße Verwundbarkeit ihrer schwindelerregenden Anfangszeiten. Er empfand seltene Zärtlichkeit für sie und küßte ihre Nasenspitze. „Keine Angst, es ist nur der Schampus, der dich so aufregt", sagte er und tauchte weg vor ihrer zarten Faust, die nach ihm ausholte.

Er grinste sie an und ließ sich in den Rücksitz des Caddie fallen. Angelo chauffierte ihn zu einem Treffen mit dem Westside-Captain Cono Spino, seinem heimlichen Verbündeten.

Collucci dachte daran, daß Phil und sein Cousin Lollo jetzt schon seit zehn Tage tot und auf dem Mafia-Friedhof begraben waren. Angelo hatte sie nur einmal erwähnt. Collucci war neugierig. Warum nicht öfter? Er nahm sich vor, es herauszufinden, und erwog, die Angelegenheit mit Spino zu überdenken.

Angelo sagte: „Entschuldigung, wenn ich mein Maul aufreiße, Mr. ... Jimmy. Ich kann einfach nich vergessen, daß dieser Spino nix als n Strohmann in ner Zockerkneipe war, bevor Mr. Tonelli ihn auf Betreiben von Mr. Cocio aufgelesen hat. In zehn Jahrn is er n hohes Tier geworden. Ein *capiregime,* wie Sie, mit ner eigenen *borgata* ... vielleicht is er nich zuverlässig ... vielleicht schuldet er Mr. Cocio zuviel."

Collucci lachte: „Angelo, das siehst du ganz falsch. Spino kriegt zwanzig Prozent der Nettoeinnahmen aus Karten- und Würfelspielen, Lotterien und Wetten auf der Westside."

Er machte eine Pause und zuckte die Achseln.

"Spino ist sehr unzufrieden mit den zwanzig Prozent und leckt sich die Finger danach, mein Unterboß zu werden. Seine strahlende Zukunft hängt davon ab, daß die Bosse aus dem Weg geräumt werden ... Spino kann man trauen."

Collucci bemerkte, daß nach wie vor Sorgen Angelos Gesicht furchten, als der Caddie sich seinen Weg durch das Neondickicht der Westside bahnte.

Collucci rechnete laut: „Spinos *soldati* und meine, das sind zusammen vierhundert, vierhundertfünfzig bis -sechzig ... und nur siebzig *soldati,* die den Bossen gegenüber loyal sind. Also, Kopf hoch, alter Freund."

Angelo grinste: „Ja, ich denke, Sie ham die Bosse bei den Eiern."

Collucci sagte: „Und es gibt noch ein dickes Ei, das Spino und ich aus Sizilien importiert haben."

Angelo wollte erneut den Mund aufmachen, aber Collucci runzelte die Stirn und meinte: „Angelo, wir sollten unsere Augen gebrauchen und nicht soviel quatschen. Ich glaube, wir sind vor ungefähr zweihundert Metern an Spinos Hauptquartier vorbeigefahren."

Angelo wendete und fuhr zurück. Er bog in eine breite Einfahrt, und die Scheinwerfer bestrahlten ein Schild über einem drei Meter hohen Stahlgittertor: *Altersheim zur Heiligen Mutter.*

Ein Wachmann, dem zwei 45er von der pulloverumhüllten Taille baumelten, legte in seiner Kabine eine Zeitschrift beiseite. Während er kurz in ein Telefon sprach, überprüfte eine bewegliche Fernsehkamera den Caddie und seine Insassen. Der Wachmann drückte einen Knopf. Das Tor schwang auf.

Angelo fuhr auf das fast zehn Hektar große und sechs Meter hoch betonummauerte Grundstück. Wie eine Ewigkeit schien die Fahrt durch einen langen, schwarzen Tunnel aus windgepeitschten Bäumen, die in der heulenden Einöde schwankten und ächzten. Dann, plötzlich, rollte der Caddie auf eine kreisförmige, taghell erleuchtete Fläche. In ihrer Mitte lag ein einstöckiges Gebäude, grau wie ein Steinsarkophag. Angelo fuhr eine kiesbedeckte Einfahrt hinein und brachte den Caddie vor steinernen Stufen zum Stehen.

Sie gingen die Stufen hoch, und die Haustür öffnete sich. Der untersetzte Spino, untadelig in blauem Mohair-Zweireiher, begrüßte sie mit warmen sizilianischen Willkommensworten und Umarmungen.

Angelo legte den Mantel ab und ließ sich im Vorraum in einen voluminösen Sessel fallen. Er griff eine alte *Playboy* -Nummer und blätterte zum Centerfold.

Collucci wurde von Spino, einen hochglanzpolierten Flur entlang, in Richtung Büro geleitet.

Spino blieb stehen und deutete auf eine Tür. Durch ein gläsernes Rechteck lugte Collucci auf eine große Anzahl illegaler Einwanderer aus Sizilien. Einige rekelten sich auf Sofas und verfolgten Schießereien im Fernsehen. Andere saßen oder standen an Billard-, Karten- und Dominotischen und kiebitzten den Spielern über die Schulter.

Collucci wandte sich ab und fragte: „Die sind alle sauber?“

Spino nickte. „Ebenso wie die vor ihnen. Es liegt absolut nichts gegen sie vor. Und genauso, wie die vor ihnen, haben sie spezielle Fertigkeiten, die in den Bäckereien, Restaurants und Fleischereien der Familie von Nutzen sind. Einer von denen, die du gesehen hast, ist ein As in Blütenmachen, in Pässen und in Aktienzertifikaten, die man als Bürgschaften für fette Kredite hinterlegen kann."

Spino trat in ein walnußholzgetäfeltes Büro. Er kippte einen Wandschalter und ein dreistöckiger Kronleuchter explodierte wie eine kristallene Brandbombe. Spino wirkte zwergenhaft, wie er sich hinter den massiven Schreibtisch setzte.

Collucci stieß Rauch aus und sagte: „Jetzt sind die ja bester Laune... aber wenn sie eine Weile für n Kulilohn geschuftet haben?"

Spino wackelte mit dem Puppenkopf. Sein breiter Mund lächelte zuckersüß. „Die wissen, daß ein Anruf bei der Einwanderungsbehörde sie in ihre Drecklöcher in Sizilien zurückbefördert. Und sie sind sich klar darüber, daß die Ehrenwerte Gesellschaft für Verräter die ganze verdammte Welt auf die Größe eines Sarges schrumpfen lassen kann."

Collucci fragte: „Sind sie über Mexiko gekommen?"

"Nein", sagte Spino. „Diese hier sind von Windsor aus mit dem Motorboot nach Detroit gekommen."

Er hob ein als Brieföffner dienendes Stilett hoch. „Aber bald werden noch viel mehr aus beiden Richtungen kommen. Wir brauchen sie, um die *soldati* zu ersetzen, die abstinken, wenn wir die beiden alten Bastarde pensionieren."

Collucci sagte: „Tonellis Kopf verfault zwischen den Schenkeln seiner Braut. Jetzt heult er schon wie eine Fotze, weil die Rotznasen in Harlem Smack drücken. Und, Cono, ich wette zehn zu fünf, daß dem Saftarsch Cocio noch immer seine Mama den Hintern versohlt, wenn er überkackt."

Sie lachten.

Dann glitzerten Spinos Augen erregt, als Collucci sagte: „Cono, ich bin sicher, du hast keine Zweifel gehabt, dich aber doch vor einem Jahr über mein Versprechen gewundert, eine idiotensichere Quelle für reines Dope aufzutun."

Nach einer Pause: „Ich will mit dir in allen Angelegenheiten ganz offen sein und bin sicher, du bist es auch mit mir. Ich habe in naher Zukunft in Rom ein Treffen mit einer einflußreichen Regierungsclique. Dort wird die Überwachung und Konzessionierung eines pharmazeutischen Unternehmens festgelegt, das für die Drogenseite unserer Partnerschaft tonnenweise Ware produzieren soll. Ich biete dir an, gleichberechtigt einzusteigen.

Unsere Emigranten werden dann nicht nur Kulis sein, sondern außerdem als Mulis die Kilos befördern. Ist das nicht die perfekte Organisation, Partner?"

Spino sprang wie ein Kastenteufelchen aus seinem Sessel.

Er trat um den Schreibtisch herum, um Collucci die Hand zu drücken, und rief dabei aus: „*Exquisita! Exquisita!*"

Auf Zehenspitzen ging er zum Kamin und schob über dem Sims eine Reproduktion vom *Letzten Abendmahl* zur Seite. Durch eine verspiegelte Gasscheibe sah Collucci ein halbes Dutzend nackter Paare, die in bernsteinfarbenem Licht zechten und lachten.

Mit traumverhangenen Augen saßen sie auf einer goldenen Atlascouch und riesigen Seidenkissen, verstreut auf dem schneeweißen Teppich des abgesenkten Raums. Das strahlende Lächeln der Männer erwärmte weder ihre eiskalten Augen, noch maskierte es die Grausamkeit und Bedrohlichkeit, die ihre dunkelhäutigen Gesichter zeichnete.

Spino beantwortete Colluccis unausgesprochene Frage. „Das sind Überlebende der Bomato-Familie ... wie du weißt, seit zwei Generationen Siziliens beste Kontraktkiller. Ihr Talent werden wir im letzten, schwierigsten Teil unseres Plans benötigen."

Collucci zögerte, bevor er nickte.

„Ich habe gedacht, diejenigen, die nicht vor Jahren bei dem Carabinieri-Massaker in Palermo draufgegangen sind, hätten mehrmals lebenslänglich bekommen."

Spino grinste. „Stimmt. Aber mit genügend Lire, um einen Heiligen in Versuchung zu führen ..." Er warf seine winzigen Hände in die Luft und simulierte seufzend Hilflosigkeit.

„Die unehrenhafte Entlassung des Aufsehers war bei der Summe vermutlich kein zu hoher Preis."

Sie kicherten. Collucci schob *Das letzte Abendmahl* wieder übers Guckloch.

Während sie den Flur entlang in Richtung Haustür gingen, sagte Spino: „Ich halte sie hier bei Laune, während sie auf Arbeit und bessere Bezahlung als in Sizilien warten. Sie kriegen gutes Essen, schicke Anzüge, die besten Fotzen aus meinen Puffs oben im Norden und erstklassigen Vino aus der alten Heimat ... und ich hab sie davon überzeugt, daß die hohen Mauern und die Wächter nur zu ihrem Schutz da sind."

Sie lachten herzlich über den Scherz.

Collucci beschrieb mit dem Zeigefinger einen Kreis an seiner Schläfe. „Wir müssen uns gut überlegen, was wir mit diesen Djangos machen ... wenn sie ihre letzten Jobs ... wenn die alten Schwanzlutscher von der Kommission pensioniert worden sind."

Spino wies mit dem Daumen hinter sich. „Sollen wir die Bomatos gegen Cocio, Tonelli und den Kaffer einsetzen?"

Collucci knöpfte seinen blauen Kaschmirmantel zu. „Ja, bei Cocio. Dem reißen wir als nächstes den Arsch auf. Zeit und Ort geb ich dir durch. Taylor und Tonelli sind mein Privatvergnügen."

Er schüttelte Spino die Hand, öffnete die Tür, um hinauszutreten, und eine eisige Windbö trieb ihm Tränen in die Augen.

Spino berührte ihn am Arm. „Kanonen für Cocio?"

Colluccis gelbliche Augen verhärteten sich. „Nein! Eine Schlange muß in Stücke gehackt und ihr Kopf zu Brei zerquetscht... und danach für Polizei und Presse wie eine Tunte mit BH und Höschen rausgeputzt werden."

Spino sah Collucci tief in die Augen und fragte weich: „Wird dein alter Freund Bellini auf unserer Seite sein?"

Collucci stand eine ganze Weile wie eine Statue, bevor er barsch sagte: „Wird er. Oder er ist aus dem Rennen."

Als er ins Freie trat, wurden Spinos mahnende Worte fast vom rauhen Wind übertönt. „Sei vorsichtig, Giacomo! Wir dürfen bei Tonelli und der Kommission nicht den geringsten Verdacht wecken."

Collucci lächelte trübe. „Cono, wer will schon seine verdammte Welt zusammenschrumpfen sehen?"

Spino schloß die Tür. Collucci verspürte Euphorie, als er die Stufen hinunter zum Auto ging und sich vorn neben Angelo setzte.

KAPITEL ACHTZEHN

Angelo lotste den Caddie durch den Teil der Westside, der vor Jahren das Terrain von Colluccis Sicilian Knights gewesen war. Collucci schaltete das Radio ein und drehte es auf eine Aufnahme von Beverly Sills. Sie sang die Titelrolle von *Aida*.

Colluccis Armbanduhr zeigte ein Uhr nachts. Er streckte die Beine aus und zog sich die Krempe seines grauen Hutes über die Augen, zum Schutz vor den Scheinwerferlanzen entgegenkommender Fahrzeuge.

In Gedanken überprüfte er sein Treffen mit Spino mikroskopisch genau auf eventuell überhörte Anzeichen eines unreinen Herzens. Er bemerkte, daß der Caddie an den Straßenrand fuhr und anhielt. Er schob seinen Hut nach hinten und saß aufrecht, als Angelo an ihm vorbei auf einen drahtumzäunten Schrottplatz deutete. Das Areal nahm fast den Platz eines ganzen, ehemals von wohlhabenden Italo-Amerikanern bewohnten Häuserblocks ein. Collucci wunderte sich, warum zum Teufel Angelo von einem Haufen Wracks so fasziniert war.

Sobald Angelo sagte: „Ein Großteil davon war mal Eigentum Ihres Schwiegervaters", erinnerte sich auch Collucci.

Angelo setzte den Caddie wieder in Bewegung.

Collucci fragte: „Wie zum Teufel ...? Sogar Tonelli selbst wäre daran vorbeigefahren."

Angelo grinste. „Lollo und ich ham mal in dem alten rosafarbenen Haus da drüben, das jetzt dem Einsturz nahe is, nen affengeilen Bruch gemacht. Die Besitzer lungerten zur selben Zeit bei der ersten Krönung des Krüppelkönigs* im Weißen Haus rum."

Sie schmunzelten.

Collucci brachte Beverly Sills zum Schweigen. Er zog sich die Hutkrempe über die Augen, damit Angelo den Mund hielt.

Während Angelo gebieterisch durch die Nacht kurvte, entspannte Collucci sich beim flüsternden Pianissimo der Reifen.

* Franklin D. Roosevelt

Er rekelte sich und blinzelte in die windigen Straßen, verlassen bis auf die Phantome, die sein Gedächtnis kitzelten. Seine Gedanken begannen, sich in den Schmerz zu fressen, den er einst durch Cocio und Tonelli erlitten hatte. Er dachte an seinen letzten Tag im Krankenhaus nach der blutigen Sache mit Tonellis *soldati*.

Am Nachmittag nach seiner Entlassung war Collucci vom Krankenhaus direkt zu Cocios Wohnung spaziert. Eine Stunde früher, als die Tonelli-Limousine ihn zu seinem Auto bringen sollte, das auf Tonellis Anwesen abgestellt war. Er ging in der Julihitze die halbe Meile bis zu Cocio zu Fuß. Er wollte seine Gedanken sammeln und seine Kräfte erproben.

Cocio öffnete die Tür. Er entließ gerade eine teeniegesichtige Braut, die mit einem sehr erwachsenen Hinterteil wackelte und bis an die Kiemen geschminkt war. Sie warf Collucci heiße Blicke zu und rieb ihre ausladenden Brüste an seinem Jacket.

Sie kläffte: „Komm, Geizkragen, gib mir noch n Fünfer für n schickes Paar Baby Dolls; oder ruf mich nie wieder an."

Cocio schob sie unsanft ab. Er zeigte Collucci die Zähne, als dieser ins Wohnzimmer trat und sich aufs Sofa setzte. Durch seine verschwitzten Leinenhosen spürte Collucci das Prickeln der Roßhaarfüllung. Nervös rutschte er unter Cocios starrem Blick hin und her.

Mit verschlagenem Lächeln sagte Cocio: „Jimmy Collucci, der Wunderknabe. Den ersten Tag draußen, und schon hier. Um mir zu sagen, ich soll in den Abendzeitungen nachlesen, wie du deinen ersten Knochen geknackt hast. Na? Messer oder Knarre?"

Collucci sah ihm in die Augen.

„Mr. Cocio, ich bin hier, damit Sie mir jemand anderen nennen, mit dem ich meinen Einstand geben kann."

Cocio warf den Kopf in den Nacken und lachte.

„Das müßte Mr. Bellini sehen, wie sein heißgewichster Liebling vorm Gesellenstück kneift."

Colluccis Miene verhärtete sich.

„Geben Sie mir einen anderen Typ?"

Cocio runzelte die Stirn und die Spitze seines blauschwarzen Haaransatzes kräuselte sich.

„Kommt nicht in Frage. Librizzi und sonst keiner."

Collucci schüttelte störrisch den Kopf.

Cocio stand auf und stierte ihm ins Gesicht. „Soll das heißen, daß du dich Mr. Bellinis Wünschen widersetzt?"

Collucci erhob sich und sah runter auf den Knirps.

„Das soll heißen, ich werd mir Mr. Bellinis O.K. besorgen, mir mit jemand anderem meine Sporen zu verdienen."

Cocio wieherte und sagte: „Wach auf! Du bist bloß mein Hampelmann in einer Bande von rotznasigen Autoknackern. Du gehörst nicht dazu. Selbst wenn, könntest du dir schneller ne *udienza* bei F.D.R. verschaffen als bei Mr. Bellini Gehör finden. Sogar ich kann ihm nur auf dem Umweg über Mr. Tonelli mit einem Problem kommen."

Collucci wurde blaß und starrte auf Cocio.

Er murmelte: „Wieso Bobo?"

Barsch sagte Cocio: „Ich hab meine guten Gründe, aber die gehen dich verdammt nochmal nichts an."

Er lächelte und senkte die Stimme. „Könnte doch sein, Mr. Bellini hat die Typen gesehen, die du aufgemischt hast, und hat deinen Mumm überschätzt. Ich sollte ihm stecken, daß das, was du vorgeführt hast, womöglich eine Art Wunder war. Vor allem wenn man bedenkt, daß dein Alter mehr Schiß hatte als ne Braut."

Wie von einer Faust getroffen taumelte Collucci bei der Erwähnung der allseits bekannten Feigheit seines Vaters.

Cocio straffte sich angesichts Colluccis abgedrehter Miene. Er trat zurück, um, falls nötig, die 45er Automatik unter seinem Morgenmantel ziehen zu können.

Schließlich tanzten Worte aus Colluccis zugeschnürter Kehle: „Mr. Cocio, ich will nicht respektlos sein, aber ohne Scheiß, wenn Sie diese miese Fotze mir gegenüber nochmal erwähnen, geht einer von uns dabei drauf. Ich hab das Zeug, es mit jedem aufzunehmen, jederzeit. Ich hab sogar den Mumm, auf diese Entfernung gegen Ihr Schießeisen anzutreten. Das können sie mir glauben."

Sie starrten einander an, bis Cocio mit den Achseln zuckte und beschloß, eine andere Taktik anzuwenden.

Nachgiebig sagte er: „Sicher glaube ich, daß du es versuchen würdest ..."

Er zog eine Schachtel Zigaretten aus der Tasche seines Morgenmantels und hielt sie Collucci hin.

Sie gaben sich Feuer, und Cocio meinte: „Vergiß Librizzi. Ich werde den verräterischen Bastard von Ya Ya umlegen lassen."

Collucci sah seinen Stolz und sein Image in Gefahr, falls sein Erzrivale Ya Ya Frazzio den Job übernahm, den er abgelehnt hatte. Am schlimmsten aber wäre, sie glaubten, er sei feige. Und dann, konnten es sich Ya Ya und Cocio leisten, ihn, bei soviel Mitgefühl mit dem Opfer, am Leben zu lassen?

Collucci rückte dicht an Cocio heran, um dessen Miene zu studieren und fragte: „Wo hat er ausgepackt?"

Kein Muskel zuckte in Cocios Gesicht, als er log: „Er will vor einem geheimen Geschworenengericht quatschen, das Verbindungen zwischen Jugendgangs und organisiertem Verbrechen ausschnüffelt ... den Tip haben wir von einem hohen Tier in der Stadtverwaltung... das mit Librizzi ist eine todsichere Sache."

Collucci sagte: „Ich kenn den Typ fast mein ganzes Leben lang, und keiner kann mir erzählen, daß er so einfach da hinlatscht und ne Lampe baut."

Cocio meinte: „Der Informant hat gesagt, sie hätten ihn vor zwei Wochen in Stickney kalt mit einem heißen El Dorado erwischt. Das Gericht will die Anzeige und den Verstoß gegen die Bewährung untern Tisch fallen lassen, wenn er das Maul aufmacht."

Leise sagte Collucci: „Ich mach es."

„Es muß bald passieren. Er könnte schon morgen vorgeladen werden."

Dann fügte Cocio hinzu: „Kommst du an eine saubere Knarre ran?"

Collucci nickte.

„Paß auf, daß er es nicht schnallt wegen irgendeiner Veränderung in deiner Mimik oder wie du dich bewegst. Und denk dran, keine Zeugen. Und hübsch wirds sein, wenn du ihm die Knarre von hinten, an die Nuß, unter den Höcker rammst, wenn du abdrückst. *Capisce*?"

Collucci nickte feierlich.

Cocios Augen strahlten vor Siegesfreude, als er hinzusetzte: „Ich hab dich nicht nur ausgewählt, damit du dir deine Sporen verdienst, sondern auch, weils einfach für dich sein wird ... er vertraut dir, äh, hm?"

Collucci sagte: „Er vertraut mir."

Cocio folgte ihm an die Tür und streckte die Hand aus. Collucci zögerte einen winzigen Augenblick.

Während des Handschlags meinte Cocio: „Wenn man geschäftlich, freundschaftlich oder sonstwie miteinander zu tun hat, macht man sich immer mal gegenseitig an. Laß uns also den heutigen Streit vergessen. Hm?"

„Schon vergessen", sagte Collucci und trat nach draußen.

Cocio strich sich gedankenvoll übers Ohrläppchen und folgte ihm. Collucci blieb stehen und drehte sich um.

Cocio sagte: „Hör mal, der wohnt doch bloß einen Block von der Müllkippe entfernt. Da kannste ihn hinlocken und umlegen. Häuf ne Menge Mist über ihn ... die Millionen von Ratten nagen ihn bis auf die Knochen ab. Vielleicht wird er gar nicht identifiziert, falls man ihn findet."

Collucci neigte den Kopf und schritt in brütend heißer Sonne den Weg hinunter. Er holte seinen Buick und fuhr nach Hause, um ein Bad zu nehmen und sich auszuruhen.

Gleich nach dem Essen mit Olivia in der Tonelli-Villa kehrte Collucci an jenem Abend in sein Appartement zurück, um das Librizzi-Ding zu planen und sich vorzubereiten. Er saß am Fenster seines abgedunkelten Wohnzimmers und spähte durch ein Fernglas auf Angelo, Lollo, Phil und ihre Mädchen, die, wie üblich, auf der anderen Straßenseite in einer Billard-Bar aßen und herumschäkerten.

Es war früh, erst zehn, nach seiner Uhr.

Eine Minute später hatte Bobos Freundin Carlotta Fugatti, eine blonde Schönheit, ihren Auftritt. Mit einem gebrauchten, blauen La-Salle-Coupé, das Bobo ihr geschenkt hatte.

Sie setzte sich allein an einen Fenstertisch und nippte an einer Gin-Cola.

Collucci hatte seine Planung abgeschlossen. Er trank starken roten Vino wie Wasser und schürte giftige Wut. Vielleicht erwischte er Bobo zuhause. Er wollte nach dem Telefon greifen, als das Ding klingelte.

Einen Moment lang brachte ihn Bobos Stimme aus der Balance. Bobo sagte, er wolle Collucci in der Billard-Bar treffen und das affengeile Gras mit ihm teilen, das er aufgetrieben hatte.

Collucci meinte: „Bo, irgend jemand hat auf mich geschossen. Ich hab einen Tip gekriegt, daß Ya Ya es gewesen sein könnte, der uns am Arsch hängt. Geh rüber zur Ostseite der Müllkippe, und paß auf, daß dir keiner folgt. Ich bin in einer Viertelstunde da."

Er lauschte gespannt, als Bobo sagte: „Okay, Jimmy. Ich komm. Ach so, was ist mit Carlotta? Ich bin mit ihr in der Billard-Bar verabredet."

„Besser ist, wenn keiner schnallt, was läuft, falls Ya Ya in der Nähe ist. Also ruf sie nicht an. Ich setze eine von den Bräuten aus der Nachbarwohnung in Marsch, wenn du ihr was ausrichten lassen willst."

Bobo sagte: „Prima. Laß ihr sagen, sie soll abhauen. Ich ruf sie später zuhause an."

Collucci nahm Carlotta fünf Minuten durchs Fernglas aufs Korn. Um zu überprüfen, ob Bobo ihn anschiß. Sie wurde nicht ans Telefon gerufen.

Dann schob er eine zweiunddreißiger Automatik hinten in seinen Hosenbund und zog sein Sommerhemd über den Gürtel.

Auf dem Weg zu Bobos letzter Ruhestätte, fühlte Collucci stechende Reue angesichts von Bobos zehn jüngeren Geschwistern. Singend und lachend warteten sie auf dem Treppenabsatz, daß ihre Mutter von der Spätschicht nach Hause kam. Zwei Blocks weiter, sobald er an dem baufälligen Holzhaus vorbeifuhr, das von den Schreien der eigenen Mutter und Schwester widergehallt hatte, fühlte er sich völlig mies.

Eine halbe Meile weiter verpestete der Gestank der Müllhalde die Sommerluft. Collucci parkte den Buick in einer zwei Blocks entfernten Seitenstraße. Schon hundert Meter vor der Kippe wurde ihm vom quiekenden Getöse der Ratten übel. Sein Fleisch kribbelte, als er am Rande der Grube stand und das laute Rascheln ihrer Zähne und Körper hörte, die sich durch das Meer aus Fäulnis nagten.

Beim Geräusch von Schritten drehte er sich, vom Vino auf den Hacken wippend, um.

Da stand Bobo, herausgeputzt in schiefergrauer Gabardine. Er zeigte sein Grübchenlächeln. Die Augen im Licht des Vollmonds groß und unschuldig.

Sie sagten „Hi" zueinander.

Collucci dachte: *Keiner sollte die verdammte Mona Lisa kaltmachen müssen.*

Die Glut des Joints, den Bobo ihm reichte, erinnerte ihn an den feurigen Achat, den er Bobo, als sie beide fünf Jahre alt waren, im Tausch gegen eine zerbrochene, geklebte Glasmurmel abgeluchst hatte.

Er füllte seine Lungen mit dem beißenden Rauch und dachte daran, wie Mrs. Librizzi sie mit dem Besen vermöbelt hatte. Im selben Herbst, als die Mütter sie im Kindergarten angemeldet hatten. Sie hatte beide ertappt, wie sie im Keller ihre Glieder rieben.

Er gab den Joint zurück und beobachtete Bobos Gesicht, der sagte: „Ich glaube, wir kümmern uns lieber noch heute nacht um Ya Ya, bevor er versucht, uns naß zu machen ... hast du deine Kanone mit?"

Bobo grinste. Er zog einen vernickelten, kurzläufigen Revolver. Funkelnd in seiner Handfläche.

„Mein zweitbester Freund", sagte er, bevor er ihn wieder in die Gesäßtasche steckte.

Er drehte sich um.

„Ich hab gerade nach deiner Karre gesucht ..."

Collucci schob sich ein paar Zentimeter dichter ran, ohne die Füße zu heben. Er mußte einen mörderischen Zorn in sich entfachen, um Bobo erledigen zu können.

Er schüttelte den Kopf und sagte: „Die ist da drüben geparkt ... brauchst du vielleicht eine Brille, Bo?"

Bobo stand lange schweigend und fragte sich, ob Colluccis Stimme wirklich einen fremden, rauhen Unterton gehabt hatte. Und außerdem, warum Collucci sich ausgerechnet an der stinkenden Müllkippe mit ihm hatte treffen wollen.

Er sagte: „Meine Glotzer sind in Ordnung, aber wir kriegen beide die galoppierende Schwindsucht, wenn wir den ganzen Mist hier einatmen."

Collucci erwiderte: „Du ... wir können nicht ewig leben, Bo."

Bobo meinte: „Wir könnens versuchen ... glaubst du, Carlotta war sauer, daß ich nicht aufgekreuzt bin?"

Collucci verzog die Unterlippe.

„Bobo, du brauchst auch für deinen Verstand eine Brille, wenn dir nicht klar ist, daß die Braut sogar dann nicht aussteigt, wenn du ihr auf die Titten kackst. In die Reinigung will sie nicht wieder zurück."

Bobo tröstete sich, daß Colluccis merkwürdige Stimmung vom Grasrauchen kam.

Nervös fragte er: „Das Zeug ist ziemlich gut, was, Jimmy?"

Während Bobo ihm die glühende Kippe hinhielt, sagte Collucci: „Das Heu turnt mich überhaupt nicht an."

Bobo zog an dem Stummel und sagte: „Ich hab mir gedacht ..."

Collucci meinte: „Ach Scheiße!"

Bobo stieß den Rauch aus. „Ja, ich hab mir gedacht, der Kerl hat n Schatten, der dir erzählt hat, Ya Ya wär scharf auf n Showdown. Der hat doch nur n paar Figuren, auf die er zählen kann ... der Typ ist zu gewieft, um seinen Arsch zu riskieren, wenn er so gut wie keine Chance hat."

Collucci observierte Bobos Gesicht und sagte: „Halt den Rand und stell die Lauscher hoch, Bo. Ya Ya will sich bei den Greifern über mich auslabern und meinen Platz einnehmen ... Mr. Cocio hats von ganz oben."

Er hatte die Augen halb geschlossen und Bo kaute verwirrt auf der Unterlippe. Ya Ya konnte doch nicht so blöd sein, daß er versuchte, Collucci mit nem Stinkfinger bei den Bullen anzuschmieren, um seinen Posten zu kriegen. Jeder in der Autoknackerbande wußte, daß Mr. Cocio den besten Draht zur Stadtverwaltung hatte.

Störrisch schüttelte er den Kopf. „Jimmy, ich kann mir vorstellen, daß Ya Ya Scheiße baut, aber bestimmt keine so dünne."

Ein Hauch von Colluccis Atem stieg in Bobos Nase, als der sich etwas näher an ihn heranschlängelte.

Bobo meinte: „Laß uns zu mir auf die Bude gehen, Jimmy, und da weiterreden, dann kann ich Carlotta anrufen."

Colluccis Stimme war schrill und ein bißchen undeutlich, wie er sagte: „Wann hast du zum letztenmal deine alte Dame angerufen? Weißt du nicht, daß deine alte Dame, die sich für vierzig die Woche abschuftet, wichtiger ist als so ne billige Braut ... weißt du das nicht, Arschloch?"

Bobo schreckte zurück vor Colluccis verzerrtem Gesicht und flackernden Augen.

Er murmelte: „Also Jimmy, jetzt mach halblang, ja? Carlotta ist nicht einfach irgend ne Braut, die ich bumse. Wir wollen nächsten Monat heiraten, wenn ihre Scheidung unter Dach und Fach ist."

Hart sagte Collucci: „Du blöder Hund, die abgewrackte Schlampe würde sogar einen Kaffer heiraten, wenn der Schotter hätte."

Bobo prallte zurück. „Mann, Jimmy! Hör auf mit Carlotta, ja? Ich weiß aus erster Hand, daß sie noch nicht von vielen Typen gevögelt worden ist ... Sie is erst sechsundzwanzig."

Kichernd sagte Collucci: „Wenn alle Schwänze, die sie schon drinhatte, aus ihr rausgucken würden, säh sie aus wie ein verficktes Stachelschwein."

Bobos Augen flatterten nervös, aber er sagte entschlossen: „Laß sie in Ruhe, Jimmy."

Mit gespreizt herabbaumelnden Händen, wie ein Uralt-Westernheld, sagte Collucci: „Zwing mich, Blödmann! Du hast ne Knarre ... Los doch!"

Bobo sagte: „Bist du völlig durchgeknallt? Ich verpiss mich jetzt."

Er ging mehrere Schritte rückwärts, den Daumen in die Tasche gehakt, in der sein vernickeltes Schießeisen steckte.

Collucci sagte: „Verteidige dich, du Sack", und glitt auf den Fußballen näher heran.

Er grinste breit, mit gelblichen, unwiderstehlichen Augen, wie ein zum Greifen naher Mond.

Bobo glich einem irre blickenden Vogel unter der Hypnose einer Klapperschlange.

Aus einem Meter Entfernung höhnte Collucci: „Was ist los, hast du zusammen mit deinem Schneid auch deine Stimme verloren?"

Bobo keuchte: „Hab ich nicht ... Laß mich in Ruhe, Jimmy ... Ich kann nicht mit dir reden."

Collucci sagte: „Dann stell dir einfach vor, ich wär das geheime Geschworenengericht, du mieser Spitzel!"

Den totalen Schock, der sich auf Bobos Gesicht bei dieser Anschuldigung breitmachte, legte er als totsicheres Schuldgeständnis aus.

Sobald Collucci angriff, langte Bobo nach seiner Knarre. Er trat zurück, um sie zu ziehen, stolperte und krachte flach auf den Rücken.

Collucci kickte ihm die Kanone aus der Hand. Bobo lag und glotzte hoch zu Collucci, der mit seiner zweiunddreißiger Automatik auf seinen Kopf zielte.

Bobo flehte: „Bitte, Jimmy! Tus nicht! Dir hat jemand nen falschen Tip gegeben!"

Collucci runzelte die Stirn vor Wut auf sich selbst. Sein Finger, sein gottverdammter Abzugsfinger, war paralysiert ... wollte nicht gehorchen, dem Singvogel das Gehirn wegzupusten.

Bobo holte plötzlich mit dem Bein aus, knallte den Absatz gegen Colluccis Kniescheibe und rollte sich auf die Knarre zu.

Collucci knickte auf die Knie. Das Stakkatogewitter seiner Automatik ließ die Luft erzittern und brachte die Rattengrube zum Schweigen.

Bobo, bis auf ein Blutrinnsal auf der Wange unbeschadet, zielte mit seiner schimmernden Waffe auf Colluccis Bauch.

Die Automatik spuckte orangefarbene Blitze und Bobo starb mit einem sauberen Dreieck von Löchern in der Stirn. Dann feuerte Collucci in das schiefergraue Jackett über Bobos Herz.

Collucci rappelte sich hoch und nahm Bobo Ausweise, Armbanduhr und Ring ab. Die Klamotten würde er im Heizkessel seines Appartementgebäudes verbrennen.

Hinkend, um sein pochendes Knie zu schonen, zerrte er die Leiche an den Rand der Rattengrube. Er ließ sie hineinrollen und lauschte schwer atmend dem fürchterlichen Getöse der Ratten, die sich an ihr Festmahl machten.

Er ging zu seinem Auto und kämpfte Schuldgefühl und Reue nieder, indem er Bobo selbst für seinen Tod verantwortlich machte. *Er hat versucht, mich umzulegen. Der lausige Schweinehund hat sich seinen Verrat und seinen Tod selbst zuzuschreiben. Er war dumm und schuldig, deshalb mußte er abtreten.* So neppte Collucci sein Gewissen.

Mehrere Tage später, als die Überreste von Bobo Librizzi ins Grab gesenkt wurden, sah Collucci, wie Cocio die theatralisch trauernde Carlotta tröstete. Eine Woche danach sah er Carlotta am Steuer eines neuen La-Salle. Er folgte ihr zu einer eleganten Bar in einem Hotel am Loop. Etliche Cocktails später beobachtete er, wie die beiden mit offenkundigem Ziel den Aufzug betraten.

Über eine Stunde brütete er auf der anderen Straßenseite in seinem Auto. Benommen vor Reue und Wut, daß er Bobo umgelegt hatte, nur weil Cocio auf die Schlampe Carlotta scharf gewesen war. Er beschloß, auf den Moment hinzuarbeiten, in dem er Cocio auslöschen und Bobos Tod rächen konnte.

Nach der feierlichen Hochzeitszeremonie in der Kirche, wurden Collucci und Olivia, die Frischvermählten, mit einem Fest auf dem Tonelli-Anwesen geehrt. Selbst ein Caesar hätte es nicht so schnell vergessen. Collucci bemerkte, daß Cocios Frettchenaugen vor Neid und Haß glitzerten.

In einem verkleinerten Nachbau des Kolosseums labten sich die Gäste an erstklassigen gegrillten Steaks, Hummern, Muscheln, Würstchen, Käse, riesigen schwarzen Oliven und Artischockenherzen. Zum Abschluß gab es französisches und italienisches Gebäck sowie gefrorene, zu Skulpturen geformte und üppig garnierte Desserts. Bier und Scotch flossen in Strömen.

Aus kristallenen Springbrunnen sprudelte und schäumte französischer Champagner. Sein plätscherndes Regenbogenfunkeln ließ die Papiermachésäulen wie reinsten Alabaster glänzen. In der Mitte stand der Hochzeitskuchen. Eine ein Meter fünfzig hohe Nachbildung des Vatikans, gekrönt mit einer Figurengruppe aus Braut, Bräutigam und Priester.

Gangsterbosse aus sechs Bundesstaaten und ihre Lakaien lachten und tanzten mit ihren Frauen nach der Musik des Orchesters. Weisen aus der alten Heimat klangen durch die Nacht.

Dann wurde das Bankett aus der Mitte der Arena geräumt. Kräftige Mafiosi rangen in Gladiatorenkostümen. In realistischen Kämpfen ließen sie für die bewundernden Zuschauer Knüppel und Schwerter gegen Schilde scheppern.

Aufrecht stand Collucci neben seiner in pfirsichfarbenen Atlas sensationell gewandeten Braut. Mafiosi defilierten in langen Reihen. Mit Küssen für Olivia und Glückwünschen sowie mit Papiergeld prall gefüllten Briefumschlägen für Collucci.

Nach vierzehn Tagen Flitterwochen in Mexiko bezogen Collucci und Olivia die Villa in River Forest, Joe Tonellis Hochzeitsgeschenk. Luxuriös eingerichtet und, bis auf die Steuern, voll bezahlt. In derselben Woche wurde Collucci zum Chauffeur von Oberboß Bellini berufen.

Bereits nach einigen Einkaufstouren und einem Campingausflug in die sattgrüne Wildnis von Wisconsin hatten Frank und Angelita Bellini Collucci in ihr Herz geschlossen wie einen leiblichen Sohn.

Collucci seinerseits war stolz und voller Bewunderung, wenn er mit Bellini auf dem Beifahrersitz, gefolgt von mit Leibwächtern bemannten Autos, Little Italy auf der Westside besuchte.

Hausfrauen aus Fenstern lehnend und tratschend, knackärschige Bräute, Straßenarbeiter, Diebe, Kinder, die in den belebten Straßen Baseball spielten, eisgraue Greise, die gackernd ihre uralten Lügen und Zoten erzählten. Spaghettibäuchige Krämer und lederbeschürzte, Leiterwagen ziehende Hausierer.

Sie alle erstarrten in Ehrfurcht beim Anblick von Bellini und Gefolge.

Sie flüsterten einander zu: „Er ist es! Es ist Papa Bellini!"

Alle Augen folgten ihm, wenn er aus seiner Limousine stieg und zu Scatattis ging, ins Restaurant eines Freundes aus Kindheitstagen. Ruhig und mit undurchdringlicher Miene setzte er sich an einen Tisch.

Leute, die Probleme hatten oder in der Klemme saßen, buckelten und dienerten vor seinen Leibwächtern um die Erlaubnis, vorgelassen zu werden. Dann, vor ihm stehend, zitterten sie, baten um Entschuldigung für die Verletzung seiner Privatsphäre.

Alte Freunde und Bekannte, noch aus der Zeit in Sizilien, umarmten ihn und küßten ihm Hände und Gesicht. Ein klumpfüßiger Alter wollte, daß eine Wohnungskündigung zurückgenommen würde. Eine weinende Frau brauchte einen guten Rechtsanwalt für ihren Sohn, der des Mordes an einem Bankangestellten angeklagt war.

Ein Maurer bittet darum, daß Papa Bellini einen unredlichen Bauunternehmer zwingt, ihm seinen rückständigen Lohn zu zahlen, damit er ihn nicht umbringen muß. Er hat dreizehn Kinder, und wenn er ins Gefängnis wandert, werden ihre Mägen schrumpfen und vor Hunger schmerzen.

Ein runzliger Hausbesitzer kommt auf Krücken und mit verdrahtetem Kiefer angehumpelt. Schluchzend murmelt er, ein Räumungsbefehl und eine Strafe müßten verhängt werden. Gegen einen ungehobelten Mieter, der sich weigere, auch nur einen Cent Miete zu zahlen.

Fast immer hörte Papa Bellini in schweigendem Mitgefühl zu, bis jeder das letzte Wort seiner Bitte vorgetragen hatte.

Dann befahl er gewöhnlich einem seiner Männer, sich „darum zu kümmern" oder „sich das näher anzusehen".

Die Leute vertrauten ihm. Sie wußten, daß er und sein politischer und gesellschaftlicher Einfluß mehrmals die Woche zur Verfügung standen, ihre Probleme zu lösen und Schwierigkeiten aus der Welt zu schaffen. Sehr viele standen in seiner Schuld, doch keiner wußte, wann er und ob er je eine Rückzahlung verlangen würde.

Etliche Male, nachdem er Bellini abends heimgefahren hatte, lauerte Collucci auf eine Gelegenheit, Cocio zu töten.

Er hatte beschlossen, ihn unter irgendeinem Vorwand zu besuchen und umzulegen. Auch auf die Gefahr hin, daß womöglich ein Nachbar sah, wie er kam oder ging.

Er saß in Cocios Wohnzimmer, wollte gerade seine Knarre ziehen, um Cocio, der sich einen Schnürsenkel band, eine Kugel in den Kopf zu jagen, als eine Frau aus einem der anderen Zimmer kam und ihn anstarrte.

Cocio richtete sich auf und sagte: „Das ist meine Mama. Sie ist heute morgen aus Sizilien gekommen."

Im nächsten Jahr verpaßte das Team Cocio-Collucci Willie Poe den donnernden Salut ins Jenseits. Kurz darauf bekam Cocio, nachdem sich Unterboß Tonelli für ihn stark gemacht hatte, seine herbeigesehnten Häuptlingsfedern. Den Job als Vollstrecker auf der Southside.

Die Anforderungen, die das Dasein als Ehemann und Mafioso an Colluccis Zeit und Energie stellten, minderten die rasende

Dringlichkeit, Cocio ins Grab zu befördern, auf einen kalten, bleibenden Haß und den Schwur, die erste sich bietende Gelegenheit zu ergreifen.

Als Bellinis Schützling stieg er schon bald zum Lieutenant auf und hatte nun eine Truppe unter sich, die Glücksspiele und Puffs eines großen Teils der äußersten Westside kontrollierte.

Eines frühen Abends, Collucci war gerade Anfang dreißig, bestellte Bellini ihn zu sich nach Hause. Es war der Tag nach der Beerdigung von Bellinis Frau Angelita.

Über den Tisch hinweg blickte Bellini ihn nach dem Essen lange an, bevor er leise in Sizilianisch sagte: „Giacomo, ich würde mich sehr freuen, wenn du unsere Geschäfte mit den Farbigen übernimmst."

Collucci war überwältigt. *Capodecina!* Vollstrecker!

Dann dachte er: was ist mit Cocio? Hatte der sich etwas zuschulden kommen lassen? Ihm schwindelte angesichts der Möglichkeit, der Alte könne andeuten, er solle Cocio wegpacken.

Bellini lächelte, als er in Colluccis Gesicht las.

„Die ganze Verantwortung liegt jetzt in Tonellis Händen, und er will Cocio als Unterboß."

Colluccis Argwohn gegenüber Tonelli und Sorge um Bellini ließen ihn erblassen. Er beugte sich vor. „Haben Sie Ärger, Papa?"

Bellini runzelte die Stirn wegen der respektlosen Unterstellung, Tonelli könne des Verrats fähig sein. „Zum Teufel, nein, Giacomo", sagte er gelassen. „Und schlag dir derartigen Müll aus dem Kopf."

Collucci fragte: „Dann verstehe ich nicht, wieso, Papa? Sie sind zwar nicht mehr jung ... aber doch nicht krank!"

Bellini klingelte nach Kaffee und entfachte zwei Riesenzigarren für sich und Collucci.

Blauen Qualm ausatmend, sagte er: „Giacomo, ich habe das Gefühl, du bist, ganz tief in deinem Innern, scharf auf die treulose Hexe Macht. Deshalb wunderst du dich, daß ich nicht zwischen ihren Schenkeln verweile. Ich werde jetzt die Gelegenheit haben, die kurze, mir noch verbleibende Zeit mit der Erinnerung an Angelita, guter Musik und meinem Gemälde zu genießen."

Er wandte sich um und blickte auf sein Lieblingsölbild über der Chippendale-Kommode.

Bellini hatte die junge ätherische Angelita malen lassen, wie sie sich aus der Sintflut einer blauen See erhebt. In den Flammen einer sizilianischen Sonne. Lichthöfe aussendende Goldstrahlen stachen aus ihren honigfarbenen Locken über dem Elfengesicht. Ihr Teint hatte die Patina kostbaren Porzellans.

Bellini seufzte. „Wir waren unberührt, als wir uns fanden. Wir ... ich werde zum Schluß ebenso rein sein, wie wir es zu Anfang waren. Du mußt die Farbigen mit eiserner Hand lenken."

Sein Zeigefinger machte eine kreisende Bewegung an seiner Schläfe: „Da die Farbigen wissen, daß sie auf ewig dazu verdammt sind, sich die Nasen an der Schaufensterscheibe Amerikas plattzudrücken, haben sie schwere psychische Probleme ... Probleme, die viele von ihnen anfällig für Dope machen. Außerdem werden sie froh sein, ihre paar Cents in der Hoffnung auf einen Volltreffer zu verwetten."

Bellini blies eine Wolke Havannadunst an die hohe Decke und sah Collucci in die Augen.

„Darf ich dir einen Vorschlag machen?"

Collucci grinste. „Klar, Papa."

Bellinis Gesicht war ernst, als er sich vorbeugte. „Es ist jetzt an der Zeit, den Sarg zuzumachen ... bevor dort weitere Willie Poes ausgebrütet werden. Und es für Weißgesichter selbstmörderisch wird, dort reinzugehen und sie alle kaltzumachen."

Gedankenvoll strich er sich übers Kinn. „Zum Schutz unserer Unternehmungen und damit der Deckel zubleibt, brauchst du bei den Farbigen ein verläßliches schwarzes Spitzelsystem. Außerdem wirst du schwarze Killer benötigen, die dir den sofortigen Tod aller Farbigen garantieren, die es nach unserer Macht und Einnahmenquelle juckt. Wir müssen vermeiden, daß Zeitungsartikel unsere braven Polizisten und politischen Freunde in Verlegenheit bringen. Wir dürfen nicht selbst strafen. Außer diejenigen Farbigen, denen wir Verantwortung übertragen haben, und die uns aufs Kreuz legen wollen."

Collucci sagte: „Papa, mir gefällt, wie Sie deren Sache sehen. Ich brauche einen, der die Verbindung herstellt, und geeignet ist, mit mir die Angelegenheit zu organisieren ... vielleicht kann Mr. Cocio mir einen Tip geben."

Bellini schüttelte bedenklich den Kopf. „Er hat ein lausiges Verhältnis zu den Farbigen. Er hat nie rausgekriegt, wer sie sind, wie sie denken ... er hat es nie versucht ... sie haben ihre Kratzfüße gemacht, mit den Augen gerollt und geglotzt wie die Unschuldslämmer. Nie hatte er die geringste Chance rauszufinden, was wirklich in ihnen vorgeht. Du brauchst einen Farbigen, der die Szene da drüben richtig kennt."

Bellini paffte an seiner Zigarre, warf kurz den Kopf zurück und schloß konzentriert die Augen.

Endlich sah er über den Tisch und sagte: „Es gibt da einige. Was aber bisheriges Auftreten und Zuverlässigkeit anlangt, würde ich für den alten Mack Rivers stimmen. Falls du ihn überreden kannst. Willie Poe hats versucht und kein Bein an Land gekriegt. Irgendwelche Anliegen, von Farbigen oder Weißen, tangieren Mack Rivers nicht ... nur die Scheine und die Macht und die flotten Schnallen, die damit einhergehen.

Rivers hat seit den zwanziger Jahren Kontakt zur dortigen Szene. Ich hab ihn damals aufgetan für Big Al zum Schutz unserer LKWs und des Fusels, mit dem wir die Farbigen eingedeckt haben. Er hat eine Spielhölle in der State Street, an die sich kein Ganove rantraut. Sie haben Angst wegen seiner Knarre und weil er die Gegend kennt wie seinen eigenen Schwanz."

Collucci meinte: „Klingt wie jemand, den ich gebrauchen könnte."

Bellini lachte.

„Auf der Southside hört Mack Rivers die Sackratten fiedeln."

Als Collucci sich auf den Weg machte, stand Bellini an der Tür und sagte: „Viel Glück, Giacomo, und denk dran, daß dein Papa Bellini ausgestiegen ist, bevor die Hexe Macht mir die Rechnung präsentiert oder mir den Krebs an den Arsch hängt, den man bei dem Machtstress kriegen kann."

Sie umarmten sich. Collucci setzte sich hinters Steuer seiner Limousine. Er wollte Mack Rivers suchen und ihn für sich gewinnen.

Sein Bodyguard Lollo Stilotti und der Chauffeur und engste Freund Angelo Serelli pokerten auf dem Rücksitz um hohe Einsätze.

Durch das Türglas beobachtete Bellini finster Colluccis Nachlässigkeit mit seinen Lakaien und seine lockeren Sicherheitsvorkehrungen.

Collucci lockte Mack Rivers mit einem fetten Köder aus seiner miesen Spielhölle.

Er sagte: „Ich lade Sie ein, der reichste und größte Abzocker auf der Southside zu werden ... mit Mack Rivers in Neon auf den Markisen eines eleganten Varietés ... und Ihrem eigenen Wettbüro ... ohne Abgaben. Sie steigen ein, wenn ich übernehme ... Kapiert?"

Rivers nickte.

Collucci stand auf und streckte die Hand aus. „Mack, sind Sie dabei?"

Mack Rivers stand. Er entblößte sein blaues Zahnfleisch, beugte sein langes Knochengestell über den Tisch und schüttelte Collucci die Hand. „Mr. Collucci, was glauben Sie? Will Mack Rivers Lena Horne flachlegen?"

Mack Rivers „Green Pastures" wurde die feudalste Mausefalle für wett- und nuttengeile Trottel in der Geschichte der Southside. In knallbunten Anzügen, glücklich und stolz wie ein Pfau, herrschte Rivers über Spione und Killer. Rekrutiert, damit Collucci, so wie Bellini es verlangt hatte, den Deckel draufhalten konnte.

Den Namen „Green Pastures" behielt das Varieté bis zur Ankunft von Larry „Love Bone" Flamberts Schwester Mayme aus Haiti. Dann wurde es der „Voodoo Palace".

KAPITEL NEUNZEHN

Und nun, auf dem Rückweg von seinem Treffen mit Spino, erwachte Collucci aus seinem Tagtraum. Ihm fiel auf, daß Angelo die Roosevelt Road entlangfuhr und sich langsam der Halstead Street näherte.

Plötzlich sagte er: „Bieg auf die Halstead nach Süden ab und fahr zum Palace."

Angelo ging in die Kurve. Er warf Collucci einen kurzen, ahnungsvollen Blick zu wegen dieses Alleingangs in die Southside.

Collucci bekam es mit: „Dir geht die Muffe wie ner Fotze. Scheiß auf Taylor und seine Kaffer ... ist das klar, Angelo?"

Angelo grunzte: „Mh-hm", und stieg aufs Gaspedal.

Zwölf Minuten später parkte er im Halteverbot vor dem Varieté. Ein grinsender Kleiderschrank in knalligem Lila wieselte über den Bürgersteig und hielt Collucci die Wagentür auf. Der Türsteher öffnete die gepolsterte, mit Straußenleder bezogene Eingangstür. Angelo folgte Collucci in die verspiegelte Bar.

Collucci juckten die Hodenwurzeln, als er Maymes Spiegelbild erblickte.

Wie Seehundsfell glänzte die kurvenreiche Figur der puppenhaften Tänzerin im blauen Bühnenlicht. Im Takt eines funky Schlagzeugrhythmus ließ sie die Brombeernippel ihrer Prachttitten tänzeln. Schwang leicht ihr Ärschchen in einem Teich aus Licht.

Angelo dachte daran, wie er Bone zur Schlachtbank geführt hatte. In lebendigem Ebenholzschwarz sah er das Abbild von Love Bones Gesicht und schaute weg.

Heiser flüsterte er: „Jimmy, ich hab das Gefühl, ich sollte lieber im Auto warten, damit keiner dran rumfummelt ... dann kann ich auch n Auge auf die Straße haben."

Collucci musterte Angelo streng, bevor er ihn mit einem Nicken entließ.

Mack Rivers erblickte Collucci und sprang im Restaurantbereich hinter der Bar von seinem Teller Kuttelnsuppe auf. Sein Totenkopf grinste. In einem rosa Satinanzug, der wie ein Leichentuch um sein Gerippe hing, kam er auf Collucci zuscharwenzelt.

Sie begrüßten sich mit einem Handschlag.

Mack Rivers sah sich in der gut besuchten Bar um. Er entblößte die Diamanten in seinen goldenen Hauern und sagte: „Mr. C., wenn Sie nicht an Ihren Tisch wollen, zieh ich eine von diesen trüben Tassen vom Hocker, damit Sie was trinken können ... oder Sie nehm hinten einen mit mir."

Collucci meinte: „Ich nehme einen an meinem Tisch und seh mir das Finale an."

Nachdem der Oberkellner Collucci Hut und Mantel abgenommen hatte, führte er ihn mit einer ungeöffneten Flasche Courvoisier an den ständig für ihn reservierten, gut plazierten Tisch.

Mit einem Zwinkern bedeutete Rivers zwei Bewaffneten an der Bar, Collucci abzuschirmen, und tänzelte zurück zu seinem Soul Food.

Collucci sah ein Dutzend männlicher und weiblicher Darsteller der Show auf die Bühne kriechen. Kostümiert als Anbeter eines afrikanischen Leopardenkults. Ihre leuchtenden Augen verliehen den Raubtiermasken gespenstisches Leben. Katzengleich schlichen sie in der Dunkelheit mit weiß aufblitzenden Krallen in Richtung Mayme.

Mayme wirbelte einen furiosen Bauchtanz, und der Schlagzeuger geriet in Rage. Sie presste die Beine zusammen und entblößte ihre Zähne in getürktem Orgasmus. Die Leopardenwesen fauchten lüstern und kamen auf sie herunter. Sie warf das Haar wie einen blauschwarzen Schleier über ihr Gesicht und starrte haßerfüllt durch die Strähnen auf Collucci.

Schweratmend lag sie rücklings, die seidigen Schenkel weit geöffnet. Die Wildkatzen, blutrot mit Farbe bespritzt, zischten und krallten über ihr im Scheinwerferlicht. Schlängelnd löste sie sich aus dem Durcheinander.

Das Sextett stimmte einen haitianischen Grabgesang an. Die Opfer ihrer sexuellen Gier nur noch ein blutig zuckender Haufen. Alle paar Schritte blickte Mayme mit glühenden schwarzen Augen über die Schulter und tänzelte durch einen vorhangverkleideten Ausgang von der Bühne.

Sie ging einen kurzen Flur hinunter zu ihrer Garderobe und rief Taylor an, um ihm Colluccis Anwesenheit zu melden. Vor dem Spiegel der Frisierkommode trocknete sie ihren schweißbedeckten Körper mit einem Badetuch.

Sie war sicher, daß Collucci kommen und sie anbaggern würde. So wie er es schon etliche Male davor getan hatte. Sie würde diesmal spielen, ihn scheinbar ranlassen, um ihn Taylor dann zu servieren.

Mayme streifte die schulterlange Mähne ab. Hängte sie neben den Spiegel, wo sie blauschwarz schimmerte wie der Balg eines Raben. Mit Kleenex tupfte sie Blattern aus Schweiß von ihrer Stirn. Sie trocknete ihren Schädel, der seit einer Kinderkrankheit schwarz und nackt glänzte wie die Billard-Acht.

Eine dünne Linie von Narben verlief von ihren Schläfen, innerhalb des abgestorbenen Haaransatzes, hinter den Ohren entlang bis zu beiden Seiten des Halses. Zehn Jahre zuvor, als sie in Paris die große Nummer gewesen war, hatte sie ihr fünfzigjähriges Gesicht einem europäischen Hexenmeister in plastischer Chirurgie anvertraut.

Er hatte Einschnitte gemacht und ihr dann mit Wundrandhaltern die schlaffe Haut straff über die hohen Wangenknochen und den Hals gezogen, an die Kopfhaut genäht und die überstehenden Hautlappen abgeschnitten. Zurück blieben ein Gesicht und ein Hals, dic alterslos, samten und frei von Falten und Fettpolstern waren.

Sie wollte gerade in ihren Morgenmantel schlüpfen, da hörte sie Colluccis Klopfen. Boshaft lächelte sie in den Spiegel und zog die Perücke über. Griff nach dem Morgenmantel, ging dann aber wollüstig schaukelnd, nur im paillettenbesetztem G-string, zur Tür.

Sie würde ihn für Taylor festnageln, dachte sie und fragte, wer da sei.

„Jimmy Collucci", sagte er.

Sie hörte das Drängen in seinen Hoden heraus und nannte ihn durch die Zähne in ihrem französisch-haitianischen Patois einen mordgierigen Wichser.

Die dunklen Augen groß, wie strahlend in mädchenhaftem Feuer angesichts eines so unerhört gutaussehenden Charmeurs, sah sie zu ihm auf. Voodoo-Magie. Nur den winzigen Moment lang, den sein Blick von der Ausbuchtung des üppigen Polsters unter dem G-string gefangen war, glühte irrsinniger Haß in ihren Augen.

Sie bemerkte seine Erektion, als er sagte: „Ich mußte einfach kommen und dir sagen, daß du als Tänzerin so scharf bist wie keine andere. Jedes einzelne Pfund an dir."

Sie machte die Tür weit auf, trat beiseite, und ihr schwarzer Kirschmund schmollte: „Hört sich an wie ein Kompliment für n Preisboxer ... aber trotzdem danke, Mr. Collucci."

Lächelnd stellte sie fest, daß seine Augen sich leicht verengten, als suchte er in ihrem Gesicht nach einem Hinweis, daß sie ihn mit ihrer Anspielung aufs Boxen des Mordes an Love Bone verdächtigte.

Er sagte: „Mayme, wie oft muß ich dich denn noch bitten, mich Jimmy zu nennen ...? Spiel mir bloß nicht die Bescheidene, Baby. Du weißt, daß auch ein Blinder bei deiner Stimme und Ausstrahlung nicht ans Boxen denken würde."

Sie setzte sich vor den Spiegel, trug Reinigungscreme auf und beobachtete, wie er sich auf der Armlehne eines dick gepolsterten Sessels hinter ihr niederließ. Sie war sicher, der Grund für seinen selbstgefälligen Gesichtsausdruck rührte von seinem Stolz auf das Süßholz, das er aufgelesen hatte und für sie raspelte.

Sie tupfte die Creme unter ihren Augen weg und dachte: *Na gut, hier ist eine Abkühlung für deinen Steifen.*

Säuselnd sagte sie: „Jimmy, Ihre Blumen für Larry waren reizend ... die ausgefallensten überhaupt ... an dem Tag in der Kapelle."

Im darauffolgenden Schweigen bemerkte sie, wie sein Blick sich verhärtete und sein Mund sich zu einer Linie zusammenzog. Einen Moment lang senkte er den Blick auf den Teppich. Sie sah, wie er tief Atem holte und die wachsamen Augen, in einer andächtigen Grimasse, wieder auf den Spiegel richtete.

„Ich mochte Bone", sagte er, „und vermisse ihn."

Er zündete eine Zigarette an, und plötzlich vibrierte der Raum unter der Anwesenheit der Loas, ihrer Voodoogeister. Im Schein des Feuerzeugs hatte sein Gesicht etwas an sich, das Maymes Gedächtnis anschlagen ließ. Sie erinnerte sich an einen irren Hexendoktor vor langer Zeit in Haiti. Sie hatte bei seiner Aburteilung den Vorsitz geführt. Und bei der Hinrichtung durch Feuer, für die Verstümmelung und Ermordung mehrerer Mädchen.

Sie lächelte in den Spiegel und dachte: *Zu schade, daß es für dich nicht das Feuer sein kann.*

Um ihn abzukühlen, fragte sie: „Wie geht es Ihrer Familie?“ und erhob sich von ihrem Stuhl.

Er sagte: „Ich nehme an, die Nachfrage nach meiner Familie heißt, daß du mich immer noch zappeln läßt.“

Der Ausdruck in seinem Gesicht ließ sie erstarren. Er kam heran und drückte sich gegen die Rückenlehne ihres Stuhls.

Sie rang um Beherrschung und sagte mit vor Haß schartiger Stimme: „Ich habe Sie nie ermutigt, Jimmy, wie kann ich Sie also zappeln lassen?“

Er lächelte, weil er ihre Stimme brechen hörte. Erigierte voll bei dem Gedanken, daß er die geile Niggerschlampe in die Ecke getrieben und heiß gemacht hatte. Und daß sie die ganze Zeit scharf auf ihn gewesen war.

„Erzähl mir kein Blech, Puppe. Du hast doch schon vor ein paar Minuten fast die Beine für mich breit gemacht. Wenn du mich verarschen willst, hau ich dich windelweich“, sagte er, während er ihr hervorlugendes Ohrläppchen liebkoste.

Er stierte auf die gekreuzten, blauschwarz schwellenden Schenkel. Gierig atmete er das primitive Gemisch aus Pariser Parfüm und Vaginalschleim, mit dem sie sich einzuschmieren pflegte. Er legte ihr den Morgenmantel um die Schultern.

Sie linste hinunter zur Schere, die auf dem Tisch lag, und stellte sich vor, wie Blut aus seinem Hals sprudelte. Kurz zitterten ihre Hände unkontrollierbar vor Verlangen, die Schere über ihre Schulter zu schwingen und sie in die weiche Stelle unter seinem Ohr zu stechen.

Ein Blick auf ihre Armbanduhr sagte ihr, daß seit dem Anruf erst zehn Minuten vergangen waren. Fünfunddreißig brauchte Taylor noch.

Sie starrte auf die gleißende Schere und zwang sich in eine leichte Trance, damit er dachte, sie sei entspannt.

Zuckersüß sagte sie: „Ich brauche mehr Zeit. Ich hab Angst,

mich in dich zu verlieben ... angenommen, ich werd wirklich verrückt nach dir, und du ...?"

Er befreite sein langes, hartes Glied aus der Hose und packte schraubstockartig, mit kräftigen Händen ihre Schultern. Beugte sich hinab und preßte seine Wange an ihr Gesicht. Im Spiegel starrte er ihr in die Augen und fing an, die Muskeln zu beiden Seiten ihres Halses mit malmenden Griffen zu massieren.

Er zischte: „Diese naive Scheiße kaufe ich dir nicht ab ... Für uns ist die Zeit reif zum Ficken und, zum Teufel, ich kann dich zur Königin der Southside machen, wenn du es Jimmy Collucci richtig besorgst."

Sie sagte: „Heute geht es nicht. Ich hab meine ... Geschichte."

Er verlagerte den Griff an ihre Kehle.

„Deine was?" fragte er.

Während sie innerlich laut lachte, weil sie seit zwei Jahrzehnten nicht mehr menstruiert hatte, sagte sie: „Es ist wieder ein Monat vergangen, und ich habe diese Wunde ... bis übermorgen."

Er sagte: „Du bist randvoll mit Scheiße", hob sein geschwollenes Glied und strich ihr damit über die Schulter.

Ihr Gesicht wurde aschfahl vor Wut über die Nötigung. Sie schwang den Tiegel mit Reinigungscreme, der heftig gegen ihr Schulterblatt knallte, da Collucci gerade rechtzeitig zurücksprang. Wie ein Kastenteufel war sie auf den Beinen, und der Stuhl kippte zwischen ihnen zu Boden wie ein krachender Kontrapunkt zum Geschmetter der letzten Tanznummer.

„Du abgedrehte Niggerschlampe! Glaubst du, Jimmy Collucci muß sich den Arsch aufreißen, um eine Kaffertorte zu ficken?"

Sie kräuselte die Lippen, zeigte auf sein entblößtes Glied und höhnte: „Paß mal auf, Freier, schaff mir deinen armseligen weißen Pimmel aus den Augen und steck ihn in die Spaghettifotze, die in River Forest auf deinem Thron sitzt!"

Er trat schnell auf sie zu.

Sie stieß rückwärts gegen den Tisch, und ihre Trommelfelle vibrierten vom Geplapper der Loas. *„Laß die Schere fliegen! Laß die Schere fliegen!"*

Er sagte: „Ich bring dich um! Ich fick dich, oder bring dich um!"

Ihre Hand schwirrte durch die Luft. Er sah einen Blitz aus silbernem Feuer auf das Zentrum seines rechten Auges zurasen. Ein Spasmus im Halsmuskel riß seinen Kopf herum. Fast zeitgleich mit einem sanften Hauch an der Wimper, spürte er, wie die Schere eine stechende Kerbe in die Spitze seines Ohrs schlitzte.

Er schlug zu. Seine Faust rutschte an ihrem dick eingecremten Kiefer ab. Sie ging zu Boden und lag benommen auf dem Teppich. Er schleppte sie in den kleinen angrenzenden Raum und warf sie auf eine Chaiselongue. Schälte sich aus seinen Kleidern und drückte ein Taschentuch auf das Rinnsal an seinem Ohr.

Verstohlen blickte Mayme auf ihre Armbanduhr. Noch zwanzig Minuten! Mit schläfrigen Augen sah sie zu Collucci hoch. Er bückte sich und plazierte die Luger auf den Teppich neben der Liege. Er legte sich neben Mayme. Sie war starr vor Haß. Bebend kämpfte sie gegen den Impuls an, über ihn zu hechten, um die Luger zu erwischen. Er zwang ihre Schenkel auseinander. Hörte das trotzige Knirschen ihrer Zähne und ohrfeigte sie mit dem Handrücken.

Der Chor der Voodoogeister war so gellend, daß sie sich die Hände auf die Ohren schlug. *„Geh in Trance! Geh in Trance!“*

Sie fiel in Trance. Entspannte sich und öffnete seinem stählernen Stechen ihre fühllose Grotte.

Grunzend stieß er ihr die Zunge in den halb geöffneten Mund. Angelte die ihre und saugte so brutal daran, als wollte er sie an den Wurzeln ausreißen. Sein Hodensack prickelte qualvoll, als er genügend Samen herauskatapultierte, um eine Million Mafiosi zu zeugen.

Aber selbst jetzt, da sich seine Begierde auskotzte, stieß sie ihm sauer auf. Im Bewußtsein von Maymes machtvoller Anziehungskraft und Gefährlichkeit, ihrer Bedrohung seines Bildes von sich selbst: als Autorität, in totaler Kontrolle und immun gegen sexuelle Abhängigkeit.

Dieses Luder würde verschwinden müssen, ganz verschwinden aus seinem Gesichtsfeld, dachte er, spuckte aus und wischte sich den Mund mit einem Zipfel des Lakens. Sie würde verschwinden, oder er würde sie verschwinden lassen. Auf dem Mafia-Friedhof, auf dem Hügel hinter seinem Roadhouse Sweet Dream.

Er rollte sich vom Bett, griff nach der Luger und stand auf. Sah hinunter und war fasziniert von ihren verträumten Augen, die durch ihn hindurchzustarren schienen. Dem befremdenden Lächeln, das um ihre Mundwinkel spielte. Er schüttelte sie. Sie lag still wie der Tod. Er schlug ihr auf die Wange. Sie zitterte leicht und kam zu sich.

Sie rieb sich mit dem Handrücken die Augen, um den Blick auf ihre Armbanduhr zu verbergen. Sie hatte es geschafft! Taylor würde draußen sein und auf Collucci warten!

Seine Stimme war rauh. „Mayme, ich ... wie zum Teufel ist dein richtiger Name?"

Sie sagte: „Immer schon Mayme Flambert gewesen."

Er drückte ihr die Mündung der Luger zwischen die Augen und sagte unsicher: „Ich will dich nicht wiedersehn, Nigger."

Sie meinte: „Ich weiß ... kann nicht behaupten, daß ich das bedauere."

Er klopfte ihr den Lauf der Luger an die Stirn. „Ich meine damit, ich will dich aus den Augen haben! Ich meine, verlaß die Stadt, so schnell du kannst. Schaff deinen teuflischen schwarzen Arsch hier weg. Verstanden?"

Sie nickte.

Er ging zum Waschbecken auf der anderen Seite des Zimmers und beobachtete sie im Spiegel. Er spühlte seinen Mund aus und wusch sich. Bewegungslos lag sie da, während er sich anzog.

Sobald er hinaustrat, rannte sie die Hintertreppe hoch zum Vorderfenster ihres Appartements, um ihn sterben zu sehen.

KAPITEL ZWANZIG

Collucci machte Zwischenstation an der Bar, um noch einen für den Heimweg zu nehmen und mit Mack Rivers zu plaudern.

Zur selben Zeit zog Bama in seinem Streit mit Taylor, Collucci nicht alleine zu stellen, den kürzeren. Kong sah mit unbewegtem Gesicht zu. Taylor stand nach einer zweitägigen Grippe auf wackeligen Beinen.

Zum dutzendsten Mal forderte er von Bama die Schlüssel der frisierten alten Pontiac-Limousine der Warriors.

„Ich sags nicht nochmal. Gib die Schlüssel, Bama", sagte Taylor, wedelte mit einer Taschenlampe und schob sich, vorbei an Bama, durch die Tür. „Ich habe nicht vergessen, wie man einen Wagen kurzschließt", warf er über die Schulter zurück.

Bama folgte ihm kopfschüttelnd den Flur hinunter zur Haustür. Kong ging zum Telefon in seiner Wohnung, um Mack Rivers zu warnen. Als Taylor hinausging, zupfte Bama ihn am Mantelärmel. Taylor ignorierte es, blieb dann aber mitten auf dem Bürgersteig stehen und drehte sich um.

Bama warf ihm das Schlüsselbund zu und sagte: „Trauriger Narr, du hast immer noch Grippe. Nimm wenigstens einen Trupp mit."

Taylor schloß die Beifahrertür des Pontiac auf und sagte, bevor er einstieg: „Hab jetzt keine Zeit, einen Trupp zusammenzutrommeln, Oma Bama, und zwei liegen flach mit Grippe." Dann grinste er und meinte: „Kann auch sein, daß ich dir ne Tracht Prügel verpasse, wenn ich zurückkomm, weil du mich mit deinem Gequassel aufgehalten hast. Sieht außerdem so aus, daß nur er und noch ein Spaghetti da ist."

Er ließ den Motor an und drückte in der richtigen Reihenfolge die Knöpfe des Radios, so daß das Armaturenbrett aufsprang, unter dem sich das Waffenarsenal befand. Er holte eine Shotgun, ein automatisches Gewehr und mehrere Handfeuerwaffen heraus und legte sie auf den Sitz neben sich. Er klappte das Armaturenbrett zu und verriegelte es mit einem schnellen Trommelwirbel auf den Radiotasten. Dann drosch er den Pontiac davon.

Im selben Augenblick kam Mack Rivers zurück vom Telefon am Ende der Bar. Sein schwarzes Gesicht grau.

Stumm gestikulierend stand er vor Collucci, bevor er losplärrte: „Mr. C., wir müssen alle Lichter ausmachen und die Vordertür verrammeln! Taylor is unterwegs, um Sie plattzumachen ... und mich hat er auch gefressen."

Collucci spürte ein fast unmerkliches Flattern von Furcht hinter seinem Bauchnabel. War plötzlich wütend und gereizt, weil Mack Rivers' angsterfülltes Gesicht dieses Gefühl gekitzelt hatte, wegen dem er sich am meisten schämte, und das ihn in größte Angst versetzte.

Barsch sagte er: „Mack, du Fotze! Reiß dich zusammen!"

Rivers erwiderte: „Aber Mr. C., der Nigger is verrückt!"

Collucci knöpfte seinen Mantel zu.

„Ist er allein?" fragte er leise.

„Ja ... aber ..."

Collucci sagte: „Mack, als ich noch ein kleiner Hosenscheißer war, hatte ich schon den Ruf, daß ich jedem Arsch, der sich solo mit mir anlegt, die Scheiße raustrete."

Er wandte sich zum Ausgang.

Mack Rivers schnippte in Richtung eines halben Dutzends Revolvermänner, die an einer aufs Haus gehenden Runde Jim Beam nuckelten. Sie sahen zu Rivers.

Er deutete mit dem Kopf zu Collucci an der Tür. „Gebt Mr. C. Rückendeckung gegen Taylor. Ein paar von euch gehen in die Durchgänge an der Ecke, und n paar hampeln draußen vor der Tür wie ganz normale Typen."

Collucci wirbelte herum, und bleckte die Zähne im dunklen Gesicht. „Mack, wieso, wieso raffst du nicht, daß ich niemand brauche, der mir hilft, Taylor heute einen Zettel an den großen Zeh zu hängen?"

Rivers schüttelte den Kopf und stieß einen Seufzer aus. Er rief in Lieutenant Paul Portas Büro im Hauptquartier in der Eleventh Street an. Innerhalb von Minuten übermittelte das Büro die Taylor-Angelegenheit an Porta, der eine halbe Meile entfernt vom Voodoo

Palace mit seiner Mannschaft kreuzte.

Die Revolvermänner nahmen ihre Gläser und folgten Rivers, um durch die Fensterblenden auf die Straße zu spähen.

Collucci blieb mitten auf dem Gehweg stehen und holte sein Feuerzeug raus. Er steckte eine Zigarette an und observierte den Block nach beiden Seiten. Sein Blick blieb an der Silhouette in einem Ponitac hängen, der bei Rot an der Kreuzung zur linken des Clubs hielt.

Das ist er! dachte Collucci, zerrte die Luger aus der Manteltasche und hielt sie fest an den Schenkel gedrückt.

Taylor bemerkte ihn und erstarrte.

Collucci trat an den Straßenrand zur vorderen Stoßstange der kugelsicheren Limousine.

Angelo rutschte über den Beifahrersitz und ließ die Scheibe herunter. Er steckte seinen Kopf heraus und fragte: „Alles in Butter?"

Collucci sagte: „Ja, Taylor ist im Anmarsch ... bleib drin und laß den Motor an."

Aus dem Augenwinkel beobachtete er, wie Taylor den Pontiac über die Kreuzung lenkte, am Anfang des Blocks an den Kantstein fuhr und die Scheinwerfer ausschaltete. Er sah die Silhouette abtauchen und war sicher, daß Taylor, gedeckt von den geparkten Autos, auf ihn zurannte.

Soll der Schwanzlutscher kommen, dachte er und kauerte sich an den Kühlergrill der Limousine. Um den Scheinwerfer herum linste er auf Taylors gebückt rennende Gestalt, die, auf grippeweichen Beinen schwankend, an die geparkten Wagen stieß.

Collucci lächelte, als er Taylors erschöpfte Bewegungen sah. *Ich schleiche mich auf den Gehweg und nagele ihn, wenn er an meiner Deckung vorbei ist.*

Er drehte sich, um den Hinterhalt zu prüfen und bemerkte eine Ansammlung Schwarzer, die ihn anstarrten. Andere drängten sich an Fenstern und Eingängen.

Er dachte: *Was, wenn von denen einer ein Warrior-Freund mit Knarre ist? Oder wenn einer von ihnen Taylor ne Warnung zuruft.*

Rasch schlüpfte er in die Limousine und sagte: „Fahr los, Angelo, geradeaus und nicht schneller als fünfundzwanzig."

Angelo fuhr an, und Collucci sah, wie Taylor sich aufrichtete und dreißig Meter entfernt einen Moment stehenblieb. Die Shotgun baumelnd in seinen Händen. Dann drehte er sich um und eilte zurück zum Pontiac.

Collucci wandte sich vom Heckfenster ab und sagte: „Der Schwanzlutscher bewegt sich, als ob er total fertig ist ... fahr einfach weiter Richtung Westen."

Angelo meinte: „Ich hab die M16 aus m Kofferraum geholt. Wolln Sie? ... vielleicht können Sie ihm ein, zwei Salven in die Nuß verpassen."

Collucci sagte: „Zuviel Verkehr."

Augenblicke später sah er Taylor den Pontiac loskatapultieren.

Er sagte: „Drück die Scheiße aus der Karre!"

Angelo stieg aufs Gas, die Limousine schoß los und hatte jetzt wieder einen Block Abstand zu dem röhrenden Pontiac. Collucci schob die silberdollargroße Stahlabdeckung eines Bullauges unterhalb der sieben Zentimeter dicken Heckfensterscheibe beiseite. Er beugte sich über den Vordersitz und hob die M16 vom Boden auf.

Drei Blocks östlich war Mayme Flambert dabei, ihre Habseligkeiten zusammenzupacken, als erwarte sie den Besuch einer Horde feindlicher Voodoodämonen. Kurz zuvor hatte sie Portas Sonderkommando hinter dem Pontiac herrasen sehen. Sie wußte, daß Collucci jetzt im Vorteil war, und glühte vor tödlichem Zorn.

Im Innern der Limousine sagte Collucci: „Fahr schnell links rüber in die Gasse da und machs Licht aus."

Angelo schwenkte in den Schlund und bretterte mit achtzig und ohne Licht hundert Meter weit in die müllübersäte Gasse.

Taylor jagte den Pontiac auf zwei Rädern in die Mündung der Gasse und schoß auf die dunkle Kontur der Limousine zu.

Collucci schickte eine Salve aus der M16. Kühler und Windschutzscheibe des Pontiac zerbarsten. Taylor ließ die Bremsen heulen und hechtete auf die Straße, warf sich herum, und feuerte mit dem Automatikgewehr auf die Blitze, die Colluccis M16 ausspie.

Im gleichen Moment bogen Porta und sein Trupp jaulend in die Gasse. Taylor wurde in Scheinwerferlicht gebadet und rollte sich unter den Pontiac.

Über ein Megaphon brüllte Porta: „Jessie Taylor, hier spricht

Lieutenant Porter vom Sonderkommando. Kommen Sie mit erhobenen Händen raus."

Taylor wälzte sich unter die vordere Stoßstange. Er wollte aufspringen und, vom Pontiac gedeckt, mit einem Feuersturm aus dem Gewehr auf Collucci losgehen. An sich selbst dachte er jetzt nicht mehr. Nur noch an Colluccis Tod.

Er streckte die Beine aus, um für den Angriff auf die Füße zu kommen. Collucci legte auf Taylors Silhouette an, und eine Salve von zwanzig Kugeln zerfetzte und zerhackte Taylor von den Oberschenkeln bis zu den Knöcheln. Die Einschläge hieben seine Kniescheiben weg und rissen ihn in die Mitte der Gasse. Schmerz und Schock raubten Taylor das Bewußtsein.

Porta richtete den Scheinwerfer auf Taylors reglose Gestalt und sah im Lichtkegel, daß Collucci, mit beiden Händen die M16 umklammernd, auf Taylor zumarschierte.

Er sprang aus dem Polizeiwagen und rief: „Mr. Collucci! Halt! Der Bandit da ist unsere Angelegenheit!"

Collucci marschierte grimmig weiter, wie ein Zombie, die Augen hervorgetreten und glänzend.

Aus dem Fenster eines Mietshauses, das Einblick in die Gasse gewährte, schrie eine Frau: „Um Gottes Willen! Halt ihn doch jemand auf!"

Porta lehnte sich ins Polizeiauto und sagte: „Das kann heikel werden. Ich kümmere mich besser drum."

Er drehte sich um und hastete auf schweren Beinen die Gasse hinunter auf Taylor zu.

Collucci erreichte Taylor und rammte ihm die Mündung der M16 an die Stirn. Taylors Augen öffneten sich flatternd und wurden hart, als Colluccis drohend aufragende Gestalt in den Schärfebereich trat.

Schleppend sagte Taylor: „Spaghettifressende Schleimfotze ... bist du sogar zu feige, abzudrücken?"

Colluccis Finger riß heftig am Abzug im Moment, als Porta die detonierende M16 aus dem Ziel kickte. Der Feuerstoß perforierte die Seitenwand des Pontiac. Porta und Collucci rangen um die M16.

„Laß mich den Schwanzlutscher fertigmachen, Paul ... laß

mich ihn erledigen“, flehte Collucci.

Er stolperte über Taylor und fiel rücklings zu Boden. Porta entwand ihm das Gewehr und half ihm hoch. Porta hörte die Schritte seiner Männer auf dem sandigen Straßenbelag und erhaschte den Schimmer von Colluccis Taschenmesser, das dieser im Hocken öffnete, um Taylor die Kehle aufzuschlitzen. Porta schwang den Lauf der M16 an Colluccis Brust.

Seine Stimme war leise. „Ich habe dreißig Jahre gebraucht, um das Büro im Zentrum zu kriegen. Jimmy, ich laß nicht zu, daß du jemanden allemachst, und wenns nur n Nigger ist. Nicht vor fünf jungen Bastarden, denen die Ärsche jucken, bei uns aufzusteigen, egal, auf welche Weise.“

Er leuchtete mit der Taschenlampe das Gesicht des inzwischen bewußtlosen Taylor ab und die klaffenden Wunden, aus denen bei jedem Herzschlag Blut gurgelte.

Porta flüsterte: „Jimmy, der Kaffer ist tot bevor er im County ...“

Sein Trupp stampfte heran und starrte auf Taylor.

Porta sagte: „Yablonski, geh zum Auto zurück und laß einen Krankenwagen kommen.“

Doch die Frau am Fenster hatte schon lange die Wabash Avenue Police Station angerufen und unterrichtet, daß ein Mann von Schüssen niedergestreckt worden war.

Yablonski, der Bulle, setzte den Einsatzwagen rückwärts aus der Gasse, damit die jaulende Ambulanz zu Taylor vorstoßen konnte.

Porta ging mit Collucci zur von Taylors Gewehrsalven zerdellten Limousine zurück. Angelos Mondgesicht war ernst, als er, nach Verletzungen Ausschau haltend, mit einer Taschenlampe Colluccis zerknitterte Kleidung ableuchtete und ihm den Dreck vom Mantel klopfte.

Collucci fragte: „Welches Krankenhaus, Paul?“

Porta achselzuckend: „Nicht das County, soviel steht fest. Die beiden Eierkohlen sind Fans von ihm. Die würden wahrscheinlich aus eigener Tasche zahlen, damit er ins nächstgelegene und beste kommt ... Provident, schätz ich. Du wirst keine Probleme haben. Der Kerl schaffts nicht ... auch Tonelli und die Stadtverwaltung wollen ihn sauber unter die Erde gebracht sehen.“

Collucci setzte sich neben Angelo in die Limousine und zündete sich eine Zigarette an. Er stieß einen Schwall Rauch aus und meinte: „Paul, wenn der Schwanzlutscher durchkommt, denk ich mir was aus, ihn da drinnen zu erledigen."

Porta schnaufte ärgerlich. „Bestenfalls wird er ein hilfloser Krüppel sein. Ich sag dir, du kannst feiern." Er wandte sich ab.

Angelo setzte die Limousine in Gang.

Nachdem er mehrfach in die unergründliche Miene seines Chefs geblickt hatte, während er den Wagen in Richtung River Forest lotste, brach er das lange Schweigen,. „Jimmy, is alles in Bu... ?"

Der unerwartete Ausdruck äußerster Verärgerung in Collucis Gesicht ließ ihn verstummen.

Scharf sagte Collucci: „Hör mit dem Gequassel auf. Ich denke nach."

Dann drehte er sich weg und starrte durch die Windschutzscheibe. Malte sich die Schwierigkeiten aus, die seinen schwindelerregenden Wunschtraum gefährden konnten: Endgültige Pensionierung der Bosse.

Sein Kiefer mahlte vor Erregung, weil er sich vorstellte, wie er am habichtäugigen Spalier der Garagenwachen, an dem Maschinenpistolenschützen in der Kuppel über dem Lift zum Penthouse vorbeigelangen würde. Er sah sich selbst, als Dinzio, in den Vorraum der Kommandozentrale treten, in dem es von Tonellis Folterknechten und Killern wimmelte. Er schmunzelte, und ein erhabener Schauer durchlief ihn, als er sich Dinzios Fernsteuerung betätigen sah, die die Stahltür zu Tonellis Allerheiligstem öffnete.

Sein Kiefer spannte. Die größte Schwierigkeit würde das massenhafte Wegpacken der anderen Schwanzlutschergreise der Nationalen Kommission sein.

Dann erwog er die Umstände, die für seinen Traum sprachen, Thronfolger im Königreich Chikago zu werden ... und danach ...? *Capo di Tutti Capi! Boß aller Bosse!*

Porta hatte recht. Er hatte Taylor erledigt. Selbst wenn der durchkam, hatten die Kugeln sein Führerimage zerschlagen. An den Rollstuhl gefesselt, würde er in seinem Revoluzzerstolz nur noch pathetisch wirken. Aus für Taylor. Ausradiert.

Und aus für Cocio in nur wenigen Tagen!

Angelo bog in die Einfahrt zur Villa und Collucci schauderte unter schweren Stromstößen von Machtgefühl und Euphorie.

Er stieg aus und sagte quer über den Sitz: „Angelo, schlaf gut ... es ist alles in Butter.“

KAPITEL EINUNDZWANZIG

Ida Schmidt öffnete die Tür ihres Appartements in der Gold Coast, um einen dicklichen, kleinen Geizkragen in einem Lammfellmantel hinauszulassen. So wie sie dastand, im schummrigen Licht der Flurlampe, und ihr geschäftsmäßiges Fünfzig-Dollar-Lächeln lächelte, das ihre unschönen Zähne verbarg, hätte man sie fast für die junge Olivia Tonelli halten können.

Als sie im Wohnzimmer unter dem Kronleuchter hin- und herging, stoben messingfarbene Funken aus ihrer blonden Mähne. Reiner jedoch regneten sie aus Olivias goldenem Vlies.

Sie ging ins Badezimmer, zog ihr Nachthemd aus und stellte sich ans Waschbecken. Sie hob einen Fuß auf den Toilettendeckel und betupfte mit einem Seiflappen Achselhöhlen und Schoß. Dann frischte sie ihr Makeup auf. Für Cocio, bei dem sie so zu tum pflegte, als würde sie ihm seine Larry-Filmore-Nummer abkaufen.

Ihr Gesicht im Spiegel, aus der Nähe betrachtet, war von Whiskeypusteln übersät. Füße und Fäuste ihres Zuhälters, der in der Woche, in der sie Cocio kennengelernte, an einer Überdosis eingegangen war, hatten es mit Narben gezeichnet.

Sie tupfte ihren Lippenstift ab und erinnerte sich, wie Cocio, als er sie das erste Mal zu Gesicht bekam, vor Erregung hart auf die Bremse getreten war. Leib und Leben riskierend, war er aus dem Auto gesprungen und durch den dichten Verkehr gehastet.

Damenhaft entrüstet hatte sie ihn gezwungen, sich dafür zu entschuldigen, daß er sie einfach auf dem Bürgersteig angesprochen hatte. Dann hatte sie sich in seinen Wagen locken lassen.

Sie bereute nicht, zugelassen zu haben, daß er sich in ihr Leben drängte. Sie mußte zugeben, daß der alte Larry Fillmore von all ihren Freiern die abartigste Macke hatte. Doch dafür rangierte er, was die Kohle betraf, ganz vorne. Bei diesem Gedanken mußte sie grinsen und wackelte auf dem Weg zum Schlafzimmer frivol mit den Hüften und ihrem grübchenverzierten Hintern.

Sie nahm eine samenbefleckte Nonnentracht aus dem Wandschrank und hängte sie schnell wieder zurück. Zu der Verabredung heute abend, erinnerte sie sich, sollte sie das Brautkleid tragen. Beim Gestank des spermaverkrusteten Gewandes rümpfte sie die Nase. Sie schlängelte sich hinein. Es war eine teure Kopie der pfirsichfarbenen Seidenrobe, die Olivia anläßlich ihrer Hochzeit getragen hatte, als Cocios Herzschlag wegen ihrer Schönheit aus dem Takt geriet.

Eingehüllt in den neuen, knöchellangen, blauschimmernden Nerzmantel, mit dem ihr Cocio zum dreißigsten Geburtstag einen Orgasmus beschert hatte, bewunderte Ida sich eine Weile im Ankleidespiegel.

Ihr Blick fiel auf das Gruppenfoto auf der Frisierkommode. Es zeigte sie selbst als Fünfzehnjährige, ihre Ma, ihren Pa und die Geschwister, flachsköpfig und zerlumpt, auf der Treppe vor der Holzfällerhütte unten in Walberg, Texas. *Grundgütiger, war ich hübsch damals, als der Lastwagenfahrer mich hierher brachte*, dachte sie und machte sich auf den Weg.

Sobald sie die Wohnungstür abschloß und den Aufzügen zustrebte, fühlte sie sich plötzlich sehr müde. Heiligenscheine aus eisigem Feuer glommen auf ihren Fingern, als sie den „Abwärts"-Knopf drückte. Sie löste den Blick von ihrem verhärmten Spiegelbild in der Scheibe der Fahrstuhltür.

Ein stechender Schmerz fuhr rasiermesserscharf durch ihre Hüfte. Das rechte Bein knickte ein, war eine ganze Zeitlang wie abgestorben.

Ich bin bestimmt die einsamste, lahmarschigste Nutte in ganz Chicago, dachte sie und glitt in die Tiefgarage hinunter.

An Chicagos Peripherie warteten zwei von Spinos Bomato-Schlächtern aus Sizilien, daß Cocios Jaguar sich vom Highway her näherte. Sie spähten aus dem Büro eines der zahlreichen Motels von Cocio. Bis auf den schwachen Schein einer Schreibtischlampe lag es im Dunkeln.

Entdeckt zu werden, fürchteten sie nicht. Sie vertrauten den allseits bekannten logistischen Fähigkeiten von Marty und Freddie Rizzio, Colluccis Totengräbern.

Sie hatten von den beiden erfahren, daß Cocio für seine Verabredungen mit Ida das Motel immer schließen ließ. Er gab seinen Angestellten frei, eine Prämie und die Weisung, sich vom Motel fernzuhalten. Cocio wollte bei diesen Gelegenheiten mit Ida vollkommen ungestört sein, um seine Liebe-Haß-Phantasien über Olivia Collucci ausleben, durchleiden und genießen zu können.

Die beiden Bomatos - Fuchs und Stier - grinsten, strafften sich und tauchten ab, in die Dunkelheit des Büros.

Cocios Jaguar bog vom Highway in die Motelzufahrt. Im Leerlauf erreichte er das Stahltor in dem drei Meter hohen Maschendrahtzaun. Als Cocio den Schlüssel im Schloß drehte, entging ihm der metallfarbene Kitt auf der durchgesägten Torkette. Ebenso war ihm die abseits in einer Baumgruppe versteckte Limousine der Bomatos entgangen.

Er entfernte die Kette und das Tor schwang auf. Er fuhr auf die umzäunte Fläche und rauchte im Auto eine Zigarette, während er im Rückspiegel den Highway im Auge behielt. Er zog zum zweitenmal an der Zigarette, als Idas silberner El Dorado aufs Grundstück rollte. Cocio schloß das Tor wieder ab. Ida folgte dem Jaguar bis zum Ende der entlegensten Bungalowreihe.

Die Bomatos sahen Cocio den Schlüssel ins Schloß stecken und das Zimmer aufschließen. Es war von der Decke bis zum Eisbärenfellteppich rundum verspiegelt.

Ida trat ein. Unverzüglich warf sie ihren Mantel aufs Bett und plazierte sich mit von Erregung gezeichneter Miene neben der Tür. Sie bereitete sich auf das vertraute Szenario mit Cocio vor.

Cocio saß noch nervös rauchend im Jaguar. Er gierte danach, seine Olivia-Phantasien erneut Gestalt annehmen zu lassen.

Im Büro winkte der fuchsgesichtige Bomato seinen Bruder zu der Plastikmülltüte, die sie mitgebracht hatten. Sie streiften ihre Kleider ab. Öffneten die Tüte, zogen Gummistiefel und glänzende, engbeinige Overalls an. Die Overalls waren aus einem gummiartigen Kunststoff gefertigt und hatten den matten Glanz der Schürzen, die von den Bolzenschußgrenadieren im Schlachthof getragen wurden.

Der Stier nahm den Generalschlüssel von einem Brett über dem Schreibtisch und ließ ihn in seine Brusttasche gleiten. Er setzte sich neben seinen Bruder. Sie sahen Cocio hineingehen und entfachten schwarze Zigarren, um sich die Zeit zu vertreiben, bis das Pärchen es sich gemütlich gemacht hatte.

Cocio trat durch die Tür und zog bei Idas Anblick ärgerlich die Stirn in Falten.

„Du gottverdammte Schlampe. Warum bist du in deiner Hochzeitsnacht hierher gekommen?"

Mit verzweifeltem Gesichtsausdruck griff sie nach ihm, während er aus seinen Kleidern schlüpfte. Seine 45er Automatik plumpste aus der Manteltasche lautlos auf den Fellteppich.

Sie flehte: „Bitte vergib mir! Es war ein Fehler. Ich liebe dich."

Er verzog den Mund. „Was weiß ein Flittchen schon von Liebe? Mach, daß du rauskommst, Olivia! Hau ab, bevor ich dich zusammentrete!"

Er war nackt und atmete schwer.

Sie kniete sich, wie im Drehbuch vorgesehen, hin und sah kläglich zu ihm hoch. „Laß mich neben dir liegen. Bitte ... dein Körper ist so schlank und hübsch ... so aufreizend für mich."

Sie preßte ihr Gesicht in seinen Schoß, umschlang seine Beine und schluchzte.

Er stieß ihren Kopf weg. Sie schrie und kippte nach hinten. Spreizte die Beine, damit im Fallen das karmesinrote Innenfutter ihres Organs sichtbar wurde.

Flennend lag sie am Boden und bettelte eins ums andere Mal: „Sag bitte, daß du mich liebst! Bitte sag, daß du mich liebst!"

Er schrie wieder und wieder: „Olivia, du Schlampe, ich hasse dich!" Mit der Faust wichste er sich im Rhythmus ihres Gejammers.

Er kam. Seine Beine zitterten, als er über ihr stand und das Brautkleid besudelte. Schweißglänzend taumelte er rückwärts und fiel keuchend aufs Bett.

Sie streifte das Kleid ab, legte sich zu ihm und küßte ihn auf die Lippen. Strich ihm über die Schläfe und betupfte seine Stirn mit Kleenex.

Außer Atem sagte er: „Verdammt, das war gut! ... Ida, du warst einfach großartig."

Sie schmachtete: „Du aber auch, Larry, Süßer."

Er stand auf und ging ins Bad, um zu duschen. Sie lehnte sich zurück und ließ sich eine Zigarette schmecken, bis sie mit Duschen dran war. Danach würden sie einander ungefähr eine Stunde streicheln und liebkosen, bevor sie Auf Wiedersehen sagten.

Im Büro des Motels bewaffnete sich der Stier mit einem Beil, um die Enthauptungsklausel im Collucci-Kontrakt erfüllen zu können. Der Fuchs griff ein Stück Bleirohr und schob eine 38er mit aufgesetztem Schalldämpfer in seine Overalltasche. Sie schlossen ihre Straßenkleider im Büro ein und näherten sich, durch die Dunkelheit kriechend, dem einzigen Licht im Umkreis von Meilen.

Ida erstarrte im Bett. Die Zigarette baumelte in ihrem verdutzten Gesicht. Sie war fast sicher, daß sie durch das Rauschen der Dusche hindurch etwas gehört hatte.

Direkt vor der Tür war es gewesen und hatte sich angehört wie das Geräusch, das die Schuhe eines Basketballspielers machen, wenn er scharf abbremst.

Sie hatte einen Fuß in Richtung Dusche auf dem Boden, als die beiden durch die Tür glitten. Der Fuchs blickte finster und zielte mit der Achtunddreißiger auf ihre Stirn. Sein Bruder hielt einen Zeigefinger an seine Lippen. Panisches Kreischen wollte in Ida aufsteigen.

Bevor ihre Datenbank in die Luft ging, amüsierte sie sich über eine letzte Erinnerung. Der dicke runde Schalldämpfer am Lauf der Achtunddreißiger ließ sie an ihren Pa im Kino denken. Sie war fünf, da hatte er ihr beigebracht, ihre Hand, unter dem Strohhut, auf seinem Schoß so geschmeidig zu bewegen, daß weder Ma noch die Geschwister je bemerkten, daß sie mit Pas Werkzeug spielte.

Sie war tot und starrte vom Fußboden zu ihnen hoch wie aus drei Augen. Der Fuchs pumpte ihr noch eine Kugel in den Nabel, als sie vorbeigingen.

Sie standen an der halboffenen Badezimmertür. Wasserdampf wirbelte um ihre Köpfe, als sie eintraten. Lässig dastehend, beobachteten sie, wie Cocios Silhouette sich hinter dem Vorhang einseifte.

Cocio fiel ein, daß er Mama Victoria Pfefferminzsorbet mitbringen sollte. Er warf den Kopf in den Nacken und stimmte holprig einige Textzeilen ihres Lieblingsschlagers an. Die Bomatos lachten laut, als sie sahen, wie seine spindeldürre Gestalt vor Anstrengung bebte.

Cocios Kehle schnürte sich zu. Er stand ganz still und hielt den Kopf schief wie ein Küken, das dem Geraschel eines Wiesels lauscht. Die Stiefelsohlen der beiden quietschten auf den Fliesen, sobald sie an die Dusche traten. Cocio wußte sofort, daß seine einzige Chance darin bestand, an ihnen vorbei zu der 45er in seiner Manteltasche zu gelangen.

Er trat aus dem Duschstrahl und drehte das kalte Wasser ab. Heißes Wasser zischte aus der Brause, und Dampf hüllte Cocio ein. Er wischte den Vorhang beiseite und schlug mit der Handkante den Duschkopf nach oben.

Die Bomatos warfen die Hände vors Gesicht, um sich gegen den kochendheißen Sprühregen zu schützen. Er hechtete in die schmale Lücke zwischen ihnen. Im selben Moment duckten sich die beiden und warfen sich auf ihn. Die Kollision schleuderte Cocio auf die gefluteten Kacheln.

Sie packten ihn an Kehle und Geschlechtsteilen, doch ihre Hände glitten von seinem seifigen Körper ab. Unter ihren Tritten und Flüchen versuchte er, zur Tür zu rollen.

Der Stier hackte mit dem Beil auf ihn ein, verlor auf dem glitschigen Fußboden das Gleichgewicht, und das Beil schepperte auf die Fliesen.

Cocio fuhr herum und schnappte nach dem Beil. Der Fuchs trat zurück und feuerte auf Cocios Herz. Cocio warf sich zur Seite. Die Kugel zerfetzte seine linke Arschbacke und schleuderte ihn durch die Heißwasserflut zur Tür.

Im dampfenden Nebel rappelte er sich hoch. Der Stier griff nach seinem Fußgelenk. Cocio hieb mit dem Beil nach dem Schädel des Stiers und hackte ein Stück Kopfhaut mit Haaren ab. Der Fuchs feuerte erneut und schoß Cocios rechte Wange weg.

Der Stier drückte die Hand auf seine Wunde und schaukelte vor Schmerz auf den Knien, als Cocio ins Schlafzimmer taumelte. Der Fuchs erspähte ihn durch den Dunst und feuerte einen Dum-Dum-Hagel, der Cocios Steißbein zertrümmerte.

Cocio krachte auf den Teppich. Der Fuchs sprang hinzu, kickte das Beil weg. Er zielte abwärts, auf Cocios Kopf. Seinen lecken und verbrühten Schädel tätschelnd, torkelte der Stier aus dem Badezimmer.

Er packte seinen Bruder an der Schulter und wirbelte ihn herum. „Nein! Nein!“ rief er in Sizilianisch. Er rollte seine schwarzen Augen Richtung Bad. „Der soll seine eigene Medizin schmecken.“

Die Augen des Fuchses oszillierten bei dem Gedanken. Sie schleppten Cocio an den Fersen zur Dusche. Stöhnend lag er auf dem Bauch. Der Fuchs beugte sich vor, drehte die Dusche ab und stöpselte die Wanne zu. Dann drehte er den Heißwasserhahn voll auf. Cocios schrilles Gewinsel und das breiige Baseballschlägerfloppen hallten im Badezimmer wider, als der Fuchs mit dem Bleirohr auf Cocios Schultern, Rücken und Rippen eindrosch. Dann griff der Stier das Rohr und machte weiter, bis Knochensplitter aus Cocios Fleisch lugten wie die Borsten eines Stachelschweins.

Sie hoben Cocio hoch, setzten ihn auf den Wannenrand, traten zurück und ließen ihn hineinplumpsen. Seine Augen quollen hervor, und er brüllte heiser im kochenden Schock. Mit den Händen paddelte er wie ein Hund das Wasser, schnellte aus der Wanne und klatschte auf die Fliesen.

Wieder hoben sie ihn in die Wanne. Er pfiff schrill durch die Zähne und versuchte entkräftet, erneut zu entkommen. Sein Kopf hing über dem Wannenrand, die Zunge blauschwarz und geschwollen aus dem Mund. Das Echo ihres Gelächters brach sich in den gekachelten Wänden angesichts dieses lustigen Bildes. Der Stier hackte mit dem Beil, bis der Kopf, vom Rumpf getrennt, auf die Fliesen sprang.

Mit einer Toilettenbürste fischten sie im brühheißen Blut nach seinen Fußgelenken. Sie zogen Es aus der Wanne und putzten Es heraus. Mit roten Höschen, um Colluccis Tuntenklausel zu erfüllen.

Sie ließen die Wanne leerlaufen. Dann duschten sie kalt ihre Gesichter, sowie ihre blutigen Stiefel und Overalls. Sie knoteten Handtücher um seine Fußgelenke und hängten Es, den Halsstumpf nach unten, an der Brause auf.

Kichernd bespuckten und bepissten sie Es, wie die beiden es als Kinder mit der öffentlich aufgehängten Leiche von Mussolini getan hatten.

Sie traten ins Schlafzimmer und Ida Schmidts riesige Augäpfel stierten anklagend aus einer Maske geronnenen Blutes. Sie bedeckten den abstoßenden Anblick mit dem Brautkleid.

Dann gingen sie ins Büro und salbten sich die brennenden Gesichter mit Vaseline aus dem Erste-Hilfe-Kasten. Der Fuchs bandagierte den Schädel seines Bruders. Anschließend kühlten sie die Gurgeln mit Softdrinks, bevor sie ihre Arbeitskluft einpackten und wieder in die Straßenkleidung stiegen. Auf dem Weg zum Auto schnatterten sie fröhlich in Sizilianisch aufeinander ein.

In entgegengesetzter Richtung, zweihundert Meter entfernt, beobachtete sie Collucci von einem verlassenen Apfelweinstand aus. Hinter dem Stand war ein gebrauchter, von Angelo unter falschem Namen zugelassener Cougar geparkt. Collucci verließ den Kiosk durch die Hintertür. Er führte ein weitreichendes Magnum-Gewehr mit sich, das er mitgebracht hatte, falls Cocio es geschafft hätte, den grauenvollen Bomatos zu entkommen.

Er saß und lauschte dem Schnurren des Cougar, bis die Hecklichter der Bomatos verschwunden waren. Hochgestimmt fuhr er auf den Highway. Auf der Höhe des Motels kämpfte er den fast unwiderstehlichen Wunsch nieder, sich anzusehen, wie es Cocio in seinem verspiegelten Haßnest ergangen war.

Tonelli ist der nächste, und das erledige ich selbst. Köstlich wird es sein! dachte er und prügelte den Cougar in Richtung Hildas Blaubeerpfannkuchen.

KAPITEL ZWEIUNDZWANZIG

Am Morgen nach Cocios Tod trafen seine Angestellten ein und fanden die Leichen. Die Polizei wurde geholt, und Lieutenant Paul Porta benachrichtigte sofort Tonelli.

Tonelli und Bellini arrangierten in aller Eile eine Konferenz.

Sie saßen auf der Penthouseterrasse, im Schutz der getönten Plastikkuppel. Das gefilterte Sonnenlicht lag wie goldener Damast auf dem Alabastertisch, an dem sie in Sizilianisch berieten.

Der Kristallkelch mit rubinrotem Vino an seinen Lippen funkelte wie ein diamantbesetzter Becher, als Bellini haltmachte in seinem Plädoyer für kühle Objektivität angesichts des Todes von Cocio und der Möglichkeit, daß Jimmy Collucci seine Hand im Spiel hatte.

Tonelli meinte erregt: „Ich möchte wissen, wer zum Teufel in ganz Chikago ... auf der ganzen Welt hätte die Nerven und einen derart abartigen Haß, Francesco so zuzurichten? ... außer Giacomo Collucci? Seit Jahren kann ich in seinen Augen lesen, daß er mich haßt."

Bellini schüttelte den Kopf. Seine Finger kraulten den Kelch. „Ich kenne ihn. Er ist ein Dandy. Eine solche Sauerei würde er nicht hinterlassen."

Tonelli beugte sich vor. „Dann hat er die Sauerei eben in einem Kontrakt mit dem Hurensohn festgelegt, der den Job an Francesco gemacht hat. Victoria Cocio wird tot umfallen."

Bellini lächelte. „Du gibst also zu, daß es außer Giacomo noch jemanden geben könnte, der Francesco umgelegt hat? Etliche könnte es geben ... so viele wie Fliegen auf einem Köter. Deshalb müssen wir mit kühlem Kopf vorgehen."

Tonelli wedelte mit seinen Händen in der Luft. „Du klingst wie sein Anwalt, Papa Luigi. Vergiß nicht, daß ein wildgewordener Tiger jeden vernichtet. Vor allem seinen Dompteur."

Er zündete Bellinis Zigarre an und sich selbst eine Zigarette.

Dann sagte er mit wehmütigem Gesichtsausdruck: „Was für

eine Schande, daß meine *soldati* ihn nicht getötet haben, weil er seine Nummer mit Olivia abgezogen hat. Das Herz eines jungen Mädchens heilt schnell."

Bellinis Augenbrauen fuhren hoch und ließen Tonellis Vorsicht wachsen. „Nicht immer, Giuseppe. Er ist ihr nicht an die Wäsche gegangen und dann abgehauen. Sie haben geheiratet. Aber wir drehen uns unnötig im Kreis mit dem Problem ... Ich teile deine Einschätzung, daß er krank vor Machtgier und gefährlich ist. Irgendwelche Lösungsvorschläge?"

Jetzt wurde Tonellis Vorsicht von seinem lebenslangen Haß auf Collucci überrumpelt.

„Wir sollten die Namen der anderen aus ihm herausschmoren und ihn dann einmachen, wie er es mit Francesco gemacht hat."

Bellinis Augenbrauen fuhren erneut in die Höhe.

„Olivia und Petey?" fragte er leise.

Tonelli atmete tief durch. „Petey wird ihn vergessen, und Olivia hat schon vor Jahren aufgehört, ihn anzuhimmeln ... Er ist wie eine schlechte Angewohnheit, die sie ablegen können."

Bellini sagte: „Nein, Giuseppe, unser erster Schritt muß subtiler sein. In dieser widerwärtigen Geschichte gibt es zu viele unbekannte Fallstricke und Gefahren, nicht nur für uns hier in Chikago, sondern auch für die Nationale Kommission.

Ich kenne Giacomo in- und auswendig. Falls er Francesco erledigt hat, träumt er von mehr als nur der Kontrolle über Chikago. Er ist nicht so dumm, beide Bosse, von denen einer Mitglied der Kommission ist, umlegen zu wollen, wenn er nicht den größten aller Träume hätte ..."

Tonelli sagte: „Du meinst ... die Kommission an sich reißen?"

Bellini nickte ernst. „Das meine ich. Er wird wissen, daß er mit ausschließlich hiesigen *soldati* nicht die geringste Chance hat. Also hat er einen Plan ausgeheckt, oder muß das noch, wie er zusammen mit anderen gierigen Jungtürken aus allen Familien des Landes die gesamte Kommission aufs Kreuz legen kann."

Bellini schüttelte den Kopf. „Nein wir haben keinen vorzeigbaren Beweis für die Kommission, daß er sie bedroht. Und außerdem sind wir beide in einer äußerst heiklen Situation. ... Du hast ihm den Spielraum gelassen, zur Bedrohung zu werden ... Und ich habe ihn in die Ehrenwerte Gesellschaft eingeführt."

Er nippte an dem Kelch, bevor er fortfuhr. „Wir müssen seine Aktionen rund um die Uhr beobachten, bis wir einen stichhaltigen Beweis für die Kommission haben."

Bellini hob die Schultern.

„Vielleicht ist er sauber. Vielleicht hat er sich nur mit Francescos Tod beschmutzt und den großen Plan noch nicht geschmiedet. Ich werde die beste Schnüfflerfirma der Stadt auf ihn ansetzen ... Vielleicht können wir unsere Probleme selbst und in Ruhe lösen."

Tonelli nickte und fragte: „Welche Firma?"

Bellini meinte: „Barrantino ist am besten, und wegen seiner hohen Schulden bei dir ist gewährleistet, daß von den Nachforschungen nichts durchsickert."

Tonelli verzog plötzlich schmerzhaft das Gesicht und senkte den Kopf auf die Tischplatte.

Bellini stand auf und ging um den Tisch herum.

„Was ist los, Giuseppe?"

Tonelli hob den Kopf und hielt sich mit der Hand den Kiefer. Zwischen den Zähnen stieß er hervor: „Die Wurzelkanalfüllung, die ich vor mehreren Jahren bekommen habe, um meine lausigen Zähne zu retten, hält nicht. Seit einem Monat werfe ich schon Codeintabletten ein wie Popcorn, um den Schmerz zu dämpfen ... Sie müssen alle raus."

Bellini sagte: „Bis Barrantino uns den kompletten Wetterbericht liefert, würde ich mich an deiner Stelle nicht unnötig exponieren."

Tonelli stand auf.

Während sie ins Wohnzimmer hinuntergingen, sagte er: „Mein Zahnarzt wird es hier erledigen. Oder ich schlüpfe an einem der nächsten Abende in seine Praxis, wenn das Gebäude geschlossen ist."

Sie gaben sich die Hände, und Bellini machte sich auf den Weg zu Barrantinos Schnüfflerfirma.

Zur selben Zeit saß Mayme Flambert, kahlköpfig und verborgen hinter einem rußgeschwärzten Fenster, im zweiten Stock einer Mietspension. Sie verbrachte einen Großteil der Zeit mit inständigen Bitten an die Voodoo-Götter, ihr zu helfen, Colluccis Tod herbeizuführen.

Schnatternd hatten sie versprochen, es vor ihren Augen geschehen zu lassen.

Den Rest der Zeit brachte sie damit zu, ein starkes Fernglas an ein saubere Stelle der Scheibe zu drücken und die sechshundert Meter entfernte Front des Voodoo Palace zu beobachten.

Zehn Tage, nachdem Collucci Cocio abgehakt hatte, lag Taylor im Bett und erholte sich von seinen Verletzungen und der Totalamputation seiner Beine. Seine Ärzte waren sich einig, daß nur sein unbändiger Lebenswille ihn hatte überleben lassen.

Standhaft hatte er sich geweigert, den Löffel abzugeben, solange Collucci lebte. Mit dem hilflosen Klumpen seines Torsos konfrontiert, dämmerte er in einem beständigen Zustand blinden Hasses auf Collucci.

Er meinte, als hoffnungsloser Krüppel nicht geeignet zu sein, die Warriors zu führen. Ein Unversehrter sollte ihn ablösen. Er lebte nur im Gedanken, Collucci zu töten.

Er starrte zur Decke und fragte sich, ob der motorgetriebene Rollstuhl, den Dew Drop und Ivory zusammenbastelten, dazu dienen könnte, ihn in Schußweite an Collucci heranzubringen. Bama störte ihn in seinen Gedanken mit hausgemachtem Süßkartoffelauflauf, Taylors Lieblingsdessert. Taylor legte die Stirn in Falten und lehnte ab.

Eine Weile saß Bama schweigend auf der Bettkante. Dann sagte er: „Jessie, Rachel und Fluffy rufen mich seit Tagen an. Sie wollen, daß ich dein Telefon wieder anschließe. Außerdem haben sie mich gebeten, dich zu überreden, deinen Befehl zu widerrufen, sie nicht in die Zone zu lassen. Warum läßt du sie nicht rein, Jessie, damit sie bei dir sein können?“

Taylor sagte: „Ich sehe keinen Grund, warum Fluffy sich mit meinem häßlichen Anblick ihr zartes Leben ruinieren sollte. Und Bama, du vergißt, daß Rachel verduftet ist, als ich noch heil war ... und sie ist ganz scharf drauf, unten im Süden reich zu werden. Also, Bama, wenn du deine Fühler ausstreckst ... vielleicht kann ich mit den Witzbolden im Zirkus auftreten und Rachel zu einer schwerbetuchten Niggermieze in Atlanta, Georgia, machen. Ohne Scheiß ... die könnten mich Beach Ball Boy nennen, so ganz ohne Beine.“

Bama schüttelte traurig den Kopf wegen Taylors Verbitterung.

Sanft sagte er: „Ob du nun an Ihn glaubst oder nicht, Jessie, du brauchst Seine Hilfe, um wieder hochzukommen. Bitte Ihn darum ... Er wirds dir zeigen, so sicher, wie man dich geboren hat."

Taylor funkelte. „Wirf dem Beach Ball Boy zum Jonglieren keine Scheißbälle zu. Wenn Er da oben ist, wieso hat Er den Mafia-Mann mich so einmachen lassen? Bama, klär das mal! Warum hat Er das zugelassen?"

Bama sagte: „Dich hats wirklich schlimm erwischt. Aber noch schlimmer wäre gewesen, wenn du ins Gras gebissen und die Warriors im Stich gelassen hättest. Jessie, Er hat dich gerettet, damit du zu Ende bringst, was wir angefangen haben."

Taylor lachte. „Du meinst also, Bama, Er hat nicht genug gesunden Menschenverstand, zu wissen, daß ein Krüppel keinem helfen kann, geschweige sich selbst?"

Bama stand auf und sagte: „Wir reden ein andermal, Jessie. Kann ich dir irgendwas besorgen? Oder was für dich tun?"

Taylor sagte: „Ja, Bama, du kannst mich in Frieden lassen, damit ich ungestört meditieren kann. Ich ziehe nach unten, in einen der Bunker, sowie Dew Drop und Ivory Jones meinen Spezialrollstuhl zusammengeschraubt haben und mir da unten was zum Wohnen einrichten."

Bama meinte: „Du weißt, es liegt noch ein Psycho-Spektakel mit Kong und Charming Mills an ... da brauch ich dich."

Taylor sagte: „Keine Sorge, Bama. Ich warte da unten für den Fall, daß du mich brauchst."

Bama wandte sich ab und ging.

Taylor starrte an die Decke und dachte wieder an Collucci.

Charming Mills und Kongs Cousin Buncha Grief suchten die Gegend um Double Heads Wettbüro nach einem versteckten Beobachtungsposten von Paul Portas Sonderkommando ab. Mills entdeckte tatsächlich einen hinter einer Reklametafel, direkt gegenüber von Double Heads Goldgrube.

Während sie quer durch die Stadt rasten, meinte Buncha: „Charming, die Double-Head-Sache ist im Moment zu heiß für uns. Laß uns ne Zeitlang abwarten und zuschlagen, wenn die Bullen grade mal die Hosen runterlassen."

Charming setzte Buncha ab. Auf dem Weg zurück in die Zone war er froh, Kong berichten zu können, die Konfrontation mit Double Heads Maschinengewehr sei auf unbestimmte Zeit verschoben.

KAPITEL DREIUNDZWANZIG

Es war zwei Wochen nach Cocios großem Abgang.

Collucci rekelte sich hinter verschlossener Tür im Arbeitszimmers in einem Sessel. Er hatte das Gehabe von Dinzio perfektioniert, um ins Penthouse eindringen zu können.

In letzter Zeit hielt er sich fast nur hier auf. Die ganze vergangene Woche hatte er auf dem Sofa in der Ecke geschlafen. Olivia war sehr reizbar geworden. Ihre wüsten Alpträume hatten verhindert, daß er die Ruhe bekam, die er benötigte, um unter dem Druck von Gefahr und Tod wachsam und agil zu bleiben.

Vor einer Woche hatte er in Olivias Schlafzimmer und Telefon winzige Sender installiert. Den Input zeichnete er mit Tonbandgerät über einen in der Schreibtischschublade versteckten Empfänger auf.

Er war zu dem Schluß gekommen, daß die Weltuntergangsstimmung, die Bellini in seiner Senilität verbreitete, und seine häufigen Besuche bei Olivia, sie emotional aus der Bahn geworfen hatten.

Heute hatte er noch etwas anderes befürchtet. Er war darauf vorbereitet, Bellini bei der ersten falschen Bewegung schlafenzulegen.

Er machte sich keine Sorgen, daß Bellini sein Schweigegelübde wegen Olivia oder irgend jemand anderem außerhalb der Ehrenwerten Gesellschaft brechen würde. Machte sich im Moment auch keine Sorgen wegen der Kommission. Und er fühlte, daß er sich an Tonelli heranwagen könnte. Denn er vermutete außerdem richtig, warum Tonelli und Bellini zögerten, ihn ohne stichhaltigen Beweis vor der Nationalen Kommission zu verdächtigen.

Er hörte das Abhörgerät surren und wußte, Olivias Telefon hatte geklingelt. Er sah das Tonband sich drehen, als es den Anruf aufzeichnete. Es stoppte und er spielte es ab. Er lauschte dem langweiligen Geplauder von Olivia und Tonelli bis fast zum Ende der Aufnahme.

Dann hörte er, wie Joe Tonelli sagte: „Ich muß jetzt Schluß

machen. Meine Zähne bringen mich um."

Olivia meinte: „Papa, bitte laß sie dir alle ziehen."

„Mach ich. Morgen abend."

„In welcher Klinik?"

„Mein Zahnarzt zieht sie mir morgen nach der Sprechstunde in seiner Praxis."

„Gib mir die Telefonnummer."

Er meinte: „Ich werde weggetreten sein, und das Ganze dauert sowieso nicht lange."

Sie war hartnäckig. „Ich will die Telefonnummer trotzdem, Papa."

Er sagte: „Wart ne Sekunde."

Er gab sie ihr, und sie verabschiedeten sich.

Collucci stellte fest, daß es achtzehn Uhr war. Er wählte die Nummer, und eine Telefonistin teilte ihm mit, der Zahnarzt wäre schon gegangen, und das Praxisgebäude würde in Kürze geschlossen. Collucci notierte sich die Adresse des Gebäudes.

Dann suchte er die Wohnungen hinter der Villa auf.

Er holte Angelo ab und ging mit ihm hoch zu den Rizzo-Brüdern, die in ihrem Appartement mit ihren Freundinnen tranken und blödelten.

Die Rizzos schickten ihre Mädchen weg, als Collucci und Angelo auftauchten. Collucci saß bis Mitternacht mit ihnen zusammen und tüftelte bis ins kleinste Detail Tonellis Abgang aus.

Am selben Nachmittag, an dem Taylor sich und seinen Haß in die Gruft unterhalb der Zone gesperrt hatte, brach Mario Rizzo das Schloß einer Tür auf. Es war die Tür zu einer leerstehenden Suite im ersten Stock des Gebäudes, das die Praxis von Tonellis Zahnarzt beherbergte.

Einen halben Block entfernt wartete Angelo in dem Cougar, den Collucci bei seiner heimlichen Überwachung von Cocios Exekution gefahren hatte. Der als Dinzio verkleidete Collucci und die Rizzos warteten in der leeren Suite ungeduldig auf die Schließung des Hauses und die Ankunft Tonellis.

Über den Flur hinweg hörten sie, wie die Assistentinnen in der Praxis den letzten Patienten des Tages verabschiedeten. Collucci und die Rizzos sahen die Zahntechniker und ihre Helferinnen das Gebäude verlassen und zum Parkplatz schwärmen. Schließlich schlurfte ein älterer Schwarzer, offensichtlich der Hausmeister, über die Straße davon.

Kurz darauf erblickten Collucci und die Rizzos Tonellis Lincoln an einem Seiteneingang. Collucci irritierte das platinblonde Aufblitzen von Consuellas Mähne im Wagen. Jeder im Gebäude und alle, die es betraten, müßten schlafengelegt werden. Collucci kaute auf seiner Unterlippe. Er wollte Consuellas Zwillinge nicht zu Waisen machen. Aber genauso wenig wollte er Tonellis Hinrichtung verschieben.

Zwei Penthouse-Wachen stiegen zusammen mit Tonelli und Dinzio aus. Collucci grinste, als er sah, wie Dinzio armwedelnd gegen Tonelli protestierte. Doch Tonelli scheuchte die Wachen zurück ins Auto. Als Tonelli und Dinzio zum Seiteneingang gingen, setzte hinter ihnen der Chauffeur den Lincoln in Bewegung. Dinzio steckte den per Boten ins Penthouse geschickten Schlüssel ins Schloß. Sie betraten das Haus. Dinzio begleitete seinen Boß bis zum Zahnarztstuhl. Dann verließ er die Praxis, um einen Routinegang ums Gebäude zu machen.

Die Rizzos lauschten dem Gepolter von Dinzios Schritten auf der Hintertreppe und rannten aus der leeren Suite auf Gummisohlen den Flur entlang. Sie spähten über das Geländer nach unten. Richteten ihre mit Schalldämpfern ausgestatteten 45er auf den Kopf von Dinzio, der auf dem Treppenabsatz stehengeblieben war, um eine Zigarette anzuzünden.

Mit dem Geräusch einer aufklatschenden Melone platzte Dinzios Schädeldecke. Die Wucht der Geschosse setzte ihn unsanft aufs Hinterteil. Tot. Einen Moment lang hielt er so das Gleichgewicht und schwankte wie eine Vogelscheuche im Wind. Dann sackte er auf dem Fußboden zusammen zu einem dunklen Haufen.

Schnell liefen die Rizzos zur Zahnarztpraxis, die Collucci gerade betrat.

Er wandte sich um und sagte: „Falls er schon betäubt ist, laßt ihn wieder hochpeppeln, bevor ihr ..."

Collucci entfernte sich, um die Straße zu beobachten.

Die Rizzos gingen ins Behandlungszimmer. Der Zahnarzt und

seine hübsche brünette Assistentin waren dabei Tonelli Lachgas zu verabreichen.

Die Rizzos zogen ihre Waffen.

Marty Rizzo sagte: „Maulhalten, und bringt den Kerl so schnell wie möglich wieder zu sich."

Das Pärchen wirbelte herum und nickte heftig. Zitternd injizierte der Zahnarzt Tonelli ein starkes Anregungsmittel. Die Rizzos traten nah heran und pumpten ihnen von hinten saubere Löcher in die Köpfe. Sie fielen nach vorn. Der Fußboden vibrierte.

Die Rizzos sahen Tonellis Lider zucken. Sie eilten mit der Nachricht zu Collucci. Während Collucci hineinging, um Tonelli abzuhaken, observierten sie die Straße.

Tonellis Augen öffneten sich flatternd und blickten in Colluccis Gesicht, das bis auf die hellen Augen Dinzios Gesicht war.

Mit der Zunge erforschte Tonelli seinen Mund.

Verärgert sagte er: „Meine Zähne! Ich hab meine gottverdammten Zähne ja immer noch! Bring den Hurensohn zu meinen Zähnen zurück."

Collucci warf den Kopf in den Nacken und lachte wie Dinzio.

Tonelli runzelte die Stirn und sagte scharf: „Los, Dinzio. Mach schon, was ich sage!"

Collucci sagte mit seiner eigenen Stimme. „Entspannen Sie sich, ich bin hier, um alle Ihre Probleme zu lösen."

Tonelli wandte ihm sein noch immer schönes Gesicht zu. Gefaßt, bis auf die geweiteten, auf Collucci stierenden Augen.

Er sagte: „Ich hoffe, du hast nicht vor, Consuella etwas zu tun. Sie ist unschuldig und eine gute Mutter ... und sie hat mir viel Freude geschenkt."

Collucci dachte daran, daß Olivias Mutter die Cousine von Tonelli war.

In Sizilianisch sagte er: „Eine dreckige, doppelzüngige Schlange wie du hätte sicher mehr Freude mit der Schwester oder Mutter im Bett."

Tonellis Miene blieb unbeweglich. Er spannte sich und schätzte den Abstand für einen Ausfall auf Colluccis Magnum. Schnell trat Collucci vor und setzte Tonelli die Mündung der Waffe auf den Nasenrücken.

„Ich habe ein menschliches Herz ... wenn du mir ein paar Gründe nennst, warum du leben solltest, drücke ich vielleicht nicht ab."

Aus Tonellis emporgewandtem Gesicht strahlte Verachtung. „Du erwartest, daß Giuseppe Tonelli einen kleinen Hosenscheißer von der Westside um Gnade anfleht?"

Collucci bleckte die Zähne und stieß Tonelli die Mündung der Waffe an die Stirn.

Sanft sagte Tonelli: „Bitte, nicht ins Gesicht ... für Consuella und Olivia ... das Begräbnis."

Er zeigte mit dem Finger auf sein Herz. „Hier", murmelte er.

Collucci sagte: „Du hast kein Herz, Schwanzlutscher! In der Nacht damals vor Olivias Bungalow hast du deinen *soldati* den Befehl gegeben, mir das Gesicht zu zerschlagen, weil wir ineinander verliebt waren. Dafür werde ich dir die Fenster deiner schmutzigen Seele wegpusten."

Collucci rammte Tonelli die Mündung der Waffe durch den rechten Augapfel, bevor er abdrückte. Danach rammte er sie ins linke Auge und ließ sie im Inneren des zerschmetterten Kopfes noch einmal explodieren.

Einen Moment schlotterte Tonelli noch im Stuhl. Dann sackte er, zur Ruhe gekommen, nach hinten.

Collucci und die Rizzos verließen das Gebäude durch eine Hintertür, wo Angelo geparkt hatte. Sie packten die Leichen von Tonelli und Dinzio in den Kofferraum. Dann quetschten sie sich in den Cougar, und Angelo fuhr los.

Collucci war bester Laune. Auf seinem Handgelenk war es achtzehn Uhr. Sein Stellvertreter Spino sollte jetzt mit den Repräsentanten unzufriedener Mafiosi aus dem ganzen Land zusammensitzen, um das große Ding zu deichseln. Alle warteten ungeduldig darauf, sich durch den Aufbau einer neuen, jungen Nationalen Kommission den Weg zu noch mehr Macht und Reichtum freizumorden.

Angelo warf einen Blick in Colluccis Gesicht. Collucci formte mit Daumen und Zeigefinger einen Kreis zum Zeichen, daß alles in Butter war.

Doch in einem Hotel an der Rückseite des Praxisgebäudes flatterte eine Gardine.

Dahinter packte Barrantino, Photograph und Hexenmeister der Schnüffler, Kamera und Teleobjektive ein. In wilder Hast verließ er das Hotel, um Bilder und Bericht bei Bellini abzuliefern.

KAPITEL VIERUNDZWANZIG

Collucci bestieg sein Flugzeug nach Rom. Über einem Ozean aus Wolken schwebte Bellinis Maschine schon in Richtung New York. Einen Augenblick rüttelte die Maschine, als sie durch eine Wand perlweißer Wolken tauchte.

Bellini spürte, wie süße Todeswünsche seine Magengrube kitzelten. *Soll der große Vogel sich hier oben in Stücke schütteln,* dachte er, *meine Angelita ist sicher einsam und wartet, daß ich zu ihr komme.*

Er seufzte. Er liebte Olivia und Petey so sehr. Was für eine Schande, überlegte Bellini, daß gerade er der Nationalen Kommission den Beweis präsentieren mußte, der Jimmy Colluccis Todesurteil bedeutete.

Von Anfang an hatte er alles getan, um das Leben von Jimmy Collucci mit Erfolg, ein wenig Macht und Geld zu segnen. Wie ein Vater hatte er Colluccis Hochs und Tiefs verfolgt und durchlebt. Mit großem Stolz hatte er ihn bei seiner Hochzeit mit Olivia und die Jahre danach beobachtet. Und befriedigt hatte er festgestellt, daß Collucci der Verbindung mit der außergewöhnlichen Olivia immer nur den angemessenen zweiten Rang hinter der Ehrenwerten Gesellschaft einräumte.

Wie ein liebender Vater, der sein Album nach dem Lieblingsschnappschuß durchblättert, dem freudigsten und erfülltesten Augenblick, erinnerte sich Bellini an den Gesichtsausdruck des jungen Collucci an jenem Abend, an dem er ihn in die Ehrenwerte Gesellschaft einführte. Ätherisch hatte Collucci ausgesehen im Kerzenschimmer der geheimen Zeremonie, nachdem Bellini Blut, das heilige Schweigegelübde und den Treueschwur für die Ehrenwerte Gesellschaft entgegengenommen hatte.

Da er den Schwur gebrochen hat, ist es jetzt meine Pflicht, Jimmy Colluccis Leben zu beenden. Und das Kommissionsgericht zu überzeugen, daß es mir die Verantwortung dafür überträgt. Vielleicht, überlegte er, werde ich mit dem Henkersknoten, meiner Fingergarotte, das Leben aus Jimmy Collucci würgen. Oder er würde eine Version der Methode anwenden, die er seit der Erfüllung seines Novizenkontraktes die Plattkopfmethode nannte.

Er lächelte trübsinnig bei der Erinnerung an seine Kumpels, die ihm, als sie Kinder waren, den Spitznamen „Plattkopf“ verpaßt hatten. Ein halbmondförmiger Knochenvorsprung an der linken Seite der Schädeldecke verunstaltete ihn. Seine Mutter war reich und gebrechlich gewesen, sein Stiefvater pfiffig und neunzehn. Der Stiefvater haßte den zehnjährigen Bellini. Um ihn zu strafen, sorgte er dafür, daß sein häßlicher Schädel stets kahlrasiert war.

In einer ruhigen Nacht schlich sich Bellini ins Wohnzimmer und starrte auf seinen Stiefvater, der von zuviel Vino auf dem Sofa dämmerte. Hier und jetzt fertigte er mit sich selbst einen Kontrakt über das Leben seines Stiefvaters aus. Er legte den Kopf des Betrunkenen zurecht. Dann hieb er mit seinem Knochenhalbmond auf den Hinterkopf seines Stiefvaters ein, bis der ins ewige Koma abdriftete.

Bellini lächelte, als das Flugzeug auf den Kennedy Airport hinabschlingerte. Er hatte seine Mutter befreit, so daß sie sich ausschließlich ihm widmen konnte! Die Polizei hatte sich den toten Stiefvater angesehen. Nur ein weiterer Betrunkener, der sich beim Fallen den Kopf eingeschlagen hatte.

Bellini stieg aus der Maschine. Sofort bemerkte er die Limousine, die ihn zur Zusammenkunft der Kommission bringen würde.

Im Hinterzimmer eines Restaurants in Little Italy.

KAPITEL FÜNFUNDZWANZIG

Seit dem Treffen, das seinen Traum vom Drogenhandel wahrgemacht hatte, schwebte Collucci auf römischen Wolken. Er hatte beschlossen, noch ein paar Tage dortzubleiben, um auszuspannen und seine Pläne zu perfektionieren.

Nach seiner Rückkehr würde er sich in den Mantel von Tonellis Macht hüllen. Er würde eine Möglichkeit finden, das Penthouse auf Olivia zu übertragen. Weitere Schritte würde er von Tonellis Festung aus planen und in die Wege leiten.

Zur selben Zeit schnallte sich Bellini für den Rückflug nach Chikago traurig an seinem Sitz fest. Die Kommission hatte ihm die Verantwortung übertragen, das Todesurteil an Collucci zu vollstrecken.

Nur wenige Stunden nach Bellinis Abflug formulierte die Kommission die wichtigsten Entscheidungen, wie mit den Verrätern und den Hochverdächtigen zu verfahren sei. Man kam überein, den Verschwörern zunächst mit intensiver Überwachung und verstärktem Schutz für die Mitglieder der Kommission Handschellen anzulegen. Das sollte die Strategie sein, bis Collucci, offensichtlich der starke Arm der Rebellen, exekutiert war. Danach würde man sich alle Verdächtigen schnappen und sie unter Folter ausquetschen. Danach der Rechtsprechung des Kommissionsgerichts übergeben.

Außerdem verständigte man sich, das effizienteste Killerteam nach Chikago zu entsenden. Um Bellini bei der Hinrichtung zu unterstützen oder sie durchzuführen, wenn er nicht innerhalb einer Woche vollstreckt hätte.

Nachdem sie zu einem folgenschweren Entschluß gelangt war, hatte Olivia Bellini zu sich gebeten.

Bellini besuchte sie in der Woche nach seiner Rückkehr aus New York zum zweiten Mal.

Es war der Tag, an dem ein kleiner, privater Gedenkgottesdienst für Tonelli abgehalten wurde. Bellini hatte Olivia davon überzeugt, daß Tonelli durch Colluccis Hände tot und begraben war.

Bellini bezahlte den Taxifahrer und ging den Weg hinauf zu Olivia, die in der offenen Haustür stand. Ihm fiel auf, daß am Fuß der Treppe Gepäckstücke gestapelt waren. Olivia begrüßte ihn kühl. Zum erstenmal seit sie sich kannten, dachte er.

Sie führte ihn ins Wohnzimmer. Beide setzten sich aufs Sofa. Bellini bemerkte, daß sie vorher die Titelseite einer Zeitung mit der Schlagzeile „Mafia-Krieg“ gelesen hatte.

Sie hob die Augen und sah Bellini anklagend an. „Du, Jimmy ... und Papa, ihr zündet euch eure Zigarren mit Geld an. Hier in der Zeitung heißt es, ihr ... die Mafia bringt sich gegenseitig aus Gier um ... meistens wegen Geld. Warum tötet ihr sogar eure Freunde und Verwandten wegen Geld, wenn ihr es nicht braucht?“

Bellini spuckte trocken aus vor Wut.

Dann sagte er: „Mafia! Das ist von den Medien fabrizierter Müll! Ich gebe dir mein Ehrenwort als väterlicher Freund. Eine derartige Organisation existiert heutzutage nicht.“

Drückendes Schweigen lag zwischen ihnen, während sie einander anstarrten.

Bellini senkte achtungsvoll Augen und Stimme und fuhr sanft und beruhigend fort. „Allerdings gibt es eine uralte, unterdrückte, ehrenwerte Gesellschaft von Elite-Sizilianern, aufrechten Männern, die geschworen haben, in einer korrupten und sündhaften Welt ihren Geschäftsmethoden nachdrücklich Gestalt zu verleihen und ihre Interessen und Familien zu schützen. Ihre Feinde füttern die Presse heimlich mit Lügen, damit die Öffent...“

Olivias „Bitte!“ schnitt ihm das Wort ab. „Du hast mir vertraut und mir ausreichend Kraft und Intelligenz zugetraut, um mir die Bilder von Papas Tod zu zeigen. Ich bin kein Kind! Ich bin eine Frau!“

Bellini zuckte zusammen und verfolgte mit Adleraugen, wie sie zu ihrer Handtasche ging und eine Zigarette anzündete. Sie sah hinüber zu Petey. Er hielt auf der anderen Seite des Raums in einem riesigen Kissen ein Nickerchen.

Dann kam sie zum Sofa zurück. Sie schritt eine ganze Weile

schweigend vor Bellini auf und ab. Dann brach ein Schwall leidenschaftlicher Worte aus ihr heraus. „Ich schäme mich so. Mein Leben lang habe ich zugelassen, mich gezwungen, deine und Jimmys und Papas elende Welt weder zu sehen, noch zu erkennen."

Nach einer Pause fuhr sie mit flackernden Augen fort. „Ich habe mich aus meinem törichten Kokon der Illusionen befreit. Ich bin froh, daß Frauen Männern den Krieg erklärt haben, um Menschlichkeit von ihnen zu erzwingen. Ich werde begeistert an diesem Krieg teilnehmen, um die Welt für unsere Kinder zu erhalten.

Du bist nach New York gefahren, um dafür zu sorgen, daß Jimmy Papa nachfolgt. Euch alle sollte man Papa hinterherschicken ... ihr alle seid ohne Verstand, Feinde... der Kinder."

Bellini wurde scharlachrot. Er stand auf und sah sie an.

Er sagte: „Ich lasse nicht zu, daß du mich beleidigst. Du bist außer dir, erregt. Ich habe Angst um dich."

Er streckte seine Arme, um sie zu drücken und zu trösten. Sein Mund stand offen, als sie sich wegduckte.

Die Furcht in ihren Augen traf ihn ins Mark. „Du brauchst mich nicht zu töten. Ich würde mich zu sehr schämen, zuzugeben, je mit deinem Grauen gelebt zu haben."

Er würgte heraus: „Ehe ich dir etwas antun würde, liebe Tochter, würde ich mir selbst das Leben nehmen."

Sie blickte durchs Fenster und sagte: „Mein Taxi ist da."

Er folgte ihr mit trauriger Miene zur Haustür. Sie öffnete und gab dem Fahrer ein Handzeichen.

Bellini fragte: „Warum verläßt du dein Zuhause in solcher Eile?"

Sie spitzte den Mund und sagte weich: „Mein Gewissen würde nicht zulassen, daß ich weiterhin in die Kirche gehe, wenn ich hierbleibe ... bei ihm."

Der Fahrer ging an ihnen vorbei zum Gepäckstapel am Fuß der Treppe, auf den Olivia zeigte.

Während sie hinüberging, um Petey zu wecken, sagte sie: „Petey und ich müssen uns reinwaschen."

Sie sahen auf Petey hinab, der im Schlaf vor sich hinmurmelte.

Olivia meinte: „Für Petey und mich werde ich nur das Geld meiner Mutter verwenden ... Papas und Jimmys Geld ... das gebe ich denen zurück, die es brauchen!“

Petey ritt auf Bellinis Rücken zur Tür.

Olivia sagte: „Unser Taxi kann dich zu einem Taxistand mitnehmen.“

Er vernahm kaum ihre Worte im Inferno einer irren Idee, wie er Collucci das Leben nehmen könnte.

Er murmelte: „Ich mach mir noch Kaffee ... und schließ dann ab, bevor ich gehe ... in Ordnung?“

Olivia nickte und sagte: „Auf Wiedersehen und viel Glück.“

Sie wandte sich ab. Petey stieg von Bellinis Schultern und folgte ihr den Weg hinunter zum Taxi.

Hinter der Villa saß Angelo untätig am Fenster seiner Wohnung, während seine kränkelnde Gemahlin ein Nickerchen hielt. Er sah das Taxi die Einfahrt passieren. Mit Olivia, Petey und einem Stapel Gepäck auf dem Vordersitz.

Da Bellinis Taxi leer abgefahren war, überraschte es Angelo, daß Bellini nicht dabei war.

Besorgt legte er sein Mondgesicht in Falten. Er dachte daran, wie Collucci den Verdacht geäußert hatte, Bellini könnte ein Feind sein.

Bellini schob die Tür ins Schloß. Er durchsuchte die Villa, um sich zu vergewissern, daß er alleine war. In einer schattigen Ecke des Wohnzimmers ließ er sich in einem Sessel nieder. Um auf Collucci zu warten. Und wenn es einen Monat dauern sollte.

Bei Einbruch der Dunkelheit wieselte Angelo in den Keller der Villa. Er lauschte den verstohlenen Schritten von Bellini, der auf Katzenpfoten durch die Küche schlich und sich ein Sandwich zubereitete, um seinen knurrenden Magen zu beruhigen.

KAPITEL SECHSUNDZWANZIG

Zwei Stunden, nachdem Collucci in seiner Hotelsuite Angelos Anruf entgegengenommen hatte, war er bereits auf dem Weg nach Chikago.

Nach seiner Ankunft in O'Hare nahm er ein Taxi zu einem Hotel am Loop. Er wartete bis zum Mittag, bevor er Angelo anrief und ihn warnte, sich verdeckt zu halten, wenn er die Rückseite der Villa im Auge behielt.

Um vierzehn Uhr dreißig traf Collucci im Taxi vor der Villa ein.

Bellini ließ sich lässig auf die Wohnzimmercouch fallen und beobachtete, wie Collucci durch die Haustür kam. Die rechte Hand Colluccis steckte in der Manteltasche, und seine Augen waren wachsam.

Bellini wartete, bis Collucci ihn entdeckt hatte, lächelte und erhob sich. „Ah, Giacomo, du siehst gut erholt aus nach der Reise."

Steif stellte Collucci den Koffer ab. Er zog die Magnum aus der Manteltasche. Bellini kam mit sanfter Miene auf ihn zu. Collucci legte die Pistole auf ihn an. Er war irritiert, daß Bellini auf ihn zukam.

Plötzlich sagte er: „Komm noch näher, alter Mann, und ich blase dich weg. Du hast Olivia gegen mich aufgehetzt, oder? Du hast meine Familie weggeschickt, wohin?"

Bellini sagte: „Aufgehetzt? Weggeschickt? ... Olivia hat mich hier als Hausgast untergebracht, bis sie und Petey von ihrem kleinen Ausflug zurück sind."

Lächelnd streckte er Collucci seine offenen Hände entgegen. „Siehst du, Giacomo, ein Hausgast bewaffnet sich nicht", sagte er und glitt vorwärts.

Seine Arme erhoben und jetzt wie hammerartige Rammböcke auf Collucci gerichtet. Er müßte einen halben Meter näher dran sein, überlegte er, bevor er beide Fäuste nach vorne schleudern und ihm die Kehle zerquetschen, oder ihn zusammenschlagen und dann erdrosseln konnte. Er wollte sich in Schlagweite vorschmeicheln.

Während Bellini kaum wahrnehmbar zehn Zentimeter näher an sein Ziel heranschlich, schmalzte er: „Angelita hat dich geliebt und dir vertraut, Giacomo."

Er lächelte traurig. „Deinen Namen hatte sie als letzten auf den sterbenden Lippen. Aus Respekt vor Angelita, leg die Waffe weg."

Colluccis Hirn funkte dem Abzugsfinger die Botschaft in dem Moment, als er sah, wie Bellini seine Hämmer nach vorne und an seine Kehle schnellen ließ. Doch sein Finger lag starr am Abzug. Paralysiert! Collucci stand wie angewurzelt und starrte Bellini noch einen winzigen Moment in die abgedrehten Augen, bevor er abdrückte.

Er trat zur Seite. Bellinis toter Körper kippte vorbei. Colluccis Magen wallte auf wegen der zerfetzten Knochen- und Hirnmasse, die das weggeschossene Gesicht freigab.

Dann wandte er sich Bellinis verkrümmter Gestalt zu.

Angelo kam durch die Haustür. Sie standen und sahen hinunter auf den Leichnam. Angelo bekreuzigte sich und begann, mit fast unhörbarer Stimme einen Rosenkranz zu beten.

Collucci starrte ihn finster an und schnitt ihm das Wort ab. „Laß das! Reiß dich zusammen, Angelo ... er ist nicht der gottverdammte Papst."

Dann sah er auf den bedauernswerten Kopf und sagte: „Es ist lange her, da hatte ich ein großes, warmes Gefühl für den senilen alten Trottel ... als wär er mein richtiger alter Herr, weißt du. Ich habe versprochen, ihn neben seiner Angelita zu begraben ... das Versprechen muß ich wohl brechen. Ich laß einen von den Rizzos beim Bestattungsunternehmer Labretti die eleganteste Kiste besorgen ... für ihn ... ohne Papiere oder Quittung."

Angelo meinte: „Was für ne Schande, daß der Alte abtreten mußte ... is sonst noch was, Jimmy?"

Die große Vene an Colluccis Hals blähte sich vor Erregung. „Sieh mich nicht so an! Was für eine verdammte Schande, daß er versucht hat, mich zu erwürgen! Ich bin nicht schuld an seinem Tod. Er ist schuld ... er hat mich mit seiner Senilität in die Falle gelockt. Er hat sich selbst getötet!

Ich habs dir tausendmal gesagt, Angelo. Es sind immer die Toten, die saublöden Toten, denen die ganze Verantwortung und Schuld an ihrem Tod zukommt. Scheiße, ich habe bei keinem der anderen das Geringste gefühlt ... nur bei Bobo Librizzi."

Collucci schob sich mit irrem Blick dicht an Angelo heran. „Angelo, ich schwör dir, der alte Narr ... Papa, der da liegt, bedeutet mir jetzt verdammt nochmal überhaupt nichts mehr. Er ist nicht anders wie all die anderen Schwanzlutscher, die es verdient hatten, weggepackt zu werden."

Er stieß seinen hochroten Kopf hinunter zu Angelo.

Seine Stimme schlingerte und schrillte. „Glaub mir, Angelo! Für mich ist er jetzt nur noch ein toter Schwanzlutscher wie all die anderen. Glaubst du mir, Angelo? Sag was! Sag, daß du mir glaubst! Sag es!"

Angelo wich zurück.

„Sicher, Mr. ... sicher, Jimmy, ich glaub Ihnen! Ich hab nie was bezweifelt, was Sie mir von Ihren persönlichen Gefühlen zu wichtigem Privatzeug erzählt haben ... oder, Jimmy?"

KAPITEL SIEBENUNDZWANZIG

Der Frühling war in Chikago eingezogen. Glitzernd spreizte sich die vornehme Dame in ihrem neongleißenden Ballkleid. Unter der Kuppel der Penthouseterrasse blickte Collucci auf sie hinab. Er saß in einem mit königsblauem Samt bezogenen Lehnstuhl auf einer erhöhten Plattform. Er konnte es kaum erwarten, daß der aufgeschobene Plan, die Kommission zu ermorden, wieder aufgenommen werden konnte.

Die meisten Nächte verbrachte er in diesem Sessel. Und es gab viele Nächte, in denen er einsam war und sich schmerzlich nach Olivia und Petey sehnte. Fünftausend die Woche hatte er bezahlt, tat es immer noch, für die weltweite Suche nach einer Spur von den beiden. Bisher schien es, als seien sie vom Erdboden verschwunden.

Oft dachte er an Bellini, der in seiner Fünftausender-Kiste schlief, begraben auf dem Hügel hinter dem Sweet Dream Roadhouse.

Die Rizzos und Angelo spielten an einem Tisch vor ihm eine Runde Rommé. Auf dem Tisch neben Angelo läutete das Telefon.

Er nahm den Hörer ab, und meinte dann stirnrunzelnd: „Mack Rivers“, und gab das Telefon an Collucci weiter.

Collucci sagte: „Hallo“, und hörte eine knappe Minute lang zu.

Angelo spitzte die Ohren, als er Collucci sagen hörte: „Mack, ich finde es jetzt doch nicht mehr richtig, die Typen und ihre Frauen hier zu haben. Das beste ist, wenn ich rüberkomme und sie voll überzeuge, daß sie verläßlichen Schutz für ihre sämtlichen Vorhaben und Unternehmen kriegen. Zum Teufel, Mack, die machen ihre Geschäfte auf der Southside. Nicht hier. Ich komme heute abend rüber, wenn du die Bude schließt.“

Er legte auf.

Angelo sagte: „Mr. Collucci, tut mir leid, wenn ich mein großes Maul aufreiß. Ich weiß, daß die Warriors dabei sind, das Handtuch zu schmeißen ... aber Taylor is noch am Leben und verrückter als vorher. Bitte lassen Sie doch die Buchmacher und die Großdealer hierher kommen, wie Sies zuerst geplant hatten."

Collucci warf den Kopf nach hinten und lachte. „Auf einem Skateboard wird sogar Taylor sich nicht an mich ranwagen. Außerdem scheißen sich die Buchmacherbimbos und Dopedealer doch weiter in die Hosen, wenn ich nicht durch mein Aufkreuzen beweise, daß Taylor, seit er seine Beine weg hat, der Restarsch auf Grundeis geht. Ich muß ihnen klarmachen, daß die Warriors und Taylor abgedankt haben."

Er zündete sich eine Zigarette an. Blickte nach draußen auf sein Reich. Dachte daran, wie die *soldati*, denen Tonelli so vertraut hatte, bis auf ein paar die Übernahme des Penthouse unterstützt und willkommen geheißen hatten.

Ja, dachte er, es gab einen geheimen, sehr gewichtigen Grund, warum er sich auf der Southside zeigen mußte. Er mußte sich selbst beweisen, daß er keine Angst vor Taylor hatte.

Zwei von der Nationalen Kommission ausgesandte Killerteams, die Collucci töten sollten, waren von seinen Männern in eine Falle gelockt und beseitigt worden.

Ein drittes Team saß rund um die Uhr am Fenster eines Wolkenkratzerhotels mit Blick auf die Penthouseterrasse. Einer der Killer hatte sein weitreichendes Magnum-Gewehr direkt auf Colluccis Stirn gerichtet. Der Killer und sein Partner warteten seit zwei Wochen auf einen Tag, der milde genug wäre, daß die acht Zentimeter dicke Plastikkuppel, unter der Collucci den größten Teil seiner Zeit verbrachte, eingefahren würde.

Kongs Dope-Jacker, angeführt von seinem Cousin Buncha Grief, hatte, weit weg auf der Southside, in Double Heads Wettbüro, vor dem Safe voller Bargeld und Kokain, schließlich doch das Glück verlassen.

Es war das Ende der Dope-Jacker. Der nach dem Tod von Buncha Grief führerlose Rest der Bande wurde aufgerieben. Überall lagen verstreut die von Double Heads Maschinengewehr zerfetzten Leichen.

Sie hatten die Angestellten in Schach gehalten und den Safe ausgeräumt. Sobald sie über einen schmalen Flur zur Straße hinauswollten, hatte Double Head über ihren Köpfen eine Lüftungsklappe zur Seite geschoben und einen Kugelhagel aus seinem Maschinengewehr auf sie niedergehen lassen.

Ein Bandenmitglied schaffte es blutüberströmt, den von Charming Mills gesteuerten Fluchtwagen zu erreichen. Als der Wagen am Wettbüro vorbeischoß, entließ Double Head einen Feuerstoß durch die weggesprengte Flurtür.

Eine Salve traf Charming Mills in den Rücken und zerfetzte Arterien in seiner Brust. Sein Begleiter sprang, mehrere Blocks weiter, schwer angeschlagen aus dem Wagen.

Mills war dem Tode nahe. Weggetreten krachte er irgendwann mit dem Fluchtauto in ein Patrouillenfahrzeug an einem der Eingänge zur Zone.

Bama hatte einen Moment zuvor im Radio schon von dem Massaker an den Dope-Jackern in Double Heads Wettbüro gehört. Im Appartement seiner Freundin hörte er ein Krachen und sprang vom Abendessen auf. Fünfzig Meter vom Geschehen entfernt. Mills war tot, als er das Wrack erreichte. Er ließ ihn in die Leichenhalle des Krankenhauses bringen.

Zunächst erkannte Bama nicht, daß Mills Tod eine Möglichkeit bot, das Psycho-Spektakel mit Kong durchzuziehen.

Bei der Durchsuchung von Mills Zweizimmerwohnung im Erdgeschoß des Pfarrhauses, fiel ihm auf, daß sich der Teppich unter einem großen Tisch, den er weggerückt hatte, seltsam rutschig anfühlte. Als er nachsah, lag darunter eine dicke Schicht von Banknoten, die er auf nicht weniger als hunderttausend Dollar schätzte. Er brachte den Raum in seinen ursprünglichen Zustand und machte sich daran, den Köder für Kong auszulegen.

Taylor wurde herübergeholt, um Mills Appartement im Auge zu behalten. Er hockte ohne seinen Rollstuhl in einem großen Wandschrank auf einem Haufen Bettzeug.

Kong, der in Buncha Griefs Wohnung auf dessen Rückkehr von dem Double-Head-Job wartete, hörte die Kurzmeldung über Bunchas Tod bei der Schießerei und eilte in die Zone.

Bama berichtete ihm von Mills Tod. Er sah, wie Kong für kurze Zeit in die Leichenhalle hastete. Dann eilte Kong zum Pfarrhaus.

Taylor sah Kong in Mills Appartement kommen, direkt zum

Tisch gehen und ihn aus der Ecke zerren. Er ließ ihn den Teppich aufschlitzen, bevor er seinen Kopf und seine Luger aus dem Wandschrank steckte.

Rauh sagte er: „Halt, Smitty!"

Kongs Hand schlängelte sich an die achtunddreißiger Special in seinem Hosenbund und er wirbelte herum. Bevor Kong abdrücken konnte, pumpte Taylor zwei Löcher in seine Brust.

Die Einschläge legten Kong flach auf den Rücken. Mund und Augen zuckten in Todesqual. Taylor beugte sich vor und berührte fast Kongs Gesicht.

Sanft sagte er: „Smitty, es tut mir leid, daß dich deine teuflische Verlogenheit eingeholt hat ... Warum hast du es getan, Smitty? Warum der Haß? Warum tust du mir und den andern so weh? ... Warum hast du es getan, Smitty?"

Kong rollte die brechenden Augen hoch und starrte Taylor mit solch leuchtendem und abgedrehtem Haß ins Gesicht, daß Taylor zurückwich.

Er deklamierte mit grotesker Sorgfalt, wie ein Kind, das einen halberinnerten, obszönen Schüttelreim aufsagt. „Dir wehtun? Du Arschloch ... Ich war n Topnigger, bevor du mich aus meiner Spitzenstellung bei den Devastators rausgeboxt hast ... Scheiße ... seitdem leg ichs drauf an zu verletzen und zu hassen. Ich bin froh, daß der Itaker dir die Stelzen versaut hat ... Ich hab ihm geflüstert, daß du unterwegs bist, Nigger ..."

Kong entließ einen flüssigen Seufzer und starb. Sein Gesicht abscheulich in krankem Triumph.

Taylor kauerte still und niedergeschlagen neben Kong, und starrte noch immer in das verzerrte Gesicht, als Bama den Rollstuhl hereinschob. Er war in Begleitung von Dew Drop und Ivory Jones, Taylors persönlichen Ordonnanzen. Schweigend folgten sie Taylor, der in seinem motorgetriebenen Rollstuhl zum Bunker zurückfuhr.

KAPITEL ACHTUNDZWANZIG

Um zwei Uhr morgens brachen Collucci und Angelo vom Penthouse zur Mutprobe im Voodoo Palace auf.

Der Türsteher schloß ihnen auf und ließ sie ein in ein wildes Fest und Saufgelage.

Zwanzig auffallend gekleidete Buchmacher und Drogenhändler tanzten und lachten mit ihren Ehefrauen und Freundinnen. Sobald sie Collucci sahen, hörte die Band auf zu spielen. Die Menge applaudierte und stieß donnernde Hurrarufe aus. Collucci und Angelo nahmen die Plätze am reservierten Tisch ein. Die Band spielte zum letzten Tanz vor der Show auf.

Und Mayme Flambert legte in ihrem Zimmer, ein Stückweit die Straße hinauf, ihr Fernglas beiseite. Sie ging zum Telefon im Flur und rief Taylor an, um ihn über den veränderten Schauplatz der Party zu informieren.

Kurz darauf stellten Ivory Jones und Dew Drop einen Lieferwagen bereit, der Taylor zu seinem Hinterhalt, in einer Gasse schräg gegenüber vom Palace, bringen sollte.

Dew Drop sagte: „Ivory, mir gefällt das nicht. Was meinst du?"

Ivory entgegnete: „Da gibts nichts zu überlegen, Drop ... wir haben Big T. unser Versprechen gegeben ... er muß ja nicht wissen, daß wir ihm Rückendeckung geben. Immer mit der Ruhe, Drop. Wird schon alles glattgehen."

Dew Drop meinte: „Wirds wohl ... haste Bama gesehn?"

Ivory sagte: „Um den brauchen wir uns keine Sorgen zu machen. Ist nach drei Tagen endlich ins Bett gegangen. Der ist tot."

Zehn Minuten später saß Taylor mit einer Maschinenpistole auf dem Schoß im Lieferwagen.

Die Rizzos, bewaffnet mit Hochleistungsgewehren und montiertem Scheinwerfer, ließen sich auf dem Dach des Palace nieder. Zwanzig Minuten, nachdem Taylor am Ausgang der Gasse unter einem Müllhaufen Position bezogen hatte.

Von Taylor waren nur die glitzernden Augen zu sehen. Unbeweglich auf die Vordertür des Palace gerichtet. Er saß da und ließ, während er wartete, immer wieder sein Leben vorbeiziehen. Vom ersten bis zum letzten Moment.

Am Ende des Blocks hockten Ivory und Dew Drop, mit Shotgun, Gewehr und Pistolen bewaffnet, im Lieferwagen, um Taylor bei seiner Attacke Feuerschutz zu geben.

Morgens um zehn nach vier öffnete sich die Tür des Palace und spie die lärmende Horde auf die Straße. Gespannt wie eine Stahlfeder, hielt Taylor in seinem Stuhl Ausschau nach Collucci.

Der Bürgersteig vor dem Palace war fast leer. Collucci, Angelo und Rivers traten heraus. Taylor kämpfte sich unter dem Müll hervor und befestigte die Maschinenpistole an einer Halterung an den Stuhllehnen. Er schaltete den Stuhl auf volle Fahrt. Stürzte mit grimmiger Miene und gefletschten Zähnen aus der Mündung der Gasse mitten auf die Forty-seventh Street und auf Collucci zu.

Die Rizzos richteten den Scheinwerfer auf Taylor. Collucci sah Taylor, einen Sekundenbruchteil, bevor Taylor den Abzug durchzog und riß Angelo mit sich in den Rinnstein unter die Limousine.

Mack Rivers sank mit durchlöcherter Stirn tot auf den Gehweg.

Das ohrenbetäubende Sperrfeuer der Rizzos riß spritzende Blutfontänen aus Taylors Brust und Gesicht. Er glich einem zerfetzten Sieb, als eine Kugel ein Rad vom Stuhl sprengte. Der Stuhl krachte vor dem Palace aufs Pflaster.

Hinter ihm eröffneten Ivory und Dew Drop mit Shotgun und Gewehr das Feuer. Ihre Geschosse zerschmetterten den Scheinwerfer und töteten Mario Rizzo, der auf den Bürgersteig klatschte.

Das Automatikgewehr des anderen Rizzo ließ die Windschutzscheibe des Lieferwagens splittern und meißelte klaffende Löcher in Ivorys und Dew Drops Brust. Der Wagen krachte in ein Schuhgeschäft und explodierte.

Taylor lag, an seinen umgekippten Stuhl gegurtet, auf der Seite. Kopf auf dem Asphalt. Die linke Hälfte seines Gesichts war verschwunden. Seine Nase baumelte wie ein abgehackter Finger über der blutigen Ruine.

Aber noch hielt er den Kolben der Maschinenpistole fest umklammert, und unheimlich phosphoreszierte sein verbliebenes Auge, als es sich in dem herabhängenden Kopf nach Collucci drehte. Es stellte scharf auf Collucci und Angelo, die auf gleicher Höhe im Rinnstein unter der Limousine lagen. Taylor brüllte. Haß und Rachedurst zwangen die Mündung der Maschinenpistole ins Ziel. Colluccis und Angelos Leiber hüpften und bäumten sich unter den Einschlägen der flammenden Entladung, die sie buchstäblich in Fetzen riß.

Bama, mit falschem, weißem Bart und Perücke, drängte durch die Gaffer und kniete sich neben Taylor. Taylors Blick schwenkte nach oben in Bamas Gesicht. Das kometenhafte Gleißen des El Train-Lichts flackerte über ihren Köpfen und umspielte Bamas wollige Perücke einen Moment lang wie ein Heiligenschein.

Taylors Halloweenkürbismund gurgelte durch Schleim aus Blut und Innereien: „Willie hats mir gesagt ... Mama hats gesagt ... sogar Bama hats gesagt ... ich hätts wissen müssen ... daß es Dich gibt, da oben ..."

Dann war Taylor tot. Und Bama weinte.

Das sexkranke Kreischen der städtischen Leichenwagen sodomisierte den neugeborenen Tag. Chikago, die aufgeputzte Schlampe, hatte wieder eine Nacht der Fleischeslust zerfickt. Jetzt lag die falsche Große Dame in ihrem neonbleichen Ballkleid, schäbig im gnadenlosen Licht. In ihren fahlen Schlüpfern hing der Pestgestank von jungem und uraltem Tod.

* * *

AIN'T A DAMN THING CHANGED

Cash flow extreme, dress code supreme, vocabulary obscene
Definition - Street Player, you know what I mean?

Ice-T: High Rollers

Als Iceberg Slim Anfang der Sechziger beschloß den Kleiderbügel mit der Schreibmaschine zu vertauschen, konnte er auf ein Vierteljahrhundert als gefürchteter High Roller zurückblicken. Er kehrte zurück zu seinem bürgerlichen Namen Robert Beck und benutzte seinen Ghettonamen, den er als herzlosester aller Zuhälter Chicagos erworben hatte, fortan nur noch, um den Verkauf seiner Romane zu promoten, in denen er erbarmungslos mit den Bedingungen seiner früheren Existenz abrechnete.

Sieben Bücher hat Beck zwischen 1967 und 1977 geschrieben, doch obwohl er mit einer Gesamtauflage von über sechs Millionen der erfolgreichste afroamerikanische Schriftsteller ist, wurde er in seltensten Fällen in einem Atemzug mit Richard Wright oder James Baldwin genannt. Wenngleich Beck nach Erscheinen seiner Biographie „Pimp - The Story Of My Life" in den Ghettos als „The Voice" verehrt wurde, die endlich die Mauern des Schweigens niederriß, die die Lebensbedingungen der afroamerikanischen Bevölkerung umgaben, zeigte ihm das literarische Establishment wie auch die Bürgerrechtsbewegung einschließlich ihres radikalen Flügels lange Zeit die kalte Schulter. Die Black Panthers, deren Sympathien Beck suchte, begegneten ihm mit einer Art ablehenden Respekt, seine Vergangenheit galt ihnen als abstoßende Illustration von Verhältnissen, die die Panther angetreten waren mitsamt der weißen Vorherrschaft hinwegzufegen.

Dazu ist es bekanntlich nicht gekommen, und statt der Black Revolution herrscht in den schwarzen Ghettos seit Mitte der Siebziger derselbe Teufelskreis aus rassistischer Unterdrückung, individuellem Eskapismus und Kriminalität, der auch Beck prägte:

„It is a ghetto kid, deprived of fatherhood raised by his mother who has no fa-

ther either. He searches for a father image and sees Dandy Bill or Lovely Louie and these are the people in his environment whom he wants to emulate. And Dandy Bill is a pimp."

„Nimm so einen Ghettojugendlichen, der ohne Vater von seiner Mutter großgezogen wird, die selbst schon keinen Vater hatte. Er sucht nach einer Vaterfigur und trifft auf Dandy Bill oder Lovely Louie, und das sind die Leute in seiner Umgebung, denen er nachzueifern versucht. Und Dandy Bill ist ein Zuhälter."

Ersetzt man den Pimp, das Rolemodel für Becks Generation, durch den Crackdealer und Jazz und Rhythm'n'Blues durch HipHop und Raggamuffin, so lassen sich in Becks Romanen jene Muster erkennen, die heute den Alltag der US-amerikanischen Großstädte bestimmen. Eben dieser Niedergang der Inner Cities unter der Reagan-Admistration entfachte bei einer Generation von Afroamerikanern, die mit den gescheiterten Integrationsbemühungen des schwarzen Establishments nichts mehr am Hut hatten, ein neues Interesse an Beck, in dessen Prosa sie ihre eigenen Erfahrungen wiederfanden und dessen Wandel vom Zuhälter zum Schriftsteller eine Möglichkeit aufzeigte, das Ghetto hinter sich zu lassen, ohne es zu verraten.

Der weltweite Erfolg von Rap und das Ende der achtziger Jahre wiederaufflammende Interesse an afroamerikanischer Literatur an den US-Universitäten bescherten ihm denn auch kurz vor seinem Tod im April 1992 ein spätes Revival. Ice-T nennt ihn auf seinem Debutalbum „Rhyme Pays" seinen Mentor und erklärte, er habe seinen Künstlernamen aus Respekt vor seinem Vorbild gewählt. Inzwischen sind seine Bücher an diversen Universitäten Bestandteil der Departments for African American Studies und in Harvard wurde er zur Pflichtlektüre angehender Anglistikdoktoren.

Bis Harvard war es allerdings ein weiter Weg. Geboren am 4.August 1918 wächst Beck inmitten der Depression heran. Sein Vater, der ihn regelmäßig zusammengeschlagen hat, verläßt die Familie. Der geliebte Stiefvater erweist sich als redlicher Wimp, von dem seine lebenshungrige Mutter bald genug hat. Sie verfällt einem Hustler, der sie, nachdem er die Familienersparnisse verspielt hat, ebenfalls sitzenläßt. Mit zwölf lebt Beck quasi auf der Straße, ist fasziniert von den Zuhältern in ihren Eldorados und verdient sich seine ersten Gangstermeriten als Gehilfe eines mittelmäßigen Betrügers. Für die bürgerliche Gesellschaft ist er verloren. Ein kurzes Intermezzo am Tuskegee Institute, dem von Booker T. Washington gegründeten schwarzen Vorzeigecollege, endet mit dem Rausschmiß. Statt sich Fähigkeiten anzueignen, die ihm auf den heimatlichen Straßen sowieso nichts nützen würden, hatte sich Beck auf die Versorgung der Studentenschaft mit schwarz gebranntem Whisky verlegt und sich ansonsten an der Naivität der Südstaatenmädchen gütlich getan, die dem wilden Großstadtkid offenbar scharenweise verfielen.

Das Wissen um seine Anziehungskraft auf Frauen ist denn auch die einzige Erkenntnis, die er von Tuskegee zurück nach Chicago nimmt, wo er sich von einem routinierten Zuhälter in die Feinheiten des Gewerbes einführen läßt. Was folgt ist eine fünfundzwanzigjährige Bilderbuchkarrierre als Zuhälter, aus der er den Rohstoff seiner Bücher bezog. Während Beck in „Pimp“ seine Karriere bis zu dem Punkt beschreibt, an dem er während einer zehnmonatigen Einzelhaft den Entschluß faßt der Unterwelt den Rücken zu kehren, schildern „Trick Baby“ und das Follow Up „Long White Con“ die Geschichte des weißhäutigen Hustlers White Folks, der seine äußerliche Erscheinung dazu nutzt, sich an der Gesellschaft der Weißen schadlos zu halten. Getrieben wird White Folks von der doppelten Zurückweisung. Seine eigene Community hat ihn als Bastard verstoßen und seine Mutter wurde ob ihrer Beziehung zu einem Weißen zum Freiwild für schwarze Vergewaltiger, während die weiße Frau, die er liebte, sich brüsk von ihm abwendet, als er ihr seine Herkunft offenbart. Gemeinsam mit seinem väterlichen Freund Blue Howard kreuzt der Sohn einer schwarzen Kellnerin und eines weißen Jazzmusikers durch die Staaten des Mittleren Westens und haut Dutzende von naiv-rassistischen weißen Geschäftsleuten übers Ohr, die unfähig sind hinter der Fassade des weißen Gentleman den rächenden „Nigger“ zu erkennen, der beschlossen hat, es aller Welt heimzuzahlen.

„Pimp“, „Trick Baby“, „Long White Con“ sowie der Short-Story-Band „Airtight Willie and Me“ schildern in der ungefilterten Sprache des Ghettos - die bis heute einer Übersetzung ins Deutsche im Wege stand - die Versuche von Becks Helden, den mörderischen Verhältnissen zu entkommen. Der Preis dafür jedoch ist hoch. Wenngleich Pimp und Trick Baby vordergründig als Schelmenromane daherkommen, in denen das Individuum zumindest zeitweilig über die Verhältnisse zu triumphieren scheint, läßt Beck nie einen Zweifel daran, daß selbst der schmalste Fetzen Freiheit mit dem Verlust aller sozialen Werte und Bindungen bezahlt wird. Am Ende sind seine Helden leere Gestalten, die an der kriminellen Jagd nach dem amerikanischen Traum zerbrochen sind.

Darüber hinaus schimmern hinter der von Beck eingenommenen männlich-heterosexuellen Perspektive immer wieder die Konstitutionsbedingungen rassistischer Zurichtung durch, die letztlich auch die sexistische Hierarchisierung bestimmen. Von den unterschwelligen Bestrafungswünschen der schwarzen Frauen über die verhängnisvolle Präferenz hellerer Hautschattierungen unter den Afroamerikanern bis zur selbstverleugnenden Anfälligkeit schwarzer Männer für die oft allzu bereitwillig dargebotenen Reize der weißen Frau analysiert er - ganz zu schweigen von den pervertierten Bedürfnissen der Weißen beiderlei Geschlechts - so ziemlich jede Deformation, die Sklaverei und Unterdrückung hinterlassen haben. Pimping erscheint als öffentlich sichtbare, zugespitze Form der Geschlechterverhältnisse, die ihrerseits wieder ihre Ursachen in der patriarchalisch-kapitalistischen Ordnung haben.

(The male) mauling of the sexual object is perhaps a more severe version of what happens in conventional relationships. ... Once anybody has pimped he is in trouble because this is what male aspiration is, whether he his the president of a white corporation, of General Motors for example. It all boils down for the same thing...Power... Only there is a difference. A black young man does not have the premedidated conscious insight of a white young man who sets out to destroy people to become a millionaire. It is for the black man a survival.

„Die Mißhandlung des Sexualobjekts (durch den Mann) ist möglicherweise eine härtere Version dessen, was sich in konventionellen Beziehungen abspielt. Wer einmal eine Frau auf den Strich geschickt hat, wird immer ein Problem haben, denn das bringt letztlich die männliche Wunschvorstellungen auf den Punkt, auch wenn er der Präsident eines weißen Konzerns wie General Motors ist. Es läuft alles auf dasselbe hinaus: Macht. Allerdings gibt es da einen Unterschied. Ein junger Schwarzer hat nicht den bewußten Vorsatz eines jungen Weißen, der über Leichen geht, um Millionär zu werden. Für den schwarzen ist es eine Frage des Überlebens."

Hinzu kommt, daß die stilisierte Gestalt des „Pimp" oder des „Hustlers" Gelegenheit bot, sich an den weißen Freiern, die die Straßen des Ghettos auf der Suche nach „dunklem Fleisch" durchstreiften, zu rächen, und so eine Identität zù finden, in der das rassistische Machtgefüge, wenn auch in pervertierter Form und auf Kosten der Frau, umgekehrt wurde.

Gegen diese doppelte Ausbeutung von weißen Freiern und schwarzen Zuhältern lehnt sich auch die Prostituierte Satin in der gleichnamigen Short Story auf. Damit überwindet Beck die männliche Perspektive, in der schwarze Frauen gemeinhin den Bodensatz der sozialen Hierarchie bilden. Mit Satin schuf er das Rolemodel einer coolen, selbstbestimmten Frauengestalt, die, jenseits der gängigen Klischees des Gangsterliebchens oder des mißhandelten Opfers, auf eigene Faust einen Drogendeal durchzieht, um sich die ökonomischen Vorausetzungen ihrer Unabhängigkeit zu verschaffen. Doch auch ihr gönnt Beck nicht mehr als einen kurzen Augenblick des Glücks, ehe sie von einem Möchtegernzuhälter erschossen wird, der dumpf registriert, daß er sie nie wird besitzen können.

Während Pimp und Trick Baby und trotz des tödlichen Endes auch Satin immerhin aus der Position desjenigen geschrieben sind, der sich gegen die Verhältnisse auflehnt, geht Beck in Mama Black Widow noch einen Schritt weiter und porträtiert einen Charakter, der auf der Stufenleiter der Unterdrückung noch unter der Frau rangiert: Den schwarzen Homosexuellen - genauer gesagt eine schwarze Drag Queen, die an ihrer Sexualität zugrunde geht, bzw. von ihrer Umwelt vernichtet wird.

Gefangen in der Haßliebe zu seiner Mutter, die seine Schwestern in die Prostitution und schließlich in den Tod getrieben hat, von seinen Liebhabern verachtet und ausgebeutet, versucht Otis Tilson im Chicago der vierziger und fünziger Jahre vergeblich sich der heterosexuellen Norm anzupassen. Zu spät gelingt es ihm zu seiner Sexualität zu stehen. Wenige Wochen nachdem er Beck seine Leidensgeschichte in den Recorder diktiert hat, erhängt sich Otis Tilson in einer Absteige in New York.

Waren Becks Romane bis dahin fiktionalisierte Biographien, von Personen, die irgendwann seinen Weg gekreuzt hatten, wandte er sich in seinem letzten Roman „Death Wish“ der reinen Fiktion zu. Inspiriert von den Blaxploitation-Filmen der frühen Siebziger verpackte Beck die Geschichte des schwarzen Rebellen Taylor gegen die Drogenhändler der italiensichen Mafia in die Form eines Thrillers. Taylor verfügt über eine landesweit operierende Organisation, die hinter der Fassade einer Rehabklinik den Kampf gegen eine Gruppe Mafiosi organsiert, die die schwarzen Ghettos mit Heroin überschwemmen. Im Gegensatz zu seinem Schüler Donald Goines, der in seiner Kenyatta-Serie ein ähnliches Thema auf der Ebene purer Aktion behandelt, konzentriert sich Beck auf die Wurzeln des wechselseitigen Hasses zweier amerikanischer Minderheiten. Obwohl Beck den Weißen Zeit seines Lebens mit Mißtrauen begegnete, hinderte ihn dies nicht, die fatalen Konsequenzen des American Way auch im weißen Amerika zu erkennen. Er geht sogar soweit, Taylors italoamerikanischen Gegenspieler Collucci als dessen in vergleichbaren Traditionszwängen gefangenes Alter Ego zu charakterisieren. So entwickelt sich eine parallel montierte Jagd nach dem jeweils ethnisch konditionierten Traum. Der „Mafiosi“ Collucci will mit Hilfe des Heroins zum gesamtamerikanischen Paten aufsteigen, während Taylor eben dieses Imperium vernichten möchte. Keiner von ihnen kommt über Chikago hinaus. Ihre, der generationenlangen Rivalität der beiden Gruppen geschuldeten Empfindlichkeiten wachsen sich zu unkontrollierten Haßausbrüchen aus, die nicht mehr in den notwendigen kalten Zorn zu verwandeln sind. Am Ende schießen sie sich gegenseitig in Fetzen und Chikago kehrt zur Tagesordnung zurück.

„The sex-fiend squealing of city death wagons sodomized infant day. Chicago the gaudy bitch, had banged another carnal night away. Now the fake grand lady lay uglied in her neon ball gown. Sleazed in the merciless light. Her bleak drawers hung foul with new and ancient death.“

‚Das sexkranke Kreischen der städtischen Leichenwagen sodomisierte den ieugeborenen Tag. Chikago, die aufgeputzte Schlampe, hatte wieder eine Nacht der Fleischeslust zerfickt. Jetzt lag die falsche Große Dame in hrem neonbleichen Ballkleid, schäbig im gnadenlosen Licht. In ihren ahlen Schlüpfern hing der Pestgestank von jungem und uraltem Tod.“

Was bleibt sind ramponierte Hoffnungen. Beck hinterläßt nach Taylors Tod mit dem alten Bama eine Figur, die als symbolisches Gefäß die Erahrungen als kollektives Wissen konserviert. Mit dieser Rolle hatte sich uch Beck schließlich eine Nische geschaffen, aus der er hoffte, neben einem literarischen Werk auch seine politische Botschaft zu vermitteln. Ind die ist heute noch so „fresh“ wie vor zwanzig Jahren:

t is counterrevolutionary for black people to prey upon other black people or pon poor white people, I recognize the necessitiy for crime in black America. understand why, for survival, black people must steal. But I don't condone ime. I feel that what it takes to be a sucessful criminal could be used in a more constructive way. Like if a Pimp has enough circuity going to control nine women, surely he has no business being a pimp. So if you're black and must be a criminal don't steal my stuff. Go over there. Steal from affluent white people."

„Es ist konterrevolutionär, wenn Schwarze über andere Schwarze oder über arme Weiße herfallen. Ich sehe durchaus ein, daß für das schwarze Amerika Verbrechen eine Notwendigkeit ist. Ich verstehe, daß Schwarze, um zu überleben, stehlen müssen. Aber ich heiße das nicht gut. Ich schätze, daß die Fähigkeiten die es braucht, um ein erfolgreicher Krimineller zu sein, für konstruktivere Zwecke genutzt werden könnten. Wenn ein Zuhälter genug drauf hat, um neun Frauen unter Kontrolle zu halten, hat er garantiert nichts in diesem Geschäft verloren. Also, wenn du schwarz bist und gezwungen bist, kriminell zu werden, dann bestiehl nicht mich. Geh 'rüber und stiehl von den weißen Reichen."

Gunter Blank

Iceberg Slim:

Pimp. The Story of My Life. 1967.
Trick Baby. 1967
Mama Black Widow. 1969.
Long White Con. 1969.
Naked Soul of Iceberg Slim. 1971.
Death Wish. 1977.
Airtight Willie & Me. 1979.
(Alle Holloway House, Los Angeles)

Die Kenyatta-Serie des Beck-Schülers Donald Goines ist im Ullstein Verlag erschienen.

BUBIZIN / MÄDIZIN, MAGAZIN
Hrsg. **Mario Mentrup**
Texte und Comics, ca. 200 Seiten, Broschur, DM 23,00
ISBN 3-929010-25-9

SEMRA • FRANCOIS CACTUS • BDOLF • THEO RICK • HANS MARTIN SLAYER • HANKA FALSCHHEIT • GUNTER BLANK • MARK MILLS • DIETMAR DATH • STEWART HOME • VIKTOR PELEVIN • QRT • ED LUNDE • GRUPPE M • MAX MÜLLER • JOE R. LANSDALE • BUDDY GIOVINAZZO • MATT FEAZELL • 4000 • COLIN UPTON • S. M. VAN DER LINDEN • FUNNY VAN DANNEN • BREZEL GÖRING • EWAN CAMERON • TONY MILLIONAIRE • WILD BILLY CHILDISH • BAADER HOLST • DR. HEINRICH DUBEL • HUSEN CIAWI • JOE SACCO • HARRY HASS • TANJA KOPECKY • JAQUES PALMINGER • ED LUNDE • TONY CAFFERKY • STEFAN GERHARD • BABAK TSCHARANDABI • THIES MYNTHER • LINWOOD M. ROSS • G. NEULICH • HAKIM BEY • JEAN BAPTISTE FILLEAU • DARIUS JAMES • VITEK • ATAK • STEFAN GERHARD • BRUNO SCHLEINSTEIN • VIOLA BLUM • GUNDULA SCHMITZ

Unterhalb der Ebene offizieller Kommunikation existiert ein Informationsnetzwerk für Eingeweihte. Die Welt, eine gleichgeschaltete Zivilisationswüste, umgeben und durchsetzt von Ausgeflippten, Isolierten, Geisterfahrern und Verstörten. Ausgeschieden von der Gesellschaft wie Abfall. Sie haben den Kulturmüll zu ihrem Medium gemacht, leben an und von diesem Müll. Müllbewohner. Existieren diese Zeichner und Autoren wirklich? Oder sind sie nur die Ausgeburt von Vollzugsbeamten dieses kontrolliert-paranoiden Wahnsystems? Und wer sind diese Beamten? Am Ende die Käufer dieses Magazins?

KATHY ACKER
MEINE MUTTER: DÄMONOLOGIE / Roman
aus dem Amerikanischen von **Almuth Carstens**
ca. 250 Seiten, Broschur, DM 25,00,
ISBN 3-929010-24-0

“Das “Ich” eines Schriftstellers ist oft der letzte interessante Aspekt seiner künstlerischen Überlegungen, und Kathy Acker löst dieses Problem wunderbar, indem sie nicht ein “Ich” hat, sondern viele ... ihr Autor verschiebt und wechselt sie, bevor Sie wissen, wer “Sie” sind, und das gibt Ackers Werk die Kraft, die Seele des Lesers zu spiegeln.”
-William S. Burroughs

“Ackers selbstentkleidende Sensibilität, subversiver Intellekt und randalierender Witz, machen sie zu einer Autorin, wie ich keine andere kenne ... absolut originell.”
-New York Times Book Review

Mit einem scharfen Sinn für Verschiebungen, die stattfinden können, wenn der Erzähler Gewalt, Pornografie und die Traumen der Kindheit streift, bewegt sich Acker auf diesem schmalem Grat sicher in Richtung ihrer Vision von einer neuen literarischen Ästhetik.
In poetischen, aber auch psychologisch scharfen Bildern versucht Kathy Acker die Bannung der bösen Geister sozialer und kultureller Konditionierung und Erziehung.

DARIUS JAMES
NEGROPHOBIA / Roman
aus dem Afro-Amerikanischen von **GUNTER BLANK**
ca. 190 Seiten, Broschur, DM 23,00 ISBN 3-929010-22-4

“Das rauhe Debüt von James ist bei weitem der beste Roman aus der Literaturszene der New Yorker Lower East Side.”
- Kirkus Reviews

"... beabsichtigte Drastik wendet sich ... gegen den Leser selbst, da sie ihn seine eigenen, mehr oder minder verborgenen Rassismus vorführt.
-Helmut Ziegler DIE WOCHE

Das ist kein Buch, wie man es alle Tage findet. Negrophobia ist eine wundersame Mischung aus Poesie, Erzählung, Rap, Hyperrealismus, Drehbuch und Performance. Ein Buch, das aufhören will, als literarischer Text gefangen zu sein. Das fließt und tuckert, macht Spaß und erzürnt. Am besten ließt man es laut in einer überfüllten U-Bahn am Freitagabend.
... Darius James ist nicht nur auf der Höhe der Zeit, sondern auch im Vollbesitz eines gesunden Widerstandspotentials.
-tip

Die blonde Bubbles Brazil, ein frühreifes Früchtchen, provoziert den Bannfluch ihrer schwarzen Küchenmagd. Der Voodoo-Zauber schleudert Bubbles in eine Parallelwelt grotesker Rassismusvisionen, mitten unter die Ausgeburten eines Horrortrips.
Sie wird von einer Bande Ninja-Queens mißhandelt, trifft auf Kannibalen in Baströcken, die von Sozialhilfe träumen, crackverseuchte Homeboys, die Spike Lee nacheifern, marodierende Markenartikel, den Elvis Zombie und seinen schwarzen Meister, Idi Amin Dada, Dr Mengele Duck, Walt Disney, der Amerika von den Negern befreien will, und landet schließlich in einem gigantischen schwarzen Cyborg, unter dessen Schritten New York kollabiert.

"Matthias" BAADER Holst
koitusbonzen rotzen / zwischen bunt und
bestialisch: all die toten albanier meines surfbretts / Texte
120 Seiten, fester Einband, Fadenheftung, DM 25,60, Berlin 1992,
ISBN 3-929010-02-x
traurig wie hans moser im sperma weinholds / Texte
64 Seiten, fester Einband, Fadenheftung, DM 21,80, ISBN 3-9802852-5-1

FUNNY VAN DANNEN
Jubel des Lebens, Geschichten
160 Seiten, Broschur, DM 19,80, Berlin 1993, ISBN 3-929010-17-8

Spurt ins Glück
64 Seiten, 6 Fotos, fester Einband, DM 19,80, Berlin 1991, ISBN 3-9802852-2-7

HARRY HASS
KoKo Metaller, Roman
152 Seiten, fester Einband, Fadenheftung Berlin 1992, DM 28,00, ISBN 3-9802852-9-4

HUSEN CIAWI
leck mich am text
72 Seiten, Broschur, DM 15,80, ISBN 3-929010-00-3

KARL E. JOHNSON
Ein sicherer Platz am falschen Ort
Roman
128 Seiten, Broschur, DM 18,90, Berlin 1993, ISBN 3-929010-19-4

THOMAS KAPIELSKI
Aqua Botulus, Dia Roman
184 Seiten, 179 Fotos, Broschur, DM 24,00, ISBN 3-929010-20-8

PETER WAWERZINEK
NIX - Roman
112 Seiten, 16 Abb., Broschur, DM 18,90, Berlin 1994, ISBN 3-929010-21-6

SCARDANELLI
Elegien vom Ende der Welt
64 Seiten, fester Einband Fadenheftung, DM 19,80, ISBN 9802852-0-0

ULRICH SCHLOTMANN
Entlöse
152 Seiten, Broschur, DM 19,80, Berlin 1993, ISBN 3-929010-09-7